W0464282

Les Infortunes de la Belle au bois dormant

DU MÊME AUTEUR

chez le même éditeur

LE LIEN MALÉFIQUE, 1993

L'HEURE DES SORCIÈRES, 1995

TALTOS, 1996

LA VOIX DES ANGES, 1997

LES INFORTUNES
DE LA BELLE AU BOIS DORMANT

1. *L'Initiation*
2. *La Punition*
3. *La Libération* (à paraître)

ANNE RICE

Les Infortunes de la Belle au bois dormant

2. *La Punition*

traduit de l'américain par
Adrien Calmevent

ROBERT LAFFONT

Titre original : BEAUTY'S PUNISHMENT
© A.N. Roquelaure (pseudonyme d'Anne Rice), 1984
Traduction française : Éditions Robert Laffont, S.A., Paris, 1998

ISBN 2-221-08618-X
(édition originale : ISBN 0-452-26662-9 Penguin Books, New York)

Ce qu'il est advenu de la Belle

APRÈS un paisible sommeil d'un siècle, la Belle au bois dormant ouvrit les yeux au baiser du Prince, pour découvrir ses vêtements ôtés, et son cœur, et son corps, sous la coupe de celui qui l'avait délivrée. Aussitôt attribuée au Prince, à titre d'esclave nue de ses plaisirs, la Belle devait être emmenée de force dans le Royaume de ce dernier.

Dès lors, avec le consentement reconnaissant de ses parents, éperdue de désir pour le Prince, la Belle fut présentée à la Cour de la Reine Éléonore, la mère du Prince, pour y servir, aux côtés de centaines de Princes et Princesses nus, tous en qualité de jouets de la Cour, jusqu'à ce que vienne, avec leur récompense, le temps de les renvoyer chez eux, dans leur Royaume.

Envoûtée par les rigueurs de la Salle d'Apprentissage, de la Salle des Châtiments, du supplice du Sentier de la Bride abattue, et par sa propre passion de plaire, qui ne faisait qu'aller croissant, la Belle est demeurée la favorite incontestée du Prince et le délice de celle qui fut, un temps, sa Maîtresse, la jeune et jolie Dame Juliana.

Et pourtant elle ne pouvait se masquer son engouement, interdit et secret, pour l'esclave plein de raffinement de la Reine, le Prince Alexis, et, à la fin, pour cet esclave qui avait désobéi, le Prince Tristan.

Ayant entrevu le Prince Tristan parmi les disgraciés du château, la Belle, dans un moment de rébellion apparemment inexplicable, s'attire exactement le même châtiment que celui auquel est promis Tristan : se faire renvoyer de cette Cour de volupté pour aller subir la déchéance d'un rude labeur au village voisin.

Au moment où nous reprenons notre récit, on vient à peine de hisser la Belle, avec le Prince Tristan et d'autres esclaves en disgrâce, dans le chariot qui les mènera, au bout d'une longue route, à la vente aux enchères sur la place du village.

Les châtiés

L'ÉTOILE du matin s'évanouissait tout juste dans le ciel mauve lorsque l'énorme chariot de bois, bourré à craquer d'esclaves nus, franchissait lentement le pont-levis du château. De leur pas régulier, les chevaux de trait blancs s'engagèrent péniblement en direction de la route sinueuse, et les soldats poussèrent leurs montures plus près des hautes roues de bois du chariot pour mieux frapper, du claquement mat de leurs lanières de cuir, les jambes et les fesses nues de ces Princes et de ces Princesses, de ces esclaves en larmes.

Dans le désordre de leur émoi, les esclaves, les mains liées derrière la nuque, la bouche bridée, distendue par de petits mors de cuir, les seins lourds et les fesses rougies, frémissantes, se blottirent contre les planches rugueuses.

Gagnés par le désespoir, certains parmi eux jetaient un regard en arrière, vers les hautes tours du château encore plongé dans la pénombre. Mais là-bas, semblait-il, personne ne s'était réveillé pour entendre leurs cris. Et un millier d'esclaves dociles y dormaient, sur les lits de soie de la Salle des Esclaves ou dans les chambres somptueuses de leurs Maîtres et Maîtresses, sans se soucier de ces impénitents que l'on éloignait désormais, dans ce chariot brinquebalant bardé de hautes ridelles, en route pour la vente au village.

Lorsqu'il vit la Princesse Belle, l'esclave très chère du Prince Héritier de la Couronne, se presser vers cette grande silhouette à la musculature épaisse, celle du Prince Tristan, le Commandant de la patrouille eut un sourire. Elle avait été chargée dans le chariot en dernier, et, songea-t-il, quelle jolie esclave elle faisait, avec ses longs cheveux lisses et dorés qui lui retombaient jusqu'au bas du dos, sa petite bouche qui se tendait à toute force pour embrasser Tristan, malgré le mors de cuir qui la bridait. Comment Tristan l'indocile, se demandait le Commandant, avec ses mains fermement liées derrière la nuque, comme tous les autres esclaves en pénitence, pouvait-il, à cet instant même, la consoler.

Il disputait la chose en lui-même : devait-il faire cesser cette intimité illicite ? Pour prix de son impudence, il serait assez simple de tirer la Belle à l'écart du groupe et de lui écarter les jambes, en la faisant se courber par-dessus les ridelles du chariot, pour fesser à coups de ceinture son petit sexe désobéissant et gonflé. Peut-être fallait-il les faire descendre tous les deux, Tristan et la Belle, par terre, sur la route, pour les y fouetter à l'arrière du chariot, histoire de leur donner une bonne leçon.

Mais, en vérité, le Commandant se sentait un tantinet désolé pour ces esclaves condamnés, aussi gâtés fussent-ils, et même pour Tristan et la Belle, ces deux entêtés. D'ici à l'heure de midi, tous seraient vendus aux enchères, et ces longs mois d'été passés à servir au village leur apprendraient beaucoup.

Le Commandant chevauchait maintenant à la hauteur du chariot, et, de sa ceinture, il saisit une autre petite Princesse succulente, châtia les lèvres vermeilles de son pubis qui pointaient sous un nid de boucles noires, luisantes, et lorsqu'un Prince s'empressa galamment pour lui offrir un bouclier de ses membres longilignes, il joua de sa lanière de cuir plus fort encore.

De la noblesse jusque dans l'adversité, se dit le Commandant, en riant tout seul, et, quand il donna au Prince exactement ce qu'il méritait, il fut d'autant plus amusé d'apercevoir l'organe princier frémir et durcir.

Un lot bien dressé qu'on avait là, il devait l'admettre, avec ces jolies Princesses aux tétons érigés, aux visages écarlates, et ces Princes qui tentaient de dissimuler leur queue gonflée. Et, si désolé qu'il se sentît pour eux, le Commandant ne put s'empêcher de penser à la joie des villageois.

Toute l'année, les gens du village épargnaient leur argent en prévision de ce jour-là, où, moyennant quelques pièces, ils allaient s'acheter, pour toute la durée de l'été, un fringant esclave choisi pour servir à la Cour, entraîné et soigné pour la Cour, et qui allait devoir désormais obéir à la dernière des servantes de cuisine ou au dernier des garçons d'écurie, pourvu qu'ils aient suffisamment renchéri lors de la vente.

Et quel groupe appétissant ils formaient, cette fois-ci : les membres potelés encore tout parfumés de coûteuses essences, la toison pubienne encore peignée et huilée, comme si, au lieu d'un millier de villageois avides et concupiscents, c'était à la Reine en personne qu'ils allaient être présentés. Cordonniers, aubergistes, marchands, tous les attendaient, bien décidés à en avoir pour leur argent, à ce que cette dépense leur rapporte, certes, des mines charmantes et une abjecte humilité, mais, outre cela, des sujets rudes à la tâche.

Dans le chariot, les esclaves en proie aux lamentations étaient secoués, culbutés les uns contre les autres. Le château lointain n'était guère plus qu'une grande ombre grise contre le ciel qui s'éclairait peu à peu, et les vastes jardins d'agrément étaient désormais cachés par les murs élevés qui l'entouraient.

Le Commandant rapprocha sa monture du chariot, et, à la vue de ce taillis de mollets joliment dessinés et de pieds fortement cambrés, et de la demi-douzaine de splendides infortunés qui se pressaient à l'avant tout contre la ridelle, avec tous les autres massés contre eux dans le vain espoir d'échapper aux lanières de cuir des soldats, il sourit. Tout ce qu'ils pouvaient faire, c'était de se tortiller sous cet assaut enjoué, ce qui ne faisait qu'exposer encore un peu plus leurs hanches, leurs derrières et leurs ventres nus à la morsure des ceintures, alors même qu'ils inclinaient leurs visages souillés de larmes.

Le spectacle était franchement savoureux, et, du fait qu'ils ne savaient pas vraiment ce qu'on leur réservait, il n'en était peut-être que plus captivant. Peu importait combien d'esclaves de la Cour avaient entendu parler du village : ils n'étaient jamais réellement préparés au choc qui les attendait. S'ils avaient vraiment su de quoi il retournait, jamais, au grand jamais ils n'auraient risqué d'encourir le mécontement de la Reine.

Le Commandant ne pouvait s'empêcher de penser à la fin de l'été, quand, une fois parfaitement assagis, la tête basse et la langue silencieuse, en signe de totale soumission, ces mêmes jeunes gens et ces mêmes jeunes femmes, qui, pour l'heure, ne cessaient de gémir et de se débattre seraient ramenés. Quel privilège ce serait alors de leur donner le fouet, à l'un après l'autre, pour qu'ils viennent écraser leurs lèvres contre la pantoufle de la Reine !

Allons, pour l'instant, laissons-les gémir, songea le Commandant. Laissons-les, en cette heure où le soleil se lève sur ces collines rondes et verdoyantes, se tordre et se contorsionner dans ce chariot qui descend pesamment et sans cesse plus vite la longue route vers le village. Et qu'on laisse la jolie petite Belle et ce jeune Tristan plein de majesté se serrer l'un contre l'autre au milieu de cette pagaille. Bientôt, ils sauraient à quoi ils s'étaient exposés.

Cette fois-ci, se dit le Commandant, il se pourrait bien qu'il reste assister à la vente, ou, tout au moins, assez longtemps pour voir la Belle et Tristan séparés et, comme ils le méritaient, hissés l'un après l'autre sur le banc des enchères pour y être bradés à leurs nouveaux propriétaires.

La Belle et Tristan

— MAIS, Belle, pourquoi avez-vous fait cela ? chuchota le Prince Tristan. Pourquoi avez-vous désobéi de propos délibéré ? Vouliez-vous être envoyée au village ?

Tout autour d'eux, dans le chariot en marche, les Princes et les Princesses poussaient de faibles plaintes inarticulées et pleuraient sans retenue, en proie au désespoir.

Mais Tristan était parvenu à se dégager du cruel petit mors de cuir qui l'avait tenu bridé, et il l'avait laissé tomber sur le plancher. Et la Belle, faisant aussitôt de même, se libéra de ce méchant accessoire en s'aidant de la langue et le cracha loin d'elle avec une délicieuse expression de défi.

Après tout, ils étaient des esclaves condamnés, alors quelle importance ? Leurs parents les avaient remis à leur Reine, en guise de tributs, tout nus, et, pour la durée de ces années passées à son service, on leur avait dit d'obéir. Mais ils avaient failli. Dorénavant, ils étaient condamnés à un rude labeur et à ce que des gens du peuple fassent d'eux un cruel usage.

— Pourquoi, Belle ? insista Tristan.

Mais à peine avait-il posé de nouveau cette question qu'il couvrait de la sienne la bouche offerte de la Belle, et la Belle, debout sur la pointe des pieds, ne put que recevoir ce baiser, l'organe de Tristan soulevant son sexe humide qui avait désespérément faim de lui. Si seulement ils n'avaient pas eu les mains attachées, si seulement elle avait pu le serrer dans ses bras !

Soudain, le pied de la Belle ne fut plus en contact avec le plancher du chariot, et elle bascula en avant contre la poitrine de Tristan, le chevauchant, et cette pulsion en elle fut si violente qu'elle effaça ses pleurs ainsi que les coups sourds que les soldats à cheval leur flanquaient de leurs lanières de cuir, et la Belle se sentit comme vidée de son souffle.

L'instant d'une éternité, elle parut flotter, avoir perdu tout ancrage dans le monde réel, l'énorme chariot de bois grinçant sur ses roues si hautes, les railleries des gardes, la pâleur naissante du ciel qui décrivait une voûte lointaine au-dessus des collines sombres et rondes, et la vision lointaine, incertaine du village tapi sous une brume bleue, lointain, au-dessous. Lever du soleil, martèlement des sabots des chevaux, membres des esclaves à la peau si douce qui se débattaient, s'écrasaient contre ses fesses endolories, tout cela était effacé. Il n'y avait plus que cet organe qui la fendait en deux, la soulevait, la menait, avec une force implacable, vers une explosion de plaisir, assourdissante et silencieuse à la fois. Son dos se cambra, ses jambes se raidirent, ses tétons pointèrent contre la chaleur de la chair de Tristan, et sa bouche était pleine de la langue de Tristan.

Confusément, dans le trouble de l'extase, elle sentit les hanches de Tristan qui adoptaient leur cadence finale, irrésistible. Elle n'en pouvait plus, et pourtant son plaisir était comme fragmenté, démultiplié, lavant tout en elle, comme de l'eau, infiniment. Dans quelque Royaume sis au-delà de la pensée, elle ne se sentait plus humaine. Le plaisir dissolvait l'humanité telle qu'elle l'avait connue. Et elle n'était pas la Princesse Belle, amenée au château du Prince pour y servir en guise d'esclave. Et pourtant, là-dessus, le doute n'était pas permis, car ce plaisir déchirant, c'était bel et bien là-bas qu'elle l'avait appris.

Elle ne savait plus rien, sinon la palpitation de son sexe doux et humide, sinon cet organe qui la soulevait, qui la tenait. Et les baisers de Tristan qui se faisaient sans cesse plus tendres, plus doux, plus insistants. Un esclave en larmes se serrait contre son dos, sa chair brûlante contre la sienne, un autre corps chaud s'écrasait contre son côté droit, et l'ample caresse d'une chevelure soyeuse vint effleurer son épaule nue.

— Mais pourquoi, Belle ? lui chuchota de nouveau Tristan, sans que ses lèvres la quittent. Pour vous être enfuie de la Cour du Prince, vous avez dû faire preuve d'une telle volonté. Vous y étiez trop admirée, trop pleinement accomplie.

Ses yeux d'un bleu profond, presque violets, méditatifs, trahissaient sa répugnance à se livrer tout entier.

Il avait le visage un peu plus grand que celui de la plupart des hommes, à l'ossature puissante, d'une symétrie parfaite, et, pourtant, les traits en étaient presque délicats, et la voix basse et plus impérieuse que les voix de ceux qui avaient été les Maîtres de la Belle. Mais en cet instant cette voix n'exprimait rien d'autre qu'une intimité charnelle, et ses longs cils, où la lumière du soleil laissait des reflets d'or, donnaient à Tristan un air d'enchantement. Il s'adressait à la Belle comme s'ils avaient été compagnons de servitude depuis toujours.

— Je ne sais pourquoi j'ai agi ainsi, chuchota la Belle en réponse. Je ne puis l'expliquer, mais, oui, cela devait être de mon plein gré.

Elle lui embrassa la poitrine, rapidement, elle trouva ses tétons et les embrassa, puis elle les suça avec force, l'un après l'autre, tant et si bien qu'elle sentit son organe cogner à nouveau contre elle alors même que, d'une voix feutrée, il lui demandait grâce.

Naturellement, les châtiments subis au château avaient été source de volupté ; il avait été excitant d'être ainsi le jouet d'une Cour aussi fastueuse, l'objet d'une impitoyable attention. Oui, tout cela avait été envoûtant, troublant, ces battoirs et ces lanières de cuir ouvragés d'exquise manière, et les marques qu'ils laissaient sur la peau, cette punition rigoureuse qui l'avait si souvent laissée en pleurs, le souffle coupé. Et puis, après coup, les bains chauds et odorants, les massages aux huiles parfumées, les heures de demi-sommeil au cours desquelles elle n'osait pas même envisager les tâches et les épreuves qui l'attendaient.

Oui, cela avait été grisant, séduisant, et terrifiant.

Assurément, elle avait aimé le Prince Héritier, sa haute stature, ses cheveux noirs, ses insatisfactions mystérieuses et indicibles, et la douce et ravissante Dame Juliana, ses jolies nattes blondes, qui tous deux avaient été des tourmenteurs si talentueux.

Alors pourquoi la Belle avait-elle rejeté tout cela ? Pourquoi, lorsqu'elle avait aperçu Tristan dans cette cour du château où on les avait retenus sous bonne garde, au milieu d'une foule de Princes et de Princesses désobéissants, tous condamnés à être vendus aux enchères au village, avait-elle désobéi volontairement afin d'être envoyée au village avec eux ?

Elle pouvait encore se rappeler la description sommaire que Dame Juliana lui avait faite du sort qui les attendait.

« On accomplit là les tâches misérables des domestiques. La vente elle-même a lieu dès leur arrivée, et vous pouvez aisément vous imaginer que même les mendiants et les plus communs des rustauds, venus de tous les environs du bourg, sont là pour y assister. Pardieu, tout le village se déclare en congé. »

Et puis cette remarque étrange du Maître de la Belle, le Prince Héritier, qui n'avait certainement pas songé un seul instant, à ce moment-là, que la Belle se placerait bientôt d'elle-même en situation de disgrâce : « Ah, mais en dépit de toute sa rudesse et de toute sa cruauté, lui avait-il dit, c'est là un châtiment sublime. »

Étaient-ce ces mots-là qui avaient causé sa perte ?

Brûlait-elle du désir de se retrouver précipitée dans les bas-fonds, fuyant la hauteur de cette Cour, faite de rituels, d'ornements et de ruses, où on lui infligeait coups et humiliations, pour se retrouver en ces lieux reculés où on la tiendrait pour rien, où les humiliations et les coups cinglants tomberaient tout aussi dru, tout aussi vite, mais accompagnés d'un état de dénuement plus complet et plus féroce ?

Naturellement, là-bas, les limites seraient identiques. Même au village, aucun esclave ne devait avoir ses chairs abîmées ; jamais on ne pouvait brûler aucun esclave, et on ne pouvait leur faire à proprement parler aucun mal. Non, simplement, tous ses châtiments allaient se trouver encore rehaussés. Or elle savait désormais très exactement tout ce que l'on pouvait accomplir avec cette lanière de cuir noir d'innocente allure et ce battoir de cuir à la décoration trompeuse.

Mais au village, elle ne serait pas une Princesse. Tristan ne serait pas un Prince. Et les rustres, hommes ou femmes, qui les feraient travailler et qui les puniraient n'ignoreraient pas qu'à chacun de leurs coups gratuits ce serait le vœu de la Reine qu'ils exécuteraient.

Soudain, la Belle se trouva incapable de réfléchir. Oui, cet acte avait été délibéré, mais n'avait-elle pas commis là une effroyable erreur ?

— Et vous, Tristan, dit-elle subitement en tâchant de dissimuler le tremblement de sa voix. N'était-ce pas un geste voulu, de votre part à vous aussi ? N'avez-vous pas provoqué votre Maître de propos délibéré ?

— Oui, Belle, mais derrière cela il y a une longue histoire, répondit Tristan.

Et la Belle put percevoir l'appréhension dans ses yeux et cette crainte qu'il n'était pas non plus à même d'admettre.

— J'étais, comme vous le savez, au service du Seigneur Étienne, mais ce que vous ne savez pas, c'est que voici un an, dans un autre pays (et nous étions alors des égaux), Sire Étienne et moi étions amants.

Les grands yeux bleu-violet se firent un peu moins impénétrables, les lèvres un peu plus chaudes, et il sourit presque tristement.

À ces mots, la Belle eut le souffle coupé.

Le soleil s'était maintenant complètement levé, le chariot avait négocié un virage serré que décrivait la route, la descente se faisait maintenant plus lente, sur un terrain inégal, et les esclaves furent encore plus brutalement précipités les uns contre les autres.

— Vous pouvez imaginer notre surprise, poursuivit Tristan, lorsque nous nous sommes découverts Maître et esclave au château, et quand la Reine, remarquant le rouge qui montait au front de Sire Étienne, me livra immédiatement à son bon vouloir en lui donnant pour ordre impératif de me dresser jusqu'à ce que je sois parfait.

— Insupportable, admit la Belle. L'avoir connu auparavant, s'être promené avec lui, avoir parlé avec lui. Comment pouviez-vous vous soumettre ?

Tous ses Maîtres et toutes ses Maîtresses avaient été pour elle des étrangers, parfaitement établis dans leur rôle, dès l'instant où elle avait compris son impuissance et sa vulnérabilité. Elle avait connu la couleur et la texture de leurs pantoufles et de leurs bottes magnifiques, le ton sec de leurs voix avant de connaître leurs noms ou leurs visages.

Tristan laissa échapper le même sourire mystérieux.

— Oh, je pense que c'était bien pire pour Étienne que pour moi, chuchota-t-il à son oreille. Voyez-vous, nous nous étions rencontrés lors d'un grand tournoi où nous étions opposés l'un à l'autre, et, à chaque passe d'armes, je l'avais vaincu. Lorsque nous chassions ensemble, j'étais le meilleur tireur et le meilleur cavalier. Il en avait conçu de l'admiration à mon égard, me considérait avec grand respect, et pour cela je l'aimais, parce que je connaissais l'ampleur de sa fierté et de l'amour qui égalait cette fierté. Lorsque nous nous accouplions, c'était moi le meneur de jeu.

« Mais il nous fallait regagner chacun notre Royaume. Il nous fallait retourner aux devoirs qui nous attendaient. Nous avons eu trois nuits d'amour volées, peut-être plus, au cours desquelles il s'est abandonné comme un garçon pouvait le faire avec un homme. Après quoi, il y eut des lettres, qui devinrent à la fin trop douloureuses à écrire. Ensuite, ce fut la guerre. Le silence. Le Royaume d'Étienne s'est allié à celui de la Reine. Et plus tard encore, les armées de la Reine arrivèrent à nos portes, et il y eut cette étrange rencontre au château de la Reine : moi, à genoux, dans l'attente d'être donné à un noble Maître, et Étienne, le jeune parent de la Reine, assis en silence à sa droite, à la table du banquet. (Tristan sourit à nouveau.) Non, le pire, ce fut lui qui le vécut. Je rougis de honte de l'admettre, mais, quand je l'ai vu, mon cœur a fait un bond. Et c'est moi qui, par dépit, ai triomphé en l'abandonnant.

La Belle comprenait la chose, parce qu'elle avait agi de même avec le Prince Héritier et Dame Juliana.

— Mais le village, est-ce que cela ne vous faisait pas peur ?

Encore une fois, un tremblement vint lui voiler la voix. Ce village qu'ils évoquaient, à quelle distance s'en trouvaient-ils encore ?

— Ou alors, en fait, était-ce tout simplement le seul et unique moyen de vous libérer ? lui demanda-t-elle avec douceur.

— Je ne sais. Il doit y avoir quelque autre raison à cela, chuchota Tristan, mais alors il s'interrompit, comme dérouté par ses propres paroles. Mais, si vous tenez à le savoir, avoua-t-il, alors sachez-le, je suis terrifié.

Et pourtant il dit ces mots avec un tel calme, la voix si pleine d'une telle assurance, que la Belle n'en pouvait croire ses oreilles.

Le chariot avait pris un autre virage en grinçant. Les gardes avaient conduit leurs montures à l'avant du convoi pour y recevoir les ordres de leur Commandant. Le chariot se balançait lentement, et les esclaves chuchotaient entre eux, toujours bien trop obéissants et bien trop craintifs pour oser se défaire des petits mors de cuir qui leur bridaient la bouche, ce qui ne les empêchait pas de tenir des conciliabules fort animés à propos du sort qui les attendait.

— Belle, reprit Tristan, dès que nous aurons atteint le village, nous allons être séparés, et personne ne sait ce qui peut nous arriver. Montrez-vous aimable, obéissez ; au bout du compte, cela ne peut pas... (Et, une fois encore, il s'interrompit, incertain.) Au bout du compte, cela ne peut pas être pire qu'au château.

Et la Belle crut entendre, dépouillée de tout artifice, une réelle nuance d'inquiétude dans sa voix ; mais, pourtant, son visage, lorsqu'elle leva les yeux sur lui, était presque dur, et seuls ses beaux yeux en adoucissaient un peu l'expression. Sur son menton, elle pouvait discerner jusqu'au très léger duvet doré de sa barbe de la veille, et cela lui donna l'envie de l'embrasser.

— Veillerez-vous sur moi après que nous serons séparés, tenterez-vous de me retrouver, ne serait-ce que pour me dire quelques mots ? s'enquit la Belle. Oh, simplement pour me faire savoir que vous êtes là... Toutefois, sachez-le, je ne crois pas que je vais me comporter de manière aimable. Je ne vois pas pourquoi je devrais continuer un seul instant à me montrer aimable. Nous sommes de vils esclaves, Tristan. Pourquoi devrions-nous obéir, dorénavant ?

— Que voulez-vous dire ? demanda-t-il. Je crains pour vous.

Loin devant eux s'éleva une rumeur sourde de voix étouffées, le bruit d'une vaste foule, qui leur parvint mollement portées par-dessus les petites collines — la rumeur estompée d'une foire de village, de centaines de conversations, de cris, le grouillement de la multitude.

La Belle se serra tout contre la poitrine de Tristan. Le cœur battant, elle sentit une pointe d'excitation s'éveiller entre ses jambes. L'organe de Tristan avait de nouveau durci, mais il n'était pas en elle, et ce lui fut encore un supplice, ayant les mains liées, de ne pouvoir le toucher.

La question qu'elle lui avait posée lui parut soudain dépourvue de sens, et pourtant elle la lui répéta, tandis que le bruit lointain s'amplifiait.

— Pourquoi faut-il obéir, si nous sommes d'ores et déjà punis ?

Tristan entendait lui aussi ces bruits qui s'amplifiaient. Le chariot prenait de la vitesse.

— Au château, on nous a dit qu'il nous fallait obéir, fit la Belle, c'est ce qu'avaient souhaité nos parents en nous envoyant devant la Reine et les Princes en qualité de Tributs. Mais désormais nous sommes de vils esclaves...

— Si nous désobéissons, cela ne fera qu'aggraver notre châtiment, lui rappela Tristan, mais quelque chose, dans l'expression de ses yeux, trahissait l'expression de sa voix.

Ses mots sonnaient faux, comme s'il lui répétait quelque chose qu'il croyait devoir lui dire pour son bien à elle.

— Il nous faut attendre de voir ce qui va nous arriver, fit-il. Souvenez-vous, Belle, qu'à la fin ils sauront nous plier à leur volonté.

— Mais comment cela, Tristan ? demanda-t-elle. Vous voulez dire que vous vous êtes vous-même condamné à cet état et que pourtant vous allez obéir ?

Encore une fois, elle éprouva ce frisson qu'elle avait ressenti en laissant à leur affliction le Prince et Dame Juliana au château.

« Je suis une si mauvaise fille », songea-t-elle. Et pourtant...

— Belle, leurs souhaits prévaudront. Souvenez-vous, un esclave entêté, désobéissant, les amusera tout autant. Alors, pourquoi lutter ? insista Tristan.

— Pourquoi lutter, en effet, si c'est pour obéir ? reprit la Belle.

— Avez-vous la force de vous conduire de façon épouvantable sans jamais faiblir ? interrogea-t-il.

Il parlait d'une voix feutrée, pressante, et lorsqu'il l'embrassa de nouveau son souffle était chaud contre son cou. La Belle s'efforçait d'effacer le bruit de la foule ; c'était un bruit horrible, comme celui d'une énorme bête qui sort de sa tanière. Elle trembla.

— Belle, je ne sais pas au juste ce que j'ai fait, lui dit Tristan.

Inquiet, il jeta un coup d'œil dans la direction de ce vacarme effrayant, menaçant : hurlements, vivats, brouhaha des jours de foire.

— Même au château, continua-t-il, ses yeux bleu-violet se consumant maintenant d'une flamme qui aurait bien pu être celle de la peur — ce qu'un Prince courageux ne saurait montrer —, même au château, j'ai trouvé qu'il était plus facile de courir lorsqu'on nous disait de courir, de s'agenouiller lorsqu'on nous disait de nous agenouiller : rien que dans le fait d'accomplir tout cela à la perfection il y avait une sorte de triomphe.

— Alors, pourquoi sommes-nous ici, Tristan ? demanda-t-elle en se dressant sur la pointe des pieds pour lui baiser les lèvres. Pourquoi sommes-nous tous deux de si vils esclaves ?

Et elle avait beau déployer tous ses efforts pour se donner une allure rebelle et brave, elle se serra contre Tristan plus désespérément encore.

Vente aux enchères sur la place du marché

LE chariot avait fini par s'immobiliser, et, en contrebas, la Belle put apercevoir, à travers l'enchevêtrement des bras à la peau blanche et des chevelures ébouriffées, le mur d'enceinte du village, avec ses portes ouvertes et une foule bariolée qui investissait le pré.

Les esclaves furent promptement déchargés du chariot, et on les força, sous la morsure des coups de ceinture, à se regrouper sur l'herbe. Tout de suite, la Belle fut séparée de Tristan, qui se retrouva poussé à l'écart, loin d'elle, brutalement, sans aucun autre motif apparent que le caprice d'un garde.

Les autres se virent retirer de la bouche leur mors de cuir.

— Silence ! imposa la voix forte du Commandant. Au village, les esclaves n'ont pas droit à la parole ! Quiconque parlera sera de nouveau bâillonné, et encore plus sévèrement !

Sur sa monture il fit le tour du petit troupeau, pressant les esclaves les uns contre les autres, et il donna l'ordre de leur délier les mains, mais malheur à celui, mâle ou femelle, qui les retirerait de sa nuque.

— Le village n'a pas besoin d'entendre vos voix impudentes ! poursuivit-il. Vous êtes désormais des bêtes de charge, même si cette charge est un labeur de plaisir ! Et vous garderez vos mains sur la nuque, sans quoi on vous mettra le joug et on vous mènera à travers champs, devant une charrue !

La Belle fut secouée de violents tremblements. On la contraignit à avancer, et elle perdit Tristan de vue. Autour d'elle, ce n'étaient que longues chevelures balayées par le vent, têtes courbées et larmes. Une fois libérés de leurs bâillons, les esclaves donnaient l'impression de contenir un peu plus leurs pleurs, déployant tous leurs efforts pour conserver les lèvres closes, et les gardes les apostrophaient avec des voix d'une brutalité insoutenable !

— Avancez ! La tête levée !

Les ordres tombaient avec impatience et brusquerie. Au son de ces voix pleines de colère, la Belle sentait des frissons lui remonter le long des bras et des jambes. Tristan était derrière elle, elle ne savait où — si seulement il avait pu se rapprocher d'elle.

Et pourquoi les avait-on fait descendre ici, si loin du village ? Et pourquoi faisait-on faire un demi-tour au chariot ?

Tout à coup, elle sut. On allait les conduire à pied, comme une troupe d'oies que l'on mène au marché. Et, à peine cette idée lui était-elle venue à l'esprit, les gardes à cheval fondirent sur le petit groupe et commencèrent de le faire avancer sous une grêle de coups.

« C'est trop cruel », se dit la Belle. Elle se mit à courir, toute tremblante, et le coup de battoir vint la cueillir, comme toujours, au moment où elle s'y attendait le moins, la propulsant en avant, ses pieds ne faisant plus qu'effleurer la terre meuble et fraîchement retournée de la route.

— Au trot, tête levée ! hurlait le garde, et aussi les genoux levés !

La Belle vit les sabots des chevaux frapper le sol à côté d'elle, exactement comme elle les avait vus auparavant sur le Sentier de la Bride abattue, au château, et elle sentit la même appréhension féroce qu'alors chaque fois que le battoir lui claquait les cuisses et les mollets. Elle courait, ses seins lui faisaient mal, et une douleur sourde et brûlante irradiait dans ses jambes douloureuses.

Elle ne pouvait voir la foule distinctement, mais elle savait qu'ils étaient là, des centaines de villageois, peut-être même des milliers, une marée qui se répandait par les portes du village pour venir au-devant des esclaves. « Et nous allons être conduits au beau milieu d'eux ; c'est trop épouvantable », se dit-elle ; soudain, la résolution qu'elle avait prise dans le chariot de désobéir, de se rebeller la quitta. Elle était tout bonnement trop effrayée. Et elle courait aussi vite qu'elle pouvait sur la route qui descendait tout en bas jusqu'au village, et, elle avait beau se dépêcher, le battoir l'attendait, jusqu'à ce qu'elle se rende compte qu'elle avait si bien lutté pour traverser les premières rangées d'esclaves qu'elle courait maintenant à leur hauteur, sans plus personne à présent pour lui masquer le spectacle de cette foule énorme.

Sur les remparts flottaient des étendards. Des bras décrivaient de grands gestes, des vivats ponctuaient l'approche des esclaves, et au milieu de toute cette excitation perçaient les quolibets de dérision ; le cœur de la Belle cognait sourdement, et elle tâchait de ne pas chercher à distinguer trop clairement ce qui l'attendait, même si elle n'avait guère de moyen d'esquive.

« Aucune protection, nulle part où se cacher, et où est Tristan se demanda-t-elle ? Pourquoi ne pas me replonger dans la horde ? » Mais, lorsqu'elle s'y essaya, le battoir vint la frapper en retentissant, tandis que le garde lui hurlait d'avancer. Les coups s'abattaient sur les autres autour d'elle au point de faire fondre en larmes d'impuissance la petite Princesse rousse qui se tenait à sa droite. « Oh, que va-t-il nous arriver ? Pourquoi avons-nous désobéi ? », et ses gémissements furent entrecoupés de sanglots. Mais le Prince aux cheveux noirs qui se trouvait, lui, à droite de la Belle lui lança un coup d'œil en guise d'avertissement : « Du calme, sinon ce sera pire ! »

La Belle ne put s'empêcher de penser au long périple qu'elle avait effectué à pied jusqu'au Royaume du Prince Héritier, comment il l'avait menée par des villages où elle avait été honorée et admirée comme son esclave de choix. Rien de tel, à présent.

À l'approche des portes, la foule avait rompu les amarres et se déployait de part et d'autre des captifs. La Belle put voir de près les femmes, en tablier blanc de fête et en galoches, et les hommes chaussés de bottes de peau et en pourpoint de cuir, des visages robustes, de toutes parts, manifestement rayonnants de plaisir. La Belle en eut le souffle coupé et laissa tomber le regard sur le chemin devant elle.

Ils passèrent les portes. On sonna de la trompette. Et, de partout, des mains se tendirent pour les toucher, les pousser, leur tirer les cheveux. La Belle sentit des doigts lui passer sans ménagement sur la figure ; on lui gifla les cuisses. Elle laissa échapper un cri désespéré tout en se débattant pour échapper aux mains qui la poussaient violemment, tandis qu'autour d'elle s'élevaient les rires, forts, épais, moqueurs, les hurlements et les exclamations, et puis, ici et là, des cris isolés.

La Belle avait le visage inondé de larmes, sans qu'elle s'en soit même encore aperçue. Sa poitrine palpitait de la même pulsation violente qu'elle sentait battre à hauteur de ses tempes. Autour d'elle, elle vit les maisons du village, élevées, étroites, à colombage, qui décrivaient une large courbe le long d'une vaste place où se tenait un marché. Une haute estrade de bois, surmontée d'un gibet, dominait tout. Et ils étaient là, par centaines, massés aux fenêtres et aux balcons qui surplombaient la place, agitant des mouchoirs blancs, poussant des vivats ; il y en avait d'autres encore, à ne pouvoir les compter, qui engorgeaient les ruelles encaissées débouchant sur la place, tout ce monde jouant des coudes et se bousculant pour se rapprocher des malheureux esclaves.

On regroupa ceux-ci de force dans un enclos situé derrière l'estrade. La Belle découvrit une volée de marches de bois branlantes qui menait jusque sur les planches et une longueur de chaîne en cuir suspendue audessus du gibet. Sur un côté de la potence, il y avait un homme qui attendait debout, les bras croisés, tandis qu'un autre sonnait de nouveau un coup de trompette pendant que l'on refermait les portes de l'enclos. La foule les encercla, et il n'y eut plus que le mince bandeau de la palissade pour les protéger. Encore une fois, des mains se tendirent vers eux, et ils se blottirent les uns contre les autres. On pinça les fesses de la Belle, on lui souleva sa longue chevelure.

Elle se débattit désespérément pour gagner le centre de l'enclos, à la recherche de Tristan. Elle ne l'aperçut qu'un bref instant, quand on le rudoya pour le pousser jusqu'au pied de l'escalier.

« Il faut qu'on me vende avec lui », se dit-elle, et elle poussa violemment devant elle, mais l'un des gardes la refoula dans le petit groupe, tandis que la foule huait, beuglante et rigolarde.

La Princesse rousse, celle qui avait pleuré sur la route, était devenue inconsolable, et la Belle se serra tout près d'elle afin de la réconforter et de se cacher en même temps. La Princesse avait des seins ravissants, plantés haut, des tétons très larges et roses, et ses cheveux roux cascadaient en rigoles sur son visage trempé de larmes. La foule se remettait à pousser des vivats et des hurlements, maintenant que le héraut en avait fini.

— N'ayez pas peur, lui chuchota la Belle. Souvenez-vous, finalement, ce sera tout comme au château. Nous serons punis, on nous fera obéir.

— Non, ce ne sera pas pareil ! chuchota la Princesse en tâchant de ne pas remuer les lèvres de façon trop visible. Et moi qui me prenais pour une rebelle. Et moi qui me prenais pour une entêtée farouche.

La trompette lâcha un troisième appel lancé à pleins poumons, une série de notes aiguës qui laissèrent un écho derrière elles. Et, dans le silence qui s'abattit immédiatement après sur la place du marché, une voix retentit :

— Nous allons maintenant procéder à la grande vente de printemps !

Un rugissement s'éleva tout autour d'eux, un chœur presque assourdissant, d'une force qui mit la Belle en état de choc, à tel point qu'elle ne se sentait plus respirer. La vue de ses propres seins palpitants la laissa abasourdie. D'un coup d'œil, elle embrassa la scène, vit des centaines d'yeux passer sur elle, l'examiner, prendre la mesure de ses attributs dénudés, et cent lèvres animées de chuchotis et de sourires.

Entre-temps, les Princes subissaient les tourments des gardes : leurs queues légèrement fouettées par les ceintures de cuir, des mains pétrissant leurs couilles pendantes, on les contraignit à se mettre au garde-à-vous et, s'ils ne s'exécutaient pas, on les punissait de sévères coups de battoir sur les fesses. Tristan tournait le dos à la Belle. Elle put donc voir les muscles durs et parfaits de ses jambes et de ses fesses tressaillir lorsque le garde les taquina, en lui passant la main sans ménagement dans l'entrejambe. Dès lors, elle regretta amèrement leur étreinte amoureuse à la dérobée. Si jamais il ne parvenait pas à se tenir au garde-à-vous, c'était elle qui serait à blâmer.

Mais la voix tonnante résonna de nouveau.

— Tous ceux qui habitent le village connaissent les règles de la vente. Ces esclaves désobéissants, que Notre Gracieuse Majesté nous destine afin qu'ils fournissent un dur labeur, doivent être vendus au plus offrant, pour une période de service qui ne saurait être en aucun cas inférieure à trois mois, à la convenance de leurs Seigneurs et Maîtres. Ces impénitents devront demeurer dans leur condition de muets serviteurs, et ils devront être amenés sur la Place des Châtiments publics aussi souvent que leurs Maîtres et Maîtresses le permettront, afin d'y être soumis à toutes les souffrances, pour l'amusement de la foule autant que pour leur propre édification.

Le garde s'était éloigné de Tristan tout en lui chuchotant quelque chose à l'oreille, et lui assena un coup de son battoir au passage, non sans espièglerie, et avec le sourire.

— Vous êtes solennellement chargés, poursuivit, sur l'estrade, le héraut, de faire travailler ces esclaves, de les punir, de ne tolérer aucune désobéissance de leur part, et jamais la moindre parole impudente. Et tous les Maîtres et Maîtresses ont loisir de vendre leur esclave à l'intérieur de ce village, à tout moment, pour la somme de leur choix.

La Princesse rousse pressa ses seins nus contre la Belle, et la Belle se pencha en avant pour l'embrasser dans le cou. Elle sentit la toison dense et drue du pubis de la jeune fille contre sa jambe, sa moiteur et sa chaleur.

— Ne pleure pas, lui chuchota-t-elle.

— Lorsque nous repartirons d'ici, je me conduirai à la perfection, à la perfection ! lui confia la Princesse, et elle éclata de nouveau en sanglots.

— Mais qu'est-ce qui vous a amenée à désobéir ? lui chuchota à la dérobée la Belle à l'oreille.

— Je ne sais pas, gémit la fille en ouvrant tout grands ses yeux bleus. Je voulais voir ce qui arriverait ! et elle se remit à pleurer, pitoyablement.

— Qu'il soit bien entendu que chaque fois que vous punissez l'un de ces esclaves indignes, continua le héraut, vous exaucez le vœu de Sa Royale Majesté. C'est de sa main que vous frappez le coup que vous frappez, de ses lèvres que vous les chapitrez. Une fois par semaine, tous les esclaves doivent être envoyés aux bains publics pour leur toilette. Ils doivent être nourris convenablement. En toutes occasions, les esclaves doivent produire la preuve qu'ils ont été copieusement fouettés. L'insolence ou la rébellion seront réprimées avec la dernière intransigeance.

La sonnerie de trompette éclata de nouveau. Des mouchoirs blancs s'agitèrent, et de toutes parts des mains applaudirent par centaines. La Princesse rousse poussa un cri lorsqu'un jeune homme, qui se penchait par-dessus la palissade de l'enclos, l'attrapa par la cuisse et l'attira vers lui.

Le garde l'arrêta d'une réprimande bon enfant, lui laissant cependant le temps de glisser la main sous le sexe humide de la Princesse.

On conduisit alors Tristan sur l'estrade de bois. Montant les marches, il se tenait la tête haute, les mains noués à la nuque comme auparavant, dans une attitude toute de dignité, en dépit du battoir qui donnait avec vigueur sur ses fesses qu'il tenait étroitement serrées.

Pour la première fois, la Belle vit, au-dessous du haut gibet et des attaches de cuir qui en pendaient, une roue sur laquelle un homme de haute stature, l'air lugubre, en pourpoint de velours vert vif, força Tristan à prendre place. À coups de pied, il écarta les jambes de Tristan, comme s'il avait été hors de question d'adresser un ordre au Prince, fût-ce le plus élémentaire.

« On le traite comme un animal », songea la Belle, qui observait.

Debout un peu en arrière, le commissaire de la vente, un homme de grande taille lui aussi, actionnait la roue en appuyant de son pied sur une pédale, de manière à faire tourner Tristan à toute vitesse.

La Belle n'apercevait plus que fugitivement son visage écarlate, ses cheveux d'or et ses yeux bleus presque clos. De la sueur luisait sur sa poitrine et son ventre durs, sa queue, énorme et forte, — selon le souhait des gardes —, ses jambes légèrement tremblantes d'être si largement écartées.

Le désir se noua au sein de la Belle, elle le prit en pitié, elle sentit ses organes se remettre à gonfler et à palpiter, et, dans le même temps, fut saisie d'une peur terrible : « Être forcée de me tenir debout seule devant tout le monde, je ne peux pas. Être bradée de la sorte, je ne peux pas ! Je ne peux pas ! »

Mais combien de fois, au château, avait-elle prononcé ces mots-là. Un puissant éclat de rire, en provenance d'un balcon proche, la cueillit par surprise.

Partout, ce n'étaient que conversations bruyantes et disputes, et la roue tournait sans relâche, et les boucles blondes qui ruisselaient sur la nuque de Tristan le faisaient paraître plus nu et plus vulnérable.

— Un Prince d'une force exceptionnelle, cria le commissaire d'une voix plus forte, plus profonde encore que celle du héraut, en coupant court au brouhaha des conversations. Des membres longilignes, mais une ossature robuste. Assurément taillé pour le travail de maison, et plus certainement encore pour le travail des champs, et sans aucun doute pour le travail à l'étable.

La Belle tressaillit.

Le commissaire avait en main un battoir de cuir, de l'espèce longue et flexible qui ressemblait à une lanière rigide, et il en gifla le dard de Tristan, puis, lorsque ce dernier, achevant son tour, revint en position, face à l'enclos des esclaves, il annonça, en s'adressant à la cantonade :

— Un organe puissant, des plus empressés, capable de grands services, d'une endurance considérable, et des volées de rires s'élevèrent de la place.

Le commissaire tendit le bras, empoigna Tristan par les cheveux, le fit soudain se courber en deux tout en faisant pivoter encore une fois la roue, et Tristan demeura courbé dans la même posture.

— Des fesses excellentes, s'écria la voix profonde et tonitruante, et puis il y eut les inévitables coups de battoir qui laissèrent leurs marbrures rouges sur la peau de Tristan. Élastiques, douces ! cria le commissaire en appuyant sur la chair du bout du doigt. (Puis il porta la main au visage de Tristan, le releva.) Et réservé, de tempérament calme, désireux de se montrer obéissant ! Et ça vaut mieux pour lui !

Un autre coup de battoir, et d'autres rires de toutes parts.

« À quoi pense-t-il, se dit la Belle. Je ne puis endurer cela ! »

À nouveau, le commissaire avait empoigné la tête de Tristan, et la Belle vit l'homme soulever un phallus de cuir noir accroché par une chaîne à la ceinture de son pourpoint de velours vert. Avant qu'elle ait pu réaliser ce qu'il avait l'intention de faire, il avait enfoncé l'instrument de cuir dans l'anus de Tristan, un geste qui, de tous les côtés de la place du marché, souleva une nouvelle salve de vivats et de cris, tandis que Tristan, le visage impassible, se courbait en position inclinée, comme un instant auparavant, jusqu'à terre.

— Ai-je besoin d'en dire plus ? cria le commissaire, ou les enchères vont-elles pouvoir commencer ?

Aussitôt, tous se lancèrent, et ce furent des enchères hurlées de toutes parts, chaque annonce, à peine enregistrée, étant aussitôt couverte par une autre, et même une femme, sur un balcon voisin — sûrement la femme d'un boutiquier, dans son riche corsage de velours et son chemisier de lin blanc —, se dressa sur la pointe des pieds pour lancer son enchère par-dessus la tête des autres.

« Tous ces gens sont si riches, se dit la Belle, tous, tisserands, teinturiers et orfèvres de la Reine en personne, et ainsi, chacun d'entre eux a de quoi nous acheter. » Même une femme d'allure rustaude, avec ses grosses mains rouges et un tablier taché, fit une enchère depuis le pas de porte de la boucherie, mais elle fut rapidement dépassée.

La petite roue continuait de tourner lentement, et le commissaire finit par inciter la foule, avec force flatteries, à mesure que les offres montaient. Avec une fine badine gainée de cuir qu'il tira d'un fourreau comme une épée, il piqua les chairs du derrière de Tristan et lui caressa l'anus. Tristan se tenait humblement immobile, et seule la folle rougeur de son visage trahissait sa détresse.

Alors, soudain, une voix s'éleva du fin fond de la place, couvrant largement toutes les enchères, et la Belle entendit un murmure parcourir la foule. Elle se mit sur la pointe des pieds pour essayer de voir ce qui se passait. Un homme s'était avancé jusque devant l'estrade et, à travers les tréteaux sur laquelle celle-ci reposait, elle put le voir. L'homme avait les cheveux blancs, mais pas l'âge de cette chevelure, qui, encadrant un visage carré et d'aspect plutôt paisible, lui conférait une élégance peu ordinaire.

— Ainsi le Chroniqueur de la Reine veut de cette jeune et robuste monture, s'écria le commissaire. N'y a-t-il personne pour couvrir son enchère ? Vais-je entendre que l'on me propose plus pour ce Prince splendide ? Allons, en vérité...

Une autre enchère, mais aussitôt le Chroniqueur la couvrit, d'une voix si douce que ce fut merveille si la Belle put l'entendre, et cette fois son offre était si élevée qu'elle visait clairement à décourager toute opposition.

— Vendu, cria enfin le commissaire, à Nicolas, le Chroniqueur de la Reine et l'Historien en Chef du village de la Reine ! Pour la somme considérable de vingt-cinq pièces d'or.

Et tandis que la Belle observait la scène, les yeux mouillés de larmes, Tristan fut tiré sans ménagement au bas de l'estrade, précipité au pied des marches, et conduit vers l'homme aux cheveux blancs qui attendait posément, bras croisés, le gris sombre de son pourpoint finement coupé lui donnant une allure proprement princière, alors qu'il inspectait en silence son acquisition. D'un claquement de doigts, il ordonna à Tristan de le précéder, au trot, pour quitter la place.

La foule ouvrit un passage à Tristan à contrecœur, le poussant et le houspillant. Mais la Belle ne put apercevoir cette scène que d'un coup d'œil avant de pousser un cri lorsqu'elle s'aperçut qu'on la traînait à son tour hors du groupe des esclaves en pleurs, dans la direction des marches.

La Belle aux enchères

« NON, cela ne peut m'arriver, pas à moi ! » se dit-elle, aveuglée par les larmes, et elle sentit ses jambes se dérober sous elle tandis que le battoir la giflait. On la porta presque sur l'estrade jusqu'à la roue pour l'y installer. Peu importait qu'elle n'y soit pas montée en toute obéissance.

C'était fait, elle y était ! Et devant elle la foule s'étendait dans toutes les directions, visages grimaçants et mains agitées, fillettes et garçons courts sur pattes sautant pour mieux voir, et les gens, aux balcons, se levant pour regarder plus attentivement.

La Belle se sentait sur le point de défaillir, et pourtant elle tenait debout, et quand la douce botte de peau du commissaire lui écarta les jambes du bout du pied elle lutta pour conserver son équilibre, ses seins frémissant au rythme de ses sanglots étouffés.

— Jolie petite Princesse ! proclama-t-il, faisant pivoter la roue d'un coup, à la faire presque basculer en avant.

Elle vit derrière elle des centaines et des centaines de personnes massées jusqu'aux portes du village, et encore d'autres balcons, et d'autres fenêtres et, plus en hauteur, des soldats qui se prélassaient sur toute la longueur des remparts.

— Des cheveux comme de l'or filé, et des petits seins bien mûrs !

Le bras du commissaire s'enroula autour d'elle, lui écrasa la poitrine, et il lui pinça les tétons. Lèvres closes, elle laissa échapper un cri et, dans le même temps, sentit un flux immédiat entre ses jambes. Mais s'il devait l'empoigner par les cheveux comme il l'avait fait de Tristan...

Or, à l'instant même où elle pensait à cela, elle sentit qu'on la forçait à se courber jusqu'à terre, d'identique façon, et ses seins, qui pendaient sous elle, donnaient l'impression de gonfler sous leur propre poids. Et de nouveau le battoir trouva le chemin de son postérieur, aux cris de ravissement de la foule. Applaudissements, rires, hurlements, lorsque le commissaire lui fit lever le visage du bout de son instrument de cuir rigide et noir tout en la maintenant courbée en avant, et en faisant tourner la roue plus vite encore.

— De ravissants attributs, assurément faite pour le travail de maison le plus raffiné, qui voudrait gâcher ce joli morceau dans les champs ?

— Mais si, vendez-la dans les champs ! hurla quelqu'un.

Et il y eut encore des vivats et des rires. Et quand le battoir la gifla de nouveau la Belle lâcha un gémissement d'humiliation.

Le commissaire lui plaqua la main sur la bouche et la força à se relever, le menton en l'air, puis il la relâcha pour qu'elle se tienne debout, le dos cambré. « Je vais défaillir, je vais m'évanouir », pensa la Belle, son cœur cognant au creux de son sein, mais elle se tenait là, debout, endurant la chose, même lorsqu'elle sentit le chatouillement soudain de la badine gainée de cuir entre ses lèvres pubiennes. « Oh, pas ça, il ne peut pas... », se dit-elle, mais déjà son sexe humide commençait à gonfler, affamé qu'il était de tâter de cette caresse brusque de la badine. Elle se tortilla pour s'en libérer.

La foule rugit.

Et elle se rendit compte que, à seule fin d'échapper à cet examen poussé elle remuait les hanches de façon horriblement vulgaire.

Il y eut plus encore d'applaudissements et de hurlements, lorsque le commissaire, de sa badine, se força un passage dans son pubis humide et chaud, non sans s'écrier :

— Une petite jeune fille élégante et délicate, faite pour être la meilleure des femmes de chambre ou la meilleure des distractions pour un gentilhomme !

La Belle savait que son visage était écarlate. Jamais, au château, elle n'avait connu semblable mise à nu. Comme ses jambes se dérobaient encore sous elle, elle sentit la main ferme du commissaire lui lever les poignets au-dessus de la tête, jusqu'à ce qu'elle se retrouve suspendue en surplomb de la roue, et alors le battoir de cuir gifla ses mollets sans défense et la plante de ses pieds.

Sans le vouloir, la Belle donnait des coups de pied, en vain. Elle perdait toute maîtrise d'elle-même.

Criant entre ses dents serrées, suspendue à la poigne de l'homme, elle se débattait comme une folle. Un sentiment d'abandon, étrange et désespéré, la submergea, tandis que le battoir venait lui lécher le sexe, le gifler et le caresser, et alors les cris et les vociférations de la foule furent assourdissants. Elle ne savait pas si elle désirait ardemment ce tourment ou si elle essayait à toute force de s'y soustraire.

Sa respiration et ses sanglots frénétiques lui emplissaient les oreilles, et, tout à coup, elle sut qu'elle offrait précisément à ceux qui étaient ses spectateurs le genre de spectacle qu'ils adoraient. Ils obtenaient d'elle bien plus que ce qu'ils étaient parvenus à obtenir de Tristan, et elle ne savait pas si elle y accordait ou non de l'importance. Tristan était parti. Elle tombait dans l'oubli.

Le battoir la punissait, lui faisait subir sa morsure, imposait à ses hanches de se cambrer, comme prises de frénésie, à seule fin de venir mieux caresser encore sa toison pubienne humide, pour la submerger de vagues de plaisir et de douleur.

Par pur défi, elle balança son corps de toute sa force, si violemment qu'elle se libéra presque du commissaire, qui, d'étonnement, lâcha un rire sonore. Comme il cherchait à la ramener à la raison, ses doigts serrés lui mordirent les poignets lorsqu'il la hissa plus haut, la foule poussa des cris perçants, et, du coin de l'œil, la Belle vit deux valets grossièrement vêtus se précipiter vers l'estrade.

Sur-le-champ, ils lui lièrent les poignets à la chaîne de cuir qui pendait du gibet, au-dessus de sa tête. À présent, elle se balançait, libérée de la gravité. Le battoir du commissaire la faisait tournoyer sous les coups, et, noyée de sanglots, elle tâchait de se cacher le visage au creux de son bras étiré.

— Nous n'avons pas toute la journée devant nous pour nous amuser avec cette petite Princesse, cria le commissaire, bien que la foule le pressât de hurlements — « Fesse-la », « Punis-la. »

— Pour cette jolie dame, j'en appelle à une main ferme et à une discipline de fer. Alors, quelle offre va-t-on me faire ?

Il retourna la Belle, lui claqua la plante de ses pieds nus avec le battoir, lui repoussa la tête entre les bras pour l'empêcher de se dissimuler le visage.

— De beaux seins, des bras bien tendres, des fesses délectables, et une douce petite crevasse de plaisir taillée pour les dieux !

Mais les enchères volaient déjà, si vite couvertes qu'il n'avait guère à les répéter, et, les yeux baignés de larmes, la Belle vit des centaines de visages levés, fixés sur elle, des jeunes gens massés tout au bord de l'estrade, un couple de jeunes femmes qui chuchotaient et la montraient du doigt et, derrière elles, une vieille femme appuyée sur une canne qui étudiait la Belle et levait maintenant un doigt noueux pour proposer une enchère.

Encore une fois, le sentiment d'abandon la submergea, puis l'envie du défi, et elle lança des coups de pied et gémit entre ses lèvres closes, en s'étonnant de ne pas pousser de hurlements. Serait-il plus humiliant de reconnaître qu'elle savait parler ? Aurait-elle eu le visage plus écarlate encore si on lui avait imposé de démontrer qu'elle était une créature pensante et douée de sentiments, et pas seulement une esclave muette ?

Ses sanglots furent la seule réponse qu'elle se donna, les jambes écartées, tandis que les enchères se poursuivaient et que le commissaire lui fouillait les fesses avec sa badine de cuir, comme il l'avait fait avec Tristan, pour lui caresser l'anus, ce qui lui arracha un cri perçant et la fit se tordre en tous sens et même essayer de le frapper à coups de pied.

Mais voici qu'il confirmait l'enchère la plus élevée, et puis une autre, tâchant d'encourager la foule par ses invites flatteuses pour en obtenir plus encore, jusqu'à ce que, toujours de cette même voix profonde, la Belle l'entende annoncer :

— Vendue à l'Aubergiste, Maîtresse Jennifer Lockley, à l'enseigne du Lion, pour la somme considérable de vingt-sept pièces d'or, cette petite Princesse amusante et spirituelle, afin, à n'en pas douter, qu'elle y soit fouettée, histoire de lui apprendre la gratitude pour l'hospitalité qu'on lui offre, ainsi que tout le reste !

Les leçons de Maîtresse Lockley

LORSQU'ON libéra la Belle de ses chaînes et qu'on la précipita au bas des marches, les mains nouées dans le dos, ce qui faisait saillir ses seins, la foule applaudit. Elle ne fut aucunement surprise de sentir une pièce de cuir oblongue qu'on lui introduisait de force dans la bouche. Cette pièce de cuir fut attachée, bien serrée, par une boucle placée derrière sa nuque, et l'on y attacha ses poignets, ce qui ne la surprit pas non plus, au vu de la manière dont elle s'était défendue.

« Laissons-les faire ! » se dit-elle, en proie au désespoir. Et lorsque deux longues rênes furent ramenées à cette même boucle d'attache, derrière sa tête, et qu'on en tendit les extrémités à cette grande femme aux cheveux noirs qui se tenait debout devant l'estrade, la Belle se dit : « Très astucieux. Elle va me tirer derrière elle comme si j'étais une petite bête sauvage. »

Le visage triangulaire, presque beau, la chevelure noire tombant librement dans le dos, excepté une fine natte sur le front qui avait tout l'air d'une manière décorative de dégager sa figure de ses mèches noires et épaisses, la femme l'étudiait, comme le Chroniqueur l'avait fait avec Tristan. Elle portait une jupe et un corsage magnifiques, en velours rouge, sur un chemisier de lin à manches bouffantes.

« Une riche Aubergiste », songea la Belle. La grande femme tirait ferme sur les rênes, avec de telles secousses qu'elle fit presque chuter la Belle, puis elle jeta les rênes par-dessus son épaule, traînant la Belle à sa suite, pour la forcer, malgré ses rechignements, à prendre une allure de trot rapide.

Les villageois poussaient la Belle, la bousculaient, la houspillaient, giflaient ses fesses endolories, la traitaient de sale fille, lui demandaient — joignant le geste à la parole — si elle aimait les gifles et lui glissaient comme ils aimeraient disposer d'elle une heure seul à seul pour lui apprendre à se tenir. Mais elle gardait les yeux sur la femme et tremblait de tous ses membres, l'esprit bizarrement vidé, comme si elle ne pensait à rien.

Pourtant, elle réfléchissait. Elle réfléchissait et se disait à nouveau : « Pourquoi ne pas me conduire aussi mal que j'en ai envie ? » Mais tout à coup elle éclata en larmes, sans savoir pourquoi. La femme marchait si vite que la Belle devait trotter docilement, qu'elle le veuille ou non, et ses larmes lui piquaient les yeux et brouillaient les couleurs de la place du village, en un nuage flou et brûlant.

Elles s'engagèrent dans une petite rue, au pas de course, dépassèrent des traînards qui jetaient à peine un œil sur elles en pénétrant sur la place du marché. Et, très vite, la Belle trotta sur les pavés d'une petite ruelle silencieuse et vide qui sinuait et tourna au pied des sombres maisons à colombage, avec leurs fenêtres aux carreaux en forme de losanges, leurs volets et leurs portes peints de couleurs vives.

Partout, des enseignes annonçaient les commerces du village ; ici, on avait accroché la botte du cordonnier, là, le gant de cuir du gantier, et une coupe en or peinte de façon rudimentaire pour signaler le marchand de plats d'argent et d'or.

Une étrange sérénité enveloppa la Belle, et du coup les menues douleurs de son corps se rappelèrent plus vivement à elle. Elle sentait sa tête tirée brutalement en avant par les rênes de cuir qui frottaient contre ses joues. Elle avait la respiration empêchée, par cette pièce de cuir qui la bâillonnait et, l'espace d'un instant, elle perçut dans toute cette scène — la ruelle qui serpentait, les petites échoppes désertées, cette grande femme en corsage de velours rouge et en large jupe rouge qui marchait devant elle, sa longue chevelure noire déroulant librement ses boucles dans son dos menu — quelque chose de singulièrement étrange. Il lui semblait que cela, tout cela, s'était déjà produit auparavant, ou plutôt que la chose lui était des plus familières.

Naturellement, il était impossible que cette scène se fût déjà produite. Mais, de manière quelque peu singulière, la Belle avait la sensation d'appartenir à cet endroit, et, de ce fait, le moment de terreur de la place du marché, qui l'avait tant marquée, fut comme emporté au loin. Elle était nue, certes, et ses cuisses marquées de zébrures la brûlaient, comme ses fesses — elle n'osait pas même penser à l'allure qu'elle devait avoir —, et ses seins, comme à l'accoutumée, lui irradiaient tout le corps de cette palpitation puissante ; il y avait, comme toujours, cette terrible pulsation secrète entre ses jambes. Oui, son sexe, taquiné cruellement par les caresses de ce battoir lisse, continuait de la rendre folle.

Mais, à présent, ces choses lui étaient presque douces. Même le contact de ses pieds nus sur les pavés réchauffés par le soleil lui était presque agréable. Et elle éprouvait une vague curiosité pour cette grande femme qui ouvrait la marche. Elle se demandait aussi ce qu'elle, la Belle, allait faire.

Au château, elle ne s'était jamais réellement posé la question. Elle avait eu peur de ce qu'on lui ferait faire. Mais désormais elle n'avait plus aucune certitude quant à ce qui l'attendait.

Et, encore une fois, le fait d'être une esclave nue et ligotée, une esclave punie, que l'on tirait avec brutalité dans cette ruelle, voilà qui lui procurait une sensation de complète normalité. La pensée lui vint à l'esprit que cette grande femme savait précisément comment la manier, en la faisant se presser de la sorte, en lui imposant de refouler en elle-même toute chance de rébellion. Et cela la fascinait.

Elle laissa son regard glisser sur les murs et se rendit compte qu'il y avait, ici et là, des gens postés aux fenêtres, et que ces gens la regardaient. Devant elle, elle vit une femme, les bras croisés, qui la dominait du regard. Plus loin, à l'autre bout du chemin, il y avait un jeune homme assis sur un rebord de fenêtre qui lui sourit et lui souffla un petit baiser, et puis voici qu'apparut dans la ruelle un homme grossièrement vêtu, les jambes torses, qui retira son couvre-chef à l'attention de « Maîtresse Lockley » et s'inclina tout en passant son chemin. Ses yeux se posèrent à peine sur la Belle, mais quand elle le dépassa il lui administra une petite tape sur les fesses.

La sensation étrange du caractère ordinaire de tout cela commençait de plonger la Belle dans un état de parfaite confusion. Dans le même temps, elle s'y abandonnait, alors qu'on l'amenait à pénétrer, d'un pas rapide, sur une autre vaste place pavée, au centre de laquelle se dressait un puits réservé à l'usage commun, et que bordaient de tous côtés les enseignes de plusieurs auberges.

Il y avait là l'enseigne de l'Ours et l'enseigne de l'Ancre, et l'enseigne des Épées croisées, mais la plus magnifique, et de loin, c'était l'enseigne dorée du Lion, accrochée au-dessus d'une large entrée cochère et sous trois étages de profondes fenêtres à plombures. Le détail le plus saisissant de tous, c'était le corps d'une Princesse nue qui se balançait sous l'enseigne, attachée, chevilles et poignets réunis, à une chaîne de cuir, de sorte qu'elle pendait au panneau de l'enseigne comme un fruit mûr, son sexe rouge et nu péniblement exposé aux regards.

C'était exactement ainsi qu'on ligotait les Princes et les Princesses dans la Salle des Châtiments du château de la Reine, une position que la Belle n'avait jamais eu à supporter et qu'elle redoutait plus que toute autre. Le visage de la Princesse était attaché entre ses jambes, à quelques centimètres seulement au-dessus de son sexe gonflé et exposé sans pitié, et elle avait les yeux presque clos. Quand elle aperçut Maîtresse Lockley, elle gémit et gigota au bout de sa chaîne, se tendant de toutes ses forces en avant, en signe de supplication, exactement comme la Belle l'avait vu faire aux Princes et aux Princesses dans la Salle des Châtiments.

À la vision de cette fille, le cœur de la Belle cessa de battre. Mais elle fut tirée plus avant et la dépassa, sans du tout pouvoir tourner la tête pour mieux observer la malheureuse, et entra au trot dans la grande Salle de l'Auberge.

En dépit de la chaleur de la journée, l'immense Salle était fraîche, et un petit feu de cuisine flambait dans l'âtre géant, sous une bouilloire en fer fumante. Il y avait là des dizaines de tables impeccablement astiquées et des bancs disposés un peu partout sur le sol carrelé. Des tonneaux géants étaient alignés le long des murs. À un bout de la pièce, il y avait une longue étagère qui partait de l'âtre et, à l'autre bout, contre le mur d'en face, ce qui semblait être une petite scène rudimentaire.

Un long comptoir rectangulaire se prolongeait en direction de la porte, à partir de l'âtre, et derrière ce comptoir se tenait un homme avec un cruchon à la main, le coude reposant sur le bois du comptoir, comme s'il était prêt à servir de la bière au premier qui en ferait la demande. Il releva sa tête hirsute et cueillit la Belle de ses petits yeux sombres et profondément enfoncés, puis, souriant, lança à Maîtresse Lockley :

— À ce que je vois, vous avez fort bien fait.

Il fallut un moment aux yeux de la Belle pour s'habituer à la pénombre de l'endroit, et quand ce fut fait, elle s'aperçut qu'il y avait dans cette Salle quantité d'autres esclaves nus. Dans l'angle opposé, un Prince nu, à la belle chevelure noire, était occupé à récurer le sol à genoux, avec une lourde brosse qu'il tenait entre les dents par son manche de bois. Une Princesse aux cheveux blond foncé se consacrait à la même tâche, mais juste au-delà du seuil de la porte. Une autre jeune femme, les cheveux bruns relevés en spirale au-dessus de la tête, astiquait un banc à genoux, avec la permission de se servir de ses mains pour ce faire. Deux autres, un Prince et une Princesse, les cheveux libres, agenouillés au bord de l'âtre, mais de l'autre côté, dans l'éclatante lumière du jour qui provenait de la porte de derrière, astiquaient des plats d'étain avec de grands gestes vigoureux.

Aucun de ces esclaves n'osa même jeter un œil sur la Belle. Toute leur attitude était empreinte d'obéissance, et tandis que la petite Princesse avec la brosse à récurer se dépêchait de laver le sol tout près des pieds de la Belle, celle-ci vit que ses jambes et ses fesses avaient subi des punitions depuis peu.

« Mais qui sont ces esclaves ? » se dit la Belle. Elle était presque certaine qu'elle et Tristan avaient fait partie du premier chargement condamné au travail forcé. Ces pénitents étaient-ils de ceux qui se tenaient si mal qu'ils avaient été confinés au village pour une année entière ?

— Apportez-moi le battoir de bois, demanda Maîtresse Lockley à l'homme au comptoir.

Elle tira la Belle en avant et, promptement, la bascula sur le comptoir.

La Belle ne put retenir un gémissement ; ses jambes se balançaient au-dessus du sol. Elle ne s'était pas encore décidée, si elle devait ou non obéir, lorsqu'elle sentit la femme lui détacher son bâillon et sa boucle pour ensuite lui plaquer les mains dans la nuque.

Mais l'autre main de la femme était passée entre les jambes de la Belle, ses doigts fureteurs trouvèrent son sexe humide et ses lèvres gonflées, et même la petite graine brûlante du clitoris, ce qui contraignit la

Belle à serrer les dents pour réprimer un pitoyable gémissement.

La main de la femme la laissa à son tourment.

La Belle respira librement un instant, puis elle sentit la surface lisse du battoir de bois que l'on appuyait délicatement contre ses fesses, et ce fut de nouveau comme si ses zébrures la brûlaient

Rouge de honte sous l'effet de ce petit examen, la Belle se tendit, dans l'attente de la fessée inévitable, mais celle-ci ne vint pas. Maîtresse Lockley lui fit tourner la figure, de sorte que la Belle put voir, sur sa gauche, par la porte ouverte.

— Voyez-vous cette jolie Princesse pendue à l'enseigne ? lui demanda la Dame.

Et, empoignant la Belle par les cheveux, elle lui poussa la tête vers le bas et la lui tira vers le haut pour la faire acquiescer. La Belle comprit qu'elle ne devait pas parler et décida, pour le moment, d'obéir. Elle hocha la tête de son propre chef. Le corps de la Princesse oscillait vaguement de gauche à droite au bout de sa chaîne. La Belle ne pouvait se rappeler si son malheureux sexe était humide ou timide sous le voile bien précaire de sa toison pubienne.

— Est-ce que vous voulez vous retrouver pendue là-bas, à sa place ? lui demanda Maîtresse Lockley. (Sa voix était sèche, sévère et froide.) Est-ce que vous voulez vous retrouver pendue là, heure après heure, jour après jour, avec votre petit sexe affamé qui crèvera de faim, grand ouvert, au vu et au su de tous ?

En tout sincérité, la Belle fit un signe de la tête pour répondre que non.

— Alors vous allez cesser ces insolences et renoncer à cet esprit de rébellion dont vous avez fait montre lors de la vente aux enchères, et vous allez obéir à chaque ordre qui vous sera donné, et vous baiserez les pieds de votre Maître et de votre Maîtresse et quand on vous donnera votre dîner, vous en pleurnicherez de gratitude, et vous lécherez le plat pour le nettoyer !

Elle força de nouveau la Belle à répondre par un hochement de tête, et la Belle ressentit une sensation d'excitation des plus étranges. Elle hocha la tête derechef, et de son propre gré. Son sexe palpitait contre le bois du comptoir.

La main de la femme passa sous son corps et lui comprima les seins pour les réunir, en les tenant comme deux pêches bien douces fraîchement cueillies à l'arbre. Les tétons de la Belle étaient brûlants.

— Nous nous comprenons, n'est-ce pas, dit-elle.

Et la Belle, après un étrange moment d'hésitation, approuva de la tête.

— Maintenant, vous allez d'autant mieux comprendre ceci, fit la femme, de cette même voix très nette. Je vais vous fesser jusqu'à ce que vous soyez à vif. Et il n'y aura pas de riches Seigneurs ni de riches Dames pour se délecter du spectacle, et pas non plus de soldats ou autres messieurs pour en jouir, rien que vous et moi, qui préparons l'Auberge pour l'heure de l'ouverture, occupés à faire ce qui doit être fait. Et, si j'agis de la sorte, c'est pour une seule et unique raison, à savoir qu'après ça vous allez avoir tellement mal que le contact de l'ongle de mon doigt vous fera pousser des petits cris. Et, du coup, vous presserez le mouvement pour obéir à mes ordres. Vous resterez la peau à vif, ainsi, tous les jours de l'été tant que vous serez mon esclave, et quand je vous aurai fessée vous vous jetterez à mes pieds pour baiser mes pantoufles, faute de quoi vous vous retrouverez à vous balancer sous cette enseigne. À toute heure du jour, et tous les jours que Dieu fait, vous vous balancerez là, et on ne vous redescendra de là que pour dormir et manger, les jambes ligotées bien écartées et les mains attachées dans le dos, et votre derrière qui recevra la fessée, tout comme il va se faire fesser dans un instant. Et on vous remettra à vous balancer là-haut pour que les durs à cuire du village puissent venir rigoler de vous, et rigoler devant votre petit sexe affamé. Vous m'avez comprise ?

La femme attendit, les seins de la Belle toujours dans le creux d'une main, l'autre sur les cheveux de la Belle.

Très lentement, celle-ci hocha la tête.

— Très bien, fit la femme à voix basse.

Elle retourna la Belle et la fit étendre sur le comptoir, le corps dans le sens de la longueur, la tête vers la porte. De la paume de la main, elle lui redressa le menton pour que la Belle regarde, droit devant, par la porte, la pauvre Princesse suspendue, après quoi le battoir de bois vint se poser de nouveau sur son derrière, appuyer gentiment sur ses marbrures, lui donnant l'impression que ses fesses étaient énormes et brûlantes.

La Belle se tenait immobile. Elle était presque à se prélasser, baignant dans cette étrange impression de calme qu'elle avait ressentie dans la ruelle pavée, mais à cela s'ajoutait l'excitation croissante de son entrejambe. Tout se passait comme si l'excitation dégageait tout sur son chemin — même la peur et la mortelle inquiétude. Ou, plutôt, c'était la voix de la femme qui la dégageait de toutes ces choses. « Je pourrais désobéir, si je le voulais », songea la Belle, toujours dans cet état de calme étrange. Son sexe était incroyablement humide et gonflé.

— Alors, maintenant, écoutez encore, poursuivit Maîtresse Lockley. Lorsque ce battoir va s'abattre, vous allez vous remuer, rien que pour moi, Princesse. Vous allez gigoter et vous allez geindre. Vous n'allez pas vous débattre pour m'échapper. Vous ne feriez pas une chose pareille. Et vous n'allez pas retirer les mains de votre nuque. Et vous n'allez pas non plus ouvrir la bouche. Mais vous allez gigoter et vous allez geindre. En fait, sous mes coups de battoir, vous allez faire des bonds. Parce qu'à chaque coup vous allez me montrer ce que ça vous fait, et comme vous appréciez, et comme vous êtes reconnaissante pour la punition que vous recevez, et à quel point vous savez la mériter. Et si cela ne se passe pas exactement comme je le dis, vous vous retrouverez suspendue à l'enseigne jusqu'à la fin de la vente aux enchères, et jusqu'à ce que la foule arrive et que les soldats soient prêts à boire leur premier cruchon de bière.

À ce discours, la Belle demeura interdite.

Jamais, au château, personne ne lui avait parlé sur ce ton, avec cette froideur et cette franchise, et pourtant il y avait dans tout cela une espèce de bon sens pratique qui en imposait et lui arracha presque un sourire. Naturellement, réfléchit-elle, cette femme agissait exactement comme il se devait. Et pourquoi agirait-elle autrement ? Si c'était la Belle qui avait dirigé cette auberge, et si elle avait payé vingt-sept pièces d'or pour prix d'une petite esclave rebelle, elle aurait fort bien pu agir de même. Et, naturellement, elle exigerait de son esclave qu'elle gigote et geigne afin de montrer qu'elle avait pleinement compris l'humiliation qu'on lui faisait subir, car il importait d'exercer très précisément l'esprit de son esclave, et non de la battre à tort et à travers.

Et, de nouveau, la Belle fut gagnée par cette bizarre impression de normalité.

Elle comprenait ce que signifiait cette Auberge fraîche et sombre, aux pavés éclaboussés de soleil sur le seuil de la porte, et elle comprenait fort bien ce que signifiait cette voix étrange qui s'adressait à elle sur un ton de commandement, tout en marquant une telle distance. Par comparaison, le langage sucré du château avait quelque chose d'écœurant, et, oui, se dit la Belle en se raisonnant, pour le moment, en tout cas, elle obéirait, et elle gigoterait, et elle gémirait.

Le battoir s'abattit sur elle, ce qui la fit gémir une première fois, bruyamment, chose qui n'exigea d'elle aucun effort. C'était un mince battoir de bois, de grandes dimensions, et, lorsqu'il la cogna de nouveau il y eut un bruit sec qui lui fit perdre toute contenance, et, sous cette grêle de coups qui cinglait ses fesses endolories, la Belle se surprit, sans aucune décision consciente de sa part, à se tortiller et à pleurer, les larmes jaillissant de ses yeux comme une source. On eût dit que le battoir la faisait se tordre et se tourner, qu'il la ballottait contre le comptoir de bois brut. Elle sentait celui-ci grincer sous elle, à la cadence de ses hanches qui se soulevaient et retombaient. Elle sentait ses tétons frotter contre le bois. Et pourtant elle gardait ses yeux baignés de larmes fixés vers l'entrée ouverte sur la rue, et, égarée comme elle l'était sous la fessée vigoureuse du battoir et au milieu de ses pleurs sonores, étouffés par ses lèvres scellées, elle ne pouvait s'empêcher de se représenter sa propre image, se demandant si Maîtresse Lockley en concevait du plaisir, si cela lui suffisait.

La Belle entendait ses propres gémissements, qu'elle poussait à pleins poumons, tinter à ses oreilles. Elle sentait les larmes couler sur ses joues, sur le bois. Elle chancelait sous le battoir, son menton lui faisait mal, et elle sentait ses longs cheveux qui lui retombaient sur les épaules, lui abritant la figure.

À présent, le battoir lui faisait vraiment mal, la faisait souffrir de manière insupportable, et elle se soulevait très au-dessus de la surface de bois, comme pour demander, avec tout son corps : « N'est-ce pas assez, Madame, n'est-ce pas assez ? » Jamais, au château, dans toutes ses épreuves, elle n'avait manifesté si pleinement sa détresse.

Le battoir s'arrêta. Un doux torrent de sanglots emplit ce silence soudain, et, humblement, la Belle se contorsionna contre le comptoir, comme pour implorer Maîtresse Lockley. Quelque chose frôla très légèrement ses fesses douloureuses, et, les dents serrées, la Belle laissa échapper un petit cri.

— Très bien, fit la voix. Allons, redressez-vous, et debout devant moi, jambes écartées. Tout de suite !

La Belle se dépêcha de se soumettre à cette demande. Elle se laissa glisser du comptoir et se mit debout, les jambes aussi écartées qu'elle le put, tout son corps frissonnant de reniflements et de sanglots.

Sans lever les yeux, elle put voir le visage sombre de Maîtresse Lockley, les bras croisés, la blancheur éclatante de ses manches bouffantes dans la pénombre, et, dans ses mains, le grand battoir ovale en bois.

— Mettez-vous à genoux ! (Cet ordre cassant tomba avec un claquement de doigts.) Et vos mains sur la nuque, vous posez le menton au sol et vous rampez jusqu'au mur, là, tout au bout, aller et retour, en vitesse !

La Belle se dépêcha d'obéir. Il était pitoyable de s'essayer à ramper de cette façon, les genoux et le menton au sol, et elle ne pouvait supporter de penser à l'air gauche et misérable qui devait être le sien, mais elle atteignit le mur et aussitôt se pressa de revenir aux bottes de Maîtresse Lockley. Prise d'une folle impulsion, elle les lui baisa. La palpitation entre ses jambes se fit plus intense, comme si un poing appuyait sur son sexe. La Belle en eut presque le souffle coupé. Si seulement elle pouvait serrer ses jambes l'une contre l'autre... mais Maîtresse Lockley le verrait et ne le lui pardonnerait jamais.

— À genoux, ordonna Maîtresse Lockley, et elle empoigna la Belle par les cheveux pour les lui enrouler en boule derrière la tête.

Avec des épingles qu'elle sortit de sa poche, elle les lui attacha.

Puis elle claqua des doigts.

— Prince Roger, fit-elle, apportez ce baquet et récurez donc un peu par ici.

Le Prince à la chevelure noire s'exécuta aussitôt en se déplaçant avec une tranquille élégance, bien qu'il fût à quatre pattes, et la Belle vit qu'il avait le derrière tout rouge et à vif, comme s'il avait, lui aussi, connu la sanction du battoir de bois, depuis peu. Ses yeux noirs bien ouverts, le regard franc, il baisa les bottes de Maîtresse Lockley, avant de se retirer, sur un geste de cette dernière, par la porte de derrière, dans le jardin. Autour de la petite bouche rose de son anus, il avait des poils noirs et drus, et ses petites fesses étaient d'une rondeur exquise pour celles d'un homme.

— Maintenant, vous allez devoir prendre cette brosse entre vos dents et vous allez récurer le sol avec, en commençant par ici et en allant jusque là-bas, fit Maîtresse Lockley avec froideur. Vous allez me faire ça bien, et proprement. Et pendant ce temps, vous allez me garder vos jambes grandes ouvertes. Si je vois ces jambes-là jointes, si je vous vois frotter sur le sol cette petite bouche affamée ou si je vous vois la toucher, vous vous retrouverez dans la rue, pendue à l'enseigne. Est-ce que c'est compris ?

Immédiatement, la Belle baisa de nouveau les bottes de la Dame.

— Très bien, fit celle-ci. Ce soir, les soldats vont payer cher pour ce petit sexe étroit. Ils vont le nourrir comme il faut. Mais pour l'heure vous allez rester sur votre faim, en toute obéissance et en toute humilité, et vous ferez ce que je vous dis.

La Belle se remit aussitôt à la tâche avec la brosse, en frottant dur le sol carrelé, tout en s'accompagnant d'un mouvement de la tête, en avant, en arrière. Son sexe lui faisait presque aussi mal que ses fesses, mais à mesure qu'elle se consacrait à son travail la douleur s'estompait, et elle finit par avoir l'esprit étrangement clair.

Qu'arriverait-il, se demanda-t-elle, si les soldats tombaient en adoration devant elle, s'ils payaient une bonne somme pour l'avoir et nourrissaient son petit sexe jusqu'à ce que, pour ainsi dire, il en déborde, et qu'arriverait-il si, alors, la Belle se montrait désobéissante ? Est-ce que Maîtresse Lockley pourrait se permettre de la pendre à l'enseigne ?

« Je suis vraiment en train de devenir une sale petite fille ! » se dit-elle.

Mais le côté étrange de la chose, c'était que son cœur, à la pensée de Maîtresse Lockley, battait plus vite. Elle aimait sa froideur et sa sécheresse comme jamais elle n'avait aimé sa Maîtresse du château, la trop affectueuse Dame Juliana. Et elle ne put s'empêcher de s'interroger : pour Maîtresse Lockley, dans tous ces coups de battoir, n'y avait-il qu'une mince part de plaisir ? Maîtresse Lockley faisait cela si bien.

Tout en réfléchissant, elle faisait partir la crasse en tâchant de rendre les carreaux bruns du sol aussi brillants et aussi propres que possible, quand elle réalisa soudain que, depuis la porte restée ouverte, une ombre montait jusqu'à elle. Et elle entendit Maîtresse Lockley s'écrier d'une voix feutrée :

— Ah, Capitaine.

La Belle leva les yeux avec prudence, mais tout de même avec une certaine audace, pleinement consciente qu'un tel geste pouvait fort bien passer pour de l'impudence. Et elle vit un homme aux cheveux blonds qui se tenait debout au-dessus d'elle. Ses bottes de cuir lui arrivaient bien au-dessus des genoux, et, à sa ceinture épaisse, il portait, attachés par une boucle, une dague incrustée de pierreries, une épée à double tranchant et un long battoir de cuir. Il lui semblait nettement plus grand que tous les hommes qu'elle avait connus dans ce Royaume. Toutefois il était d'une constitution élancée, malgré des épaules massives. Ses cheveux somptueux, couleur paille, lui descendaient jusqu'à la naissance du cou et se terminaient par des boucles épaisses. Ses yeux verts et brillants se plissèrent lorsqu'il la considéra du regard, en riant.

Le désarroi qu'elle ressentit la transperça comme un coup de poignard, bien qu'elle ne sût pas pourquoi la fusion soudaine de cette froideur et de cette dureté l'affectait tant. Et, avec une indifférence calculée, elle se remit à son nettoyage.

Mais l'homme la contourna pour venir se poster face à elle.

— Je ne vous attendais pas si tôt, fit Maîtresse Lockley. Ce soir, je pensais qu'assurément vous amèneriez toute la garnison.

— Mais très certainement, Maîtresse, fit-il.

Sa voix était presque veloutée. La Belle, qui ressentait déjà ce serrement de gorge bien particulier, continua de nettoyer, en tâchant d'ignorer les bottes à la peau de veau légèrement ridée qu'elle avait devant elle.

— J'ai vu de quelle manière on s'est arraché cette petite perdrix lors des enchères, fit le Capitaine. (Et la Belle rougit, tandis que l'homme décrivait un cercle autour d'elle.) Le type même de la petite rebelle. J'ai été surpris que vous versiez une telle somme pour l'acquérir.

— Avec les rebelles, j'ai ma manière, Capitaine, répliqua Maîtresse Lockley de sa voix froide comme le fer, aussi dépourvue de fierté que d'humour. Et celle-ci est une petite perdrix exceptionnellement succulente. Je pensais que vous pourriez vous faire plaisir avec elle, ce soir.

— Faites-lui une bonne toilette et envoyez-la-moi tout de suite dans ma chambre, fit le Capitaine. Je ne crois pas avoir envie d'attendre jusqu'à ce soir.

La Belle tourna la tête en lâchant délibérément au Capitaine une œillade pleine d'âpreté. Il était d'une beauté insolente, avec au menton un soupçon de barbe blonde, comme si on lui avait frotté la figure de poussière d'or. Le soleil avait laissé sur lui sa marque en lui hâlant la peau d'un brun profond, si bien que ses sourcils dorés et ses dents blanches n'en paraissaient que plus lumineux. Il gardait sa main gantée posée à la taille, et comme Maîtresse Lockley, sur un ton glacial, enjoignait la Belle de baisser les yeux il se contenta de sourire à cette dernière, avec insolence.

L'étrange petite histoire du Prince Roger

LA Belle fut brutalement remise debout par Maîtresse Lockley, qui, en lui tordant les poignets dans le dos, la fit sortir de force par la porte de derrière, dans un vaste jardin où, sous des arbres aux branches lourdement chargées de fruit, poussait une herbe grasse.

Dans une cabane à ciel ouvert, une demi-douzaine d'esclaves dormaient nus sur des planches de bois, aussi profondément et d'un sommeil aussi paisible, en apparence, que lorsqu'ils dormaient au château dans la Salle des Esclaves. Mais une femme d'allure fruste, les manches roulées au-dessus du coude, surveillait un autre esclave qui se tenait dans une barrique pleine d'eau savonneuse, les mains attachées à la branche d'un arbre juste à l'aplomb de la barrique. Il se faisait toiletter par la femme avec autant de délicatesse que si elle préparait un morceau de viande salée pour le dîner.

Avant même de comprendre ce qui lui arrivait, la Belle s'était vue contrainte de se mettre debout dans une baignoire du même acabit, l'eau savonneuse décrivant de petits tourbillons de mousse à hauteur de ses genoux, et, comme on lui attachait les mains à la branche du figuier au-dessus d'elle, elle entendit Maîtresse Lockley appeler le Prince Roger.

Aussitôt, le Prince parut, cette fois debout, une brosse à récurer à la main, pour immédiatement se mettre au travail sur la Belle : il la rinça à l'eau chaude, lui frotta les coudes et les genoux, puis la tête, tout en la faisant se tourner du côté gauche, puis du côté droit, avec une grande célérité.

Il n'y avait dans tous ces gestes que l'empreinte de la pure et simple nécessité — rien, là-dedans, de voluptueux. Quand la brosse lui frotta l'entrejambe, la Belle tressaillit, et elle gémit quand les extrémités des poils durs de l'ustensile vinrent s'inscruster dans ses zébrures et ses contusions.

Maîtresse Lockley était partie. L'épaisse bonne femme du jardin avait fessé le pauvre esclave qu'elle venait de toiletter pour qu'il regagne sa couche dans les plaintes, avant de disparaître elle-même à l'intérieur de l'Auberge. Et le jardin, mis à part ceux qui dormaient, était désormais vide.

— Si je vous parle, allez-vous me répondre ? chuchota la Belle.

Quand il lui fit basculer la tête en arrière et qu'il renversa le pichet d'eau chaude sur sa chevelure, le contact de la peau sombre du Prince contre la sienne fut doux comme du miel. À présent qu'ils étaient seuls, il y avait de la gaieté dans ses yeux.

— Oui, mais soyez très prudente ! S'ils nous surprennent, on nous enverra subir le Châtiment Public. Et j'ai horreur d'être offert en spectacle pour divertir tous les rustres de la ville, ligoté à la Roue Publique.

— Pourquoi êtes-vous ici ? demanda la Belle. Je pensais être arrivée avec les premiers esclaves que l'on a envoyés du château.

— Cela fait des années que je suis au village, répondit-il. Le château, c'est à peine si j'en ai encore des souvenirs. J'ai été condamné pour m'être éclipsé en compagnie d'une Princesse. Nous nous sommes cachés deux journées entières avant qu'ils ne nous retrouvent ! lui raconta-t-il, tout sourire. Mais jamais on ne me fera retourner là-bas.

Ce récit laissa la Belle sous le choc. Elle se rappela sa nuit volée avec le Prince Alexis, tout près de la chambre de la Reine.

— Et à elle, que lui est-il arrivé ? demanda la Belle.

— Oh, elle est restée un certain temps au village, et puis elle est retournée au château. Elle est devenue l'une des grandes favorites de la Reine. Et lorsque est venu le temps pour elle d'être renvoyée dans son foyer, elle a choisi de rester vivre ici, avec le rang de Dame.

— Ce que vous dites là ne peut être vrai ! s'écria la Belle, stupéfaite.

— Oh, si. Elle est devenue un membre de la Cour à part entière. Elle est même descendue jusqu'au village à cheval me rendre visite dans ses nouveaux atours et me demander si je voulais revenir avec elle pour être son esclave. La Reine le permettrait, me dit-elle, parce qu'elle lui avait promis de me punir avec la dernière rudesse et de me mener à la trique, sans me laisser aucun répit. Elle se conduirait comme la Maîtresse la plus malfaisante qu'un esclave ait jamais eue, m'avertit-elle. J'en suis demeuré complètement abasourdi, comme vous pouvez aisément l'imaginer. La dernière fois que je l'avais vue, elle était nue, renversée sur les genoux de son Maître. Et voilà qu'à présent elle montait un cheval blanc, portait une robe somptueuse de velours noir, ornée d'or, ses cheveux nattés d'or, et elle était prête à m'embarquer, nu, comme un paquet, en travers de sa selle. Je brisai là et m'enfuis en courant, mais elle me fit ramener par le Capitaine de la Garde, me donna du battoir en travers de la selle de son cheval, là, dehors, sur la place, devant une foule de villageois. Elle y prenait un immense plaisir.

— Comment a-t-elle pu faire une chose pareille ? (La Belle était outragée.) Avez-vous dit qu'elle coiffait ses cheveux en nattes ?

— Oui, confirma-t-il. J'ai entendu dire qu'elle ne les porte jamais dénoués. Cela lui rappelle trop le temps où elle était une esclave.

— Ce n'est pas Dame Juliana ?

— Si, c'est elle. Comment le savez-vous ?

— Elle était ma persécutrice au château, ma Maîtresse, aussi sûrement que le Prince Héritier était mon Maître, lui apprit la Belle.

Elle se représentait parfaitement le joli visage de Dame Juliana, et ces nattes opulentes. Combien de fois la Belle avait-elle couru pour échapper à son battoir sur le Sentier de la Bride abattue !

— Oh, comme elle était redoutable ! s'écria-t-elle. Mais, après ça, qu'est-il arrivé ? Comment êtes-vous parvenu à lui échapper ?

— Je vous ai dit que j'ai brisé là, que je me suis enfui en courant, et que le Capitaine de la Garde dut me ramener. Il était clair que je n'étais pas prêt à revenir au château. (Il rit.) Elle a prié et supplié, m'a-t-on dit. Et elle a promis de me mater elle-même, en personne, sans l'aide de quiconque.

— Le monstre ! s'écria la Belle.

Le Prince lui sécha les bras et la figure.

— Sortez de la baignoire, fit-il, et tenez-vous tranquille. Je pense que Maîtresse Lockley est dans la cuisine. (Puis il ajouta, dans un chuchotement :) Maîtresse Lockley ne me laisserait jamais partir. Mais Juliana n'est pas la première esclave à rester au Royaume qui devienne une terreur. Peut-être un jour serez-vous confrontée à un choix identique, et, tout à coup, vous vous retrouverez le battoir entre les mains, avec tous ces derrières nus à votre merci. Pensez-y, la prévint-il, le visage sombre chiffonné par un rire lancé de bon cœur.

— Jamais ! souffla la Belle.

— Allons, il faut nous dépêcher. Le Capitaine attend.

L'image de Dame Juliana, nue en compagnie de Roger, illumina d'un coup l'esprit de la Belle. Comme elle aimerait, rien qu'une fois, basculer Dame Juliana sur ses genoux ! Elle sentit un vif frémissement lui parcourir l'entrejambe. Mais où donc avait-elle la tête ? La seule évocation du Capitaine provoqua en elle une faiblesse immédiate. Elle n'avait pas de battoir entre les mains, et personne à sa merci. Elle était une vile esclave nue, sur le point d'être envoyée auprès d'un soldat endurci, qui avait un penchant manifeste pour les rebelles. Et, en imaginant ce visage bruni par le soleil et ces yeux profonds où brillait une lueur, elle se dit : « Si je suis une si mauvaise fille que ça, alors je vais me conduire comme une mauvaise fille. »

Le Capitaine de la Garde

MAÎTRESSE Lockley avait passé la porte. Elle détacha les mains de la Belle et lui sécha sommairement les cheveux. Après quoi, elle lui lia les poignets dans le dos et la fit entrer de force dans l'Auberge puis lui ordonna de gravir un étroit escalier de bois incurvé, derrière l'imposante cheminée. À travers le mur, la Belle pouvait sentir la chaleur du conduit, mais on lui fit monter les marches au pas de charge, si vite qu'elle ne sentit pour ainsi dire rien.

Maîtresse Lockley ouvrit une lourde petite porte de chêne et contraignit la Belle à entrer dans la chambre à genoux, en la poussant en avant, si bien qu'elle dut avancer les mains au sol.

— La voici, mon beau Capitaine, fit-elle.

La Belle entendit la porte se refermer derrière elle. Elle s'agenouilla, encore incertaine quant à la conduite qu'elle avait l'intention d'adopter, mais, quand elle vit les bottes en cuir de veau déjà familières, la lueur du petit feu dans l'âtre, et le grand lit à caissons de bois sous le plafond en pente, son cœur se mit à battre la chamade. Le Capitaine était assis dans un lourd fauteuil pourvu d'accoudoirs, à côté d'une longue table de bois sombre.

Or elle attendit, et il ne donna point d'ordre.

Au lieu de quoi, elle sentit la main du Capitaine qui rassemblait toute la longueur de sa chevelure. Il la fit se lever en la tirant vers lui, de sorte qu'elle dut ramper un peu en avant, pour ensuite se dresser sur ses genoux. Elle le fixa de ses yeux étonnés, et de nouveau elle découvrit ce visage d'une beauté insolente, cette abondante chevelure blonde dont il était certainement très fier. Et ses yeux verts, profondément enfoncés, au creux de cette peau brunie par le soleil, soutenait le regard de la Belle avec la même intensité.

Une terrible faiblesse l'envahit. Quelque chose en elle se radoucit complètement, et cette douceur lui donnait l'impression de croître, de contaminer son cœur et son esprit. Elle fit promptement cesser cela. Mais, en un sens, elle commençait à comprendre...

Les cheveux de la Belle enroulés autour de sa main gauche, le Capitaine la fit se lever. La dominant de sa haute stature, il lui écarta les jambes bien large, à coups de pied.

— Vous allez vous montrer à moi, fit-il sans la moindre trace de sourire, et, avant qu'elle ait pu imaginer quoi que ce soit, il relâcha ses cheveux, et elle se retrouva là, debout, libre, et sentit une vague d'humiliation la submerger.

Sans douter un instant de son obéissance, il se replongea dans son fauteuil. Le cœur de la Belle cognait si fort qu'elle se demanda s'il pouvait l'entendre.

— Mettez vos mains entre vos jambes, écartez vos lèvres intimes. Je veux voir vos attributs.

Un voile écarlate lui incendia le visage. Elle le regarda fixement et ne bougea pas. Son cœur battait à tout rompre.

En l'espace d'une seconde, il s'était levé, lui avait emprisonné les poignets, l'avait soulevée et assise brutalement sur la table de bois. Il lui courba l'échine, lui plaqua les poignets contre la colonne vertébrale et, du genou, lui écarta de force les jambes, largement, tout en la considérant de son regard dominateur.

Elle ne broncha pas, ne détourna pas le regard, mais l'observa fixement, droit dans les yeux, et elle sentit ses doigts gantés lui faire ce qu'il lui avait ordonné de faire, lui écarter les lèvres du vagin, largement, et à présent il laissait tomber le regard sur la chose.

Elle se débattit, se tordit dans une tentative désespérée de se libérer, tandis que les doigts de l'homme lui décollaient les lèvres afin de les ouvrir toutes grandes et lui pinçaient brutalement le clitoris. Elle sentit son visage bouillant se colorer et secoua les hanches dans un geste de rébellion ouverte. Mais, enchâssé dans l'écrin de cuir grossier des gants, son clitoris durcit, grossit, déborda du pouce et de l'index de l'homme.

Elle haletait, elle avait détourné le visage, et, quand elle l'entendit défaire ses hauts-de-chausses, quand elle sentit la ferme extrémité de sa queue contre sa cuisse, elle gémit et leva les hanches pour s'offrir.

Aussitôt, sa queue entra en elle. Elle la remplit si complètement qu'elle sentit le buisson pubien humide et chaud du Capitaine se souder à elle, et, lorsqu'il la souleva, elle sentit ses mains l'empoigner sous ses fesses endolories.

Il l'emporta à l'écart de la table, les bras de la Belle accrochés autour de son cou, ses jambes autour de sa taille, et, en la tenant entre ses mains, il la besogna, la fit aller et venir sur sa queue qui s'enfonçait en elle, la soulevait à l'en faire presque pousser un cri, avant de la forcer à redescendre sur toute la longueur de son organe. Il la besognait de plus en plus fort, et elle ne s'aperçut même pas que, de sa main droite, il lui maintenait délicatement la tête, qu'il lui relevait le visage ou qu'il avait introduit sa langue de force dans sa bouche. Elle ne sentait plus rien que les secousses des explosions de plaisir qui déferlaient dans ses reins, sa bouche cramponnée à la sienne, et son corps, tendu, en état d'apesanteur, soulevé, redescendu, soulevé, redescendu, jusqu'à ce que s'élève un cri sonore, un cri indécent, jusqu'à se sentir déchirée par l'orgasme ultime.

Un orgasme sans fin, qui ne voulait pas cesser, et la bouche du Capitaine buvait les cris de la bouche de la Belle, il ne la laissait plus s'échapper, et, à l'instant même où elle crut — et cette pensée était un supplice — que tout allait être terminé, il déchargea son propre orgasme en elle. Elle l'entendit pousser un gémissement du plus profond de sa gorge. Ses hanches se figèrent avant de la chevaucher dans une cavalcade de va-et-vient frénétiques, brusques, accélérés.

Soudain, la chambre fut tranquille. Il se tenait debout, la berçait, son organe, demeuré en elle, lui communiquait de temps à autre de petits spasmes qui lui arrachaient de doux gémissements.

Après quoi, elle se sentit vidée. Il continuait de l'embrasser, en dépit de la protestation silencieuse qu'elle tentait de lui opposer.

Elle s'était retrouvée debout, sur la terre ferme, les mains sur la nuque, les jambes écartées de force, sur une légère sollicitation de ses bottes, et, en dépit de son épuisement extrême, elle resta debout. Elle avait le regard fixe, perdu devant elle, sans rien voir si ce n'est un halo de lumière.

— Maintenant, nous allons avoir cette petite démonstration, ainsi que je vous l'ai demandé, lui fit-il en l'embrassant de nouveau sur la bouche qu'elle avait levée vers lui et qu'il avait entrouverte pour y faire courir sa langue à l'intérieur de la lèvre. Elle le regarda droit dans les yeux. « Capitaine » — elle pensa ce mot. Puis elle vit l'écheveau de ses boucles blondes sur son front bruni par le soleil creusé de rides profondes. Mais il s'était déjà retiré d'elle, la laissant là, debout.

— Vous allez placer vos mains entre vos jambes, lui fit-il avec douceur, en se rasseyant dans son fauteuil de chêne, ses hauts-de-chausses impeccablement lacés, et me montrer vos parties intimes.

Elle frissonna. Elle baissa les yeux. Elle sentait son corps, chaud, vidé, et cette faiblesse, qui s'était maintenant propagé dans le moindre de ses muscles. À son propre étonnement, elle laissa retomber ses mains entre ses jambes, où elle sentit ses lèvres humides et lubrifiées, encore brûlantes, encore palpitantes après ses coups de boutoir. Du bout du doigt, elle se toucha le vagin.

— Ouvrez-le et révélez-le-moi, lui dit-il en se calant dans le dossier de son siège, un coude posé sur le bras du fauteuil, la main à demi refermée sous le menton. C'est cela, plus ouvert. Plus ouvert !

Elle étira sa petite lèvre, incrédule, elle, la mauvaise fille, à la seule idée d'être capable de faire ce qu'elle faisait là. Une douce sensation de plaisir indolent, un écho de l'extase de l'étreinte la radoucit encore un peu plus et l'apaisa. Mais ses lèvres étaient si largement écartées qu'elles lui faisaient presque mal.

— Et le clitoris, fit-il. Faites-le ressortir.

Elle lui obéit : entre ses doigts, c'était brûlant.

— Écartez donc un peu votre doigt sur le côté, que je voie, exigea-t-il.

Et promptement, avec autant de grâce que possible, elle s'exécuta.

— Maintenant, étirez-moi encore cette petite bouche pour l'ouvrir toute grande, et poussez des hanches en avant.

Elle obéit, mais, avec le mouvement de ses hanches, survint une autre vague de plaisir. Elle sentait bien la rougeur qui lui empourprait le visage, et la gorge, et les seins. Elle s'entendit gémir. Ses hanches se relevèrent encore plus haut, s'offrirent encore un peu plus. Elle pouvait voir les bouts de ses seins, contractés, de la taille de petits cailloux roses et durs. Elle entendait ses propres gémissements, qui devenaient plus présents et suppliants.

Cela surviendrait d'un instant à l'autre, le déclin si doux du désir. Et pourtant, encore maintenant, elle pouvait sentir ses lèvres enfler sous ses doigts, et son clitoris qui battait fort, comme un petit cœur, et sa chair rose autour du bout des seins, qui fourmillait.

Elle pouvait à peine soutenir l'intensité de son désir, et c'est alors qu'elle sentit la main du Capitaine sur sa nuque. Il la bascula en avant, la coucha sur ses genoux, la tête lovée en arrière dans le creux de son bras droit, et, de sa main gauche, il la força à écarter la main droite bien loin de sa jambe gauche ; elle sentit le chevreau moelleux de son pourpoint contre son flanc nu, le cuir de ses longues bottes sous ses cuisses, et elle vit son visage au-dessus d'elle. Ses yeux la fouillaient au plus profond d'elle-même. Avec lenteur, il l'embrassa, et elle sentit ses hanches se soulever. Elle frissonna.

En pleine lumière, devant elle, il tenait un objet éblouissant et magnifique, et elle cligna les yeux pour mieux le voir. C'était le pommeau de sa dague, renflé, incrusté d'or, d'émeraudes et de rubis.

L'objet disparut de sa vue, et tout à coup elle sentit le métal froid contre son vagin trempé. « Ooooooh, oui... », gémit-elle, et elle sentit le pommeau plonger en elle, mille fois plus dur et plus cruel que le mieux dimensionné des organes, lui sembla-t-il, et l'arme la souleva, et elle s'écrasa contre son clitoris qui couvait comme une braise.

Elle cria presque de désir, sa tête retomba en arrière, ses yeux aveugles à tout sauf aux yeux du Capitaine, qui avait le regard posé sur elle. Ses hanches ondulaient avec sauvagerie contre les genoux du Capitaine, le pommeau de la dague allait, venait, allait, venait, jusqu'à ce que cela lui devienne insupportable, et, de nouveau, l'extase la paralysa, réduisit sa bouche grande ouverte au silence, et la vision du Capitaine s'évanouit dans un instant de totale délivrance.

Quand elle revint à elle, il y avait toujours le tremblement furieux de ses hanches, son vagin était agité de paisibles soubresauts, mais la Belle était assise, le Capitaine lui tenait le visage dans la main et lui baisait les paupières.

— Vous êtes mon esclave, lui annonça-t-il.

Elle approuva d'un hochement de tête.

— Chaque fois que je descendrai dans cette auberge, vous m'appartiendrez. Où que vous soyez, vous accourrez vers moi et vous baiserez mes bottes, décida-t-il.

Elle approuva d'un hochement de tête.

Il la souleva pour la remettre debout, et, avant qu'elle ait tout à fait saisi ce qui se passait, elle se retrouva à la porte de la petite chambre, les poignets dans le dos, et on lui faisait descendre au pas le petit escalier en colimaçon, exactement comme elle l'avait monté.

La tête lui tournait. À présent, il allait l'abandonner, et elle ne pouvait se faire à cette pensée. « Oh non, non, s'il vous plaît, ne partez pas », se dit-elle, au désespoir. Il lui donna de brûlantes fessées, de sa grande et douce main gantée de cuir et la contraignit à rejoindre la sombre fraîcheur de l'Auberge, où six ou sept hommes s'étaient déjà attablés pour boire.

La Belle capta les sourires, les conversations, le bruit d'un claquant battoir et les gémissements, les sanglotements de quelque pauvre esclave.

Mais alors on la fit sortir de force dans la Cour qui s'ouvrait devant l'Auberge.

— Les bras repliés dans le dos, ordonna le Capitaine. Vous allez marcher au pas devant moi, les genoux bien haut, et vous allez maintenir le regard droit devant vous.

La Place des Châtiments Publics

PENDANT un moment, la lumière du soleil fut excessivement intense. Mais la Belle était occupée à garder les bras repliés et à marcher au pas, en levant les jambes aussi haut que possible, et enfin ils firent leur entrée sur la place qui s'ouvrait devant eux, qu'ils purent embrasser d'un seul coup d'œil. Elle découvrit des foules mouvantes parcourues de badauds et de potins, plusieurs jeunes gens assis sur le large rebord en pierre de la margelle du puits, des chevaux attachés par la bride aux portes des auberges, et puis encore d'autres esclaves nus, certains à genoux, d'autres qui marchaient en position debout, comme elle.

Encore une autre de ces grandes et douces fessées, et le Capitaine la fit se tourner, et, ce faisant, lui pinça doucement la fesse droite.

À moitié comme en rêve, lui sembla-t-il, la Belle se retrouva dans une large rue pleine d'échoppes, en tout point semblable à la ruelle par laquelle elle était descendue, sauf que cette rue-ci était pleine de monde et que tout ce monde y était fort affairé, à négocier, à acheter, à discuter.

Le terrible sentiment de la banalité de tout cela la reprit, la sensation que toutes ces choses lui étaient déjà arrivées auparavant, ou tout au moins que tel aurait fort bien pu être le cas, tant cela lui était familier. Un esclave nu, à quatre pattes, était en train de laver la vitrine d'une échoppe, quoi de plus normal, en apparence. Un autre portait un panier en bandoulière dans le dos et marchait au pas, exactement comme la Belle marchait au pas, devant une femme qui le faisait avancer avec une badine — oui, de cela aussi, il ressortait une impression de banalité. Même les esclaves nus et ligotés aux murs, les jambes écartées, le visage à demi ensommeillé, avaient l'air de se trouver dans la situation la plus ordinaire du monde, et pourquoi les jeunes gens du villages ne leur auraient-ils pas adressé des sarcasmes au passage, ici, en giflant un dard dressé, là, en pinçant les lèvres d'un sexe farouche et misérable ? Mais oui, rien que de très ordinaire dans tout cela.

La manière gênante qu'avaient ses seins de pointer aussi, ses bras repliés derrière elle pour les faire saillir, tout cela paraissait des plus raisonnables, comme s'il n'existait pas de manière plus convenable de marcher, se dit la Belle. Et, quand elle sentit une autre fessée brûlante, elle marcha d'un pas meilleur encore et fit un effort pour lever les genoux avec plus de grâce.

Ils atteignaient maintenant l'autre bout du village, la place du marché en plein air, et, tout autour de l'estrade où se tenaient les ventes aux enchères, elle vit des centaines de personnes aller et venir. Mille et un arômes délicieux montaient des petites gargotes ; elle pouvait même humer le bouquet du vin que les jeunes gens achetaient au verre, à l'étalage, et elle vit les longues bandes d'étoffe des échoppes de toile qui flottaient, les monceaux de paniers et de corde à vendre, et partout des esclaves nus occupés à mille et une corvées.

Dans un passage, un esclave à genoux s'affairait avec un petit balai, et ses gestes étaient vigoureux.

Deux autres, à quatre pattes, portaient sur le dos des corbeilles pleines de fruits, et ils se dépêchaient de franchir le seuil d'une porte, à un trot rapide. Contre un mur, une Princesse longiline était pendue la tête en bas, sa toison pubienne luisant au soleil, le visage écarlate et baigné de larmes, les pieds soigneusement ligotés au mur en surplomb au moyen de larges bracelets de chevilles lacés serré.

Mais ils avaient pénétré sur une autre place qui donnait sur la première, et la terre de cette place curieuse, dépourvue de pavement, était meuble, fraîchement retournée, comme la terre sur le Sentier de la Bride Abattue, au château. La Belle avait reçu la permission de faire une halte ; le Capitaine se tenait à côté d'elle, les pouces accrochés à la ceinture, et il observait.

La Belle vit une roue de haute taille, comme celle de la vente aux enchères et, sur cette roue, un esclave attaché qu'un homme frappait férocement à coups de battoir, faisant tourner cette roue en actionnant une pédale, tout comme le commissaire de la vente aux enchères. Chaque fois que l'esclave achevait un tour pour revenir dans la position adéquate, il lui fouettait violemment ses fesses nues. La pauvre victime était un Prince à la musculature magnifique, les mains liées serré dans le dos et le menton relevé, posé sur une petite colonnette d'un bois grossier, de sorte que tous puissent bien voir son visage pendant son châtiment. « Comment peut-il garder les yeux ouverts ? se dit la Belle. Comment peut-il supporter de les regarder ? » Autour de l'estrade, la foule braillait et poussait des cris aussi stridents que ceux qu'elle avait poussés précédemment, lors de la mise aux enchères.

Et, quand le préposé au battoir leva son arme de cuir pour signaler désormais le terme de la punition, le pauvre Prince, le corps agité de convulsions, le visage décomposé, trempé de sueur, fut bombardé de morceaux de fruits pourris et de déchets.

Comme sur l'autre place, il régnait une atmosphère de foire, avec les mêmes gargotes et les mêmes marchands de vin. Depuis de hautes fenêtres, des centaines de personnes assistaient à la scène, les bras croisés sur les rebords de fenêtres et les balustrades des balcons.

Mais la séance de battoir n'était pas la seule forme qu'était censé revêtir le châtiment. Tout à fait sur la droite de l'estrade se dressait un mât de bois très haut, avec à son sommet quantité de rubans de cuir qui pendaient d'un anneau de fer. À l'extrémité de chacun de ces rubans noirs, il y avait un esclave attaché par un collier de cuir, ce qui le forçait à tenir la tête relevée, et tous marchaient en cercle autour du mât, lentement, mais d'un pas fier, sous les coups répétés de quatre factotums postés en quatre points du cercle, comme aux quatre points cardinaux d'une boussole, et qui maniaient le battoir. Peu à peu, les pieds nus creusaient une piste circulaire. Certains avaient les mains liées dans le dos ; d'autres les tenaient simplement jointes, toujours dans le dos, mais dans un geste délibéré.

Un groupe de flâneurs, villageoises et villageois, assistaient à cette marche en rond, y allant ici et là de leurs commentaires, et la Belle observait, dans un silence médusé, tandis qu'on détachait l'une des esclaves, une jeune Princesse à la chevelure abondante, brune et bouclée qui flottait souplement, pour la restituer à son Maître qui attendait ; ce dernier, pour la faire avancer, fouetta les chevilles de son esclave avec un balai de paille.

— Par là, lui fit le Capitaine, et la Belle, obéissante, marcha au pas, à sa hauteur, en direction du mât de cocagne, avec ses lanières de cuir qui tournoyaient.

— Attachez-la, fit-il au garde, qui hissa promptement la Belle et lui boucla le collier de cuir autour du cou, en veillant à lui passer le menton par-dessus.

Dans un brouillard, la Belle vit le Capitaine, qui regardait. Deux villageoises qui se trouvaient à proximité lui adressèrent la parole, et elle le vit répondre quelque chose d'un air plutôt neutre.

La longue sangle de cuir qui pendait du sommet du mât pesait son poids et décrivait un cercle sur le pourtour de l'anneau de fer, simplement sous l'effet de la force d'entraînement des autres ; la Belle, du coup, fut presque tirée en avant par le collier. Afin d'éviter ce désagrément, elle pressa un peu le pas, mais d'une secousse le collier la ramena en arrière, jusqu'à ce qu'elle trouve enfin la bonne cadence, pour sentir aussitôt le premier coup, une fessée sonore, assenée par l'un des quatre gardes qui attendait, l'air plutôt nonchalant, de la punir. Les esclaves étaient maintenant si nombreux à trotter en cercle que les gardes, la Belle s'en aperçut, ne cessaient plus de mouliner leurs grands ovales de cuir clair ; la poussière et le soleil lui piquaient les yeux, elle surveillait du regard la chevelure ébouriffée de l'esclave devant elle, et malgré tout, entre les coups, elle connaissait un répit de quelques secondes, une bénédiction.

« Châtiment Public ». Elle se rappela les mots du commissaire de la vente, quand il avait conseillé aux Maîtres et aux Maîtresses de le prescrire chaque fois qu'ils le jugeraient nécessaire. Et elle savait que jamais le Capitaine, pas plus que ses Maîtres et ses Maîtresses du château, si bien élevés, et si éloquents, ne songera à lui fournir la moindre explication. Mais quelle importance cela avait-il, après tout ? Qu'il veuille la voir punie par ennui ou par curiosité, cette raison se suffisait à elle-même, et chaque fois qu'elle achevait un cercle complet elle l'apercevait distinctement, l'espace de quelques instants, les bras raides, fermement campé sur ses jambes écartées, ses yeux verts fixés sur elle. Quelle raison y avait-il à tout cela, si ce n'est de sottes raisons, songea-t-elle. Et, alors même qu'elle rassemblait toutes ses forces pour recevoir un autre de ces coups cuisants — qui lui fit perdre un instant et son équilibre et sa grâce lorsque le battoir la déhancha vers l'avant, dans cette poussière poudreuse —, elle ressentit une satisfaction étrange, différente de tout ce qu'elle avait pu connaître au château.

Il n'y avait plus en elle aucune tension. La douleur familière au fond de son vagin, son désir pour la queue du Capitaine, la frappe du battoir, toutes ces choses étaient présentes, alors même qu'elle marchait au pas et que le collier de cuir rebondissait cruellement contre son menton levé, la plante de ses pieds au contact de la terre damée, et pourtant tout cela n'était rien à côté de cette crainte, qui lui inspirait des tremblements de terreur, qu'elle avait connue auparavant.

Mais sa rêverie fut brisée net par un cri sonore surgi de la foule proche d'elle. Par-dessus les têtes de ceux qui les lorgnaient, elle et les autres esclaves marchant au pas, elle vit que l'on descendait le pauvre Prince puni de la roue où il était si longtemps resté, livré à la dérision publique. Et, à présent, on installait à sa place une autre esclave, une Princesse aux cheveux de la même couleur paille que les siens, le dos creusé, le derrière en l'air, le menton calé sur son support.

Alors qu'elle bouclait un nouveau tour dans le petit cercle de poussière, la Belle vit cette Princesse prise de haut-le-corps, tandis qu'on lui liait les mains dans le dos, que l'on rehaussait la mentonnière au moyen d'un boulon de fer afin de l'empêcher de tourner la tête. Elle avait les genoux ligotés à la roue et lançait de furieux coups de pied. La foule était aussi excitée qu'elle avait pu l'être par l'exposition de la Belle sur l'estrade de la vente aux enchères. Et elle manifestait son plaisir par des vivats.

Alors la Belle aperçut le Prince que l'on avait descendu, pour le voir promptement emporté vers un pilori voisin. En fait, il y avait là plusieurs piloris, disposés en rang, sur un petit emplacement à l'écart et dégagé. Là, le Prince fut courbé en deux, les jambes écartées à coups de pied, comme à l'accoutumée, le visage et les mains maintenus en place par des colliers, et la planche supérieure du carcan retomba avec un claquement mat, pour le forcer à regarder droit devant lui, le mettant dans la totale incapacité de se dissimuler le visage ou de faire quoi que ce soit.

La foule se regroupa autour de cette figure désemparée. Comme la Belle achevait un tour supplémentaire, lâchant un gémissement subit sous une frappe de battoir d'une brutalité inattendue, elle vit les autres esclaves, toutes des Princesses, assujetties de semblable manière au pilori, mises à la torture par la foule qui venait les tâter, les caresser, les pincer ; et pourtant, malgré tout, à l'une de ces Princesses, un villageois donna un verre d'eau.

La Princesse dut laper, comme de juste, et la Belle vit la pointe toute rose de sa langue dans le verre peu profond, mais, en dépit de tout, ce geste laissait une impression de miséricorde.

Entre-temps, la Princesse à la roue donnait des coups de pied, faisait des bonds et offrait un spectacle des plus merveilleux, les yeux clos, la bouche grimaçante, tandis que la foule comptait à haute voix les coups, suivant un rythme qui conférait à toute cette scène un caractère d'effrayante étrangeté.

Mais l'épreuve de la Belle au mât de cocagne touchait à son terme. Avec beaucoup d'adresse et de promptitude, on la libéra de son collier et on l'éloigna du cercle, pantelante. Ses fesses la cuisaient et lui donnaient l'impression d'avoir enflé démesurément, comme si elles attendaient la prochaine fessée. À force d'être repliés derrière son dos, ses bras étaient tout endoloris, mais elle demeurait là, debout, en attente.

La grande main du Capitaine la fit se tourner et, lorsqu'il se pencha sur elle pour l'embrasser, il lui donna l'impression de la dominer de toute sa stature, doré par la lumière du soleil, sa chevelure étincelant en corolle autour de l'ombre obscure de son visage. Il recueillit sa tête au creux de ses deux mains jointes en coupelle et lui écarta les lèvres, les ouvrit, planta sa langue en elle avant de la relâcher.

Sentant ses lèvres se retirer, la Belle soupira, alors que ce baiser s'enracinait au plus profond de ses reins. Les pointes de ses seins frottèrent contre le buste de l'homme et l'épais laçage de son pourpoint, et la boucle froide de sa ceinture la brûla. Elle vit ce sombre visage se creuser lentement d'un sourire, et son genou appuya contre son sexe qui lui faisait mal, éveillant son appétit. Tout à coup, il lui sembla être en proie à la plus totale faiblesse, et que cette faiblesse n'avait rien à voir avec les tremblements de ses jambes ou son état d'épuisement.

— Marchez, fit-il.

Et, en lui faisant faire demi-tour, avec un doux pincement sur ses fesses endolories, il l'engagea vers le côté opposé de la place.

Ils passèrent à proximité des esclaves au pilori, qui se tordaient et gigotaient sous les quolibets et les gifles de la foule désœuvrée grouillant autour d'eux. Et derrière ces malheureux, pour la première fois, la Belle vit de près, dressée à l'écart, sous une haie d'arbres, une longue rangée de tentes aux couleurs vives. L'entrée de chaque tente était ouverte et abritée par un auvent. Devant chacune de ces tentes, un jeune homme élégamment vêtu se tenait debout, et, bien que la Belle ne puisse rien distinguer à l'intérieur, plongé qu'il était dans la pénombre, elle entendait des voix d'hommes qui, les uns après les autres, tâchaient d'allécher la foule.

« Un Beau Prince à l'intérieur, monsieur, dix sous seulement. » Ou encore : « Jolie petite Princesse, monsieur, quinze sous pour votre plaisir. » Et d'autres invites comme celle-ci : « Vous n'avez pas les moyens d'avoir votre esclave à vous tout seul ; offrez-vous ce qu'il y a de meilleur pour seulement dix sous. » « Un Joli Prince qui a besoin de châtiment, madame. Exaucez le vœu de la Reine pour quinze sous. » Et la Belle s'aperçut que des hommes et des femmes allaient et venaient, d'une tente à l'autre, chacun de leur côté, quelquefois ensemble.

« Et, ainsi, même le plus commun des villageois peut jouir du même plaisir », songea la Belle. Encore un peu plus loin, devant, au bout de la rangée de tentes, elle découvrit un attroupement d'eslaves nus, couverts de poussière, la tête basse, les mains attachées à une branche d'arbre au-dessus d'eux, massés derrière un homme qui s'écriait : « Pour une heure ou pour la journée, louez ces mignons pour les corvées les plus basses. » Sur une table à tréteaux à côté de lui était disposé un assortiment de lanières et de battoirs.

Elle avançait au pas, s'imprégnant de ces menues scènes comme si ces visions et ces bruits lui dispensaient leurs caresses, et, de temps à autre, la grande main ferme du Capitaine la punissait avec douceur.

Enfin, quand ils eurent rejoint l'Auberge et que la Belle se tint à nouveau dans la petite chambre, les mains derrière la nuque, elle pensait confusément : « Vous êtes mon Seigneur et Maître. »

Tout se passait comme si, dans une autre incarnation d'elle-même, elle avait vécu dans ce village toute sa vie, comme si elle y avait toujours été au service d'un soldat. Les bruits mêlés en provenance de la place lui faisaient une musique réconfortante.

Elle était l'esclave du Capitaine, oui, tout à fait sienne, celle qu'il fallait mener par les rues, punir, subjuguer totalement.

Et quand il la renversa sur le lit, lui fessa les seins et la prit à nouveau brutalement elle détourna la tête, de droite et de gauche, en chuchotant :

— Maître, oui, mon Maître.

Quelque part au fond de son esprit, elle savait que parler lui était défendu, mais ce qu'elle venait de dire n'était guère plus qu'un gémissement ou un cri. Elle avait la bouche ouverte, et lorsqu'elle jouit elle sanglota, leva les bras, enserra la nuque du Capitaine. Une flamme vacilla dans les yeux du Capitaine, puis ils flamboyèrent dans l'obscurité. Et il y eut alors ses derniers coups de boutoir, qui la poussèrent par-delà le seuil du délire.

Durant un long moment, elle demeura étendue, immobile, la tête lovée au creux de l'oreiller. Elle sentit le long ruban de cuir du mât de cocagne qui l'incitait à trotter, comme si elle se trouvait encore, égarée, sur la Place des Châtiments Publics.

Ses seins lui causaient de tels élancements, après ces dernières gifles, qu'ils lui donnaient l'impression de vouloir éclater. Mais elle s'aperçut que le Capitaine avait retiré tous ses vêtements et qu'il se glissait nu dans le lit, à côté d'elle.

Sa main chaude reposait sur son sexe trempé, ses doigts lui entrouvrirent les lèvres avec toute la tendresse du monde. Elle se rapprocha de ses membres nus, de ses bras puissants et de ses jambes recouvertes d'un duvet bouclé, doux et doré, sa poitrine douce et nette contre son bras et sa hanche. Son menton imparfaitement rasé lui écorcha la joue. Et puis ses lèvres l'embrassèrent.

Dans la lumière déclinante de l'après-midi qui filtrait par la petite fenêtre, elle ferma les yeux. Les bruits étouffés du village, les voix fluettes de la rue, les éclats de rires assourdis de l'Auberge, en dessous, tout cela se fondait en un doux bourdonnement qui la berçait. Le jour jeta ses derniers feux avant de commencer à s'évanouir. La petite flambée dansait dans l'âtre, et le Capitaine, qui abritait la Belle de ses bras et de ses jambes, profondément endormi, respirait contre son flanc.

Tristan dans la maison de Nicolas, Chroniqueur de la Reine

RÉCIT de Tristan

Dans un état proche de l'hébétude, je pensai aux mots de la Belle, les yeux mi-clos, tandis que le commissaire appelait aux enchères et que la foule hurlait, comme un torrent impétueux tout autour de moi. Pourquoi devions-nous obéir ? Si nous étions mauvais, si nous avions été condamnés à rejoindre ce lieu de pénitence, pourquoi devions-nous nous soumettre à quoi que ce soit ?

Ces questions — les questions de la Belle — résonnaient, au milieu des cris et des quolibets, de ce grand vacarme inarticulé, la voix véritable de la foule, pure brutalité qui renouvelait sans cesse sa propre énergie. Durant tout ce temps où je fus tâté, giflé, retourné, examiné, je m'agrippai au précieux souvenir de ce petit visage à l'ovale exquis, de ses yeux étincelants d'une indépendance irréductible.

Peut-être, dans cet étrange dialogue intérieur, ai-je trouvé un refuge contre l'ardente réalité de la vente aux enchères, trop atroce à supporter. J'étais mis à l'encan : tel était exactement le sort dont on m'avait menacé. Et les enchères s'élevaient de toutes parts.

J'avais l'impression de voir tout et rien et, dans un trouble moment d'éprouvant remords, je pris en pitié l'esclave écervelé que j'étais devenu, rêvant des jardins de ma désobéissance au château, et rêvant du village.

— Vendu à Nicolas, le Chroniqueur de la Reine.

Alors je fus traîné au bas de l'escalier, et debout, là, devant moi, se tenait l'homme qui m'avait acheté. Au milieu de toute cette cohue, de ces mains grossières qui giflaient ma queue dressée, me pinçaient, tiraient sur les boucles de mes cheveux, il avait l'air d'une flamme silencieuse. Drapé dans une parfaite immobilité, pénétré, il me souleva le menton, nos yeux se croisèrent, et, avec une sensation bouleversante et délicieuse, je songeai : oui, voilà mon Maître !

Exquis.

Si ce n'était l'homme lui-même, assez robuste malgré sa taille élancée, en tout cas, ses manières étaient exquises.

Le questionnement de la Belle heurtait sourdement à mes oreilles. Je crois avoir fermé les yeux un moment.

On me poussait et l'on me bousculait pour me faire traverser la foule, cent gardes-chiourmes m'enjoignaient de marcher, de lever les genoux, de hausser le menton, de garder cette queue en érection, tandis que, derrière moi, l'aboiement sonore du commissaire des enchères appelait l'esclave suivant à monter sur l'estrade. Le tumulte des vociférations m'enveloppa.

Je n'avais qu'entrevu mon Maître, mais cet aperçu m'avait suffi à mémoriser parfaitement tous les détails de sa personne. Plus grand que moi d'à peine quelques centimètres, il avait un visage carré, en dépit de sa maigreur, et une abondante chevelure blanche qui formait des boucles épaisses, tombant au-dessous des épaules. Il était bien trop jeune pour avoir les cheveux blancs, il avait presque une allure d'adolescent en dépit de sa grande taille, de l'expression pure et glacée, de ses yeux bleus au pupilles remplies d'obscurité. Il paraissait bien trop magnifiquement vêtu pour le village, et pourtant il y en avait d'autres habillés comme lui, sur les balcons qui dominaient la place, à observer la scène dans des fauteuils à haut dossier installés devant les fenêtres ouvertes. Certainement des boutiquiers aisés et leurs épouses, mais lui, Nicolas, était le Chroniqueur de la Reine.

Il avait de longues mains, de belles mains qui, d'un geste presque nonchalant, m'avaient enjoint de le précéder.

Enfin, j'atteignis l'autre bout de la place, et supportai les dernières fessées brutales et les derniers pincements. Je me retrouvai, haletant, le souffle rauque, à marcher dans une rue vide, flanquée de part et d'autre de petites tavernes, d'éventaires et de portes fermées au verrou. Tout le monde était à la vente, vis-je avec soulagement. Et, par ici, tout était calme.

Rien d'autre que le bruit de mes pas sur les pierres et le claquement vif des bottes de mon Maître, derrière moi. Il était tout près. Si près que je le sentais presque effleurer mes fesses. Et puis j'éprouvai un saisissement sous la raclée d'une épaisse lanière, et au son de sa voix basse, tout près de mon oreille : « Levez-moi un peu ces genoux et tenez la tête levée, et en arrière. » Aussitôt, je me redressai, alarmé à l'idée d'avoir pu me laisser aller à perdre, dans une quelconque mesure, ma dignité. Ma queue se raidit, en dépit de la fatigue dans mes mollets. De nouveau, je me le représentai, si déroutant, ce visage jeune et lisse, la chevelure blanche et lumineuse, et la tunique en velours de belle facture.

Les rues sinuaient, se resserraient, s'assombrissaient un peu sous les toits très pentus qui surplombaient nos têtes. J'aperçus un jeune homme et une jeune femme qui venaient à notre rencontre, tout pimpants dans leurs vêtements propres et empesés, je rougis, et eux m'examinèrent soigneusement, de la tête aux pieds. Un vieil homme assis sur un tabouret devant le seuil d'une porte leva les yeux sur moi, le temps d'un coup d'œil.

Une fois encore, la ceinture me rossa un bon coup, juste au moment où le duo des jeunes gens se rapprochait pour se porter à notre hauteur, et j'entendis l'homme rire tout seul et murmurer :

— Un bel esclave que vous avez là, monsieur, et fort avec ça.

Mais pourquoi faisais-je tant d'efforts pour marcher d'un pas rapide, pour garder la tête haute ? Pourquoi étais-je saisi de nouveau par cette même sensation d'oppression ? La Belle, quand elle avait posé ses questions, avait eu l'air si rebelle. Je pensais à la chaleur de son sexe enserrant ma queue avec tant d'intrépidité. Cela, allié au son de la voix de mon Maître, qui de nouveau me pressait d'avancer, me rendait fou.

— Halte, fit-il soudain, et il me tira le bras d'un coup sec pour que je me retourne face à lui. À nouveau, je pus voir ses grands yeux bleus et sombres, avec leurs pupilles noires, et sa bouche large et bien dessinée, sans le moindre plissement de moquerie ou de dureté. À quelque distance devant nous, plusieurs formes indistinctes firent leur apparition, et, lorsque je les vis marquer un temps d'arrêt pour nous observer, j'éprouvai la sensation redoutable d'une menace imminente.

— On ne vous a jamais enseigné à marcher au pas, n'est-ce pas ? remarqua-t-il, et il me força à relever le menton si haut que je gémis et qu'il me fallut déployer toute ma volonté pour ne pas me débattre, ne serait-ce qu'un peu. Je n'osai répondre. « Eh bien, pour moi, vous allez apprendre à marcher au pas », fit-il, et il me contraignit à me mettre à genoux, devant lui, dans la rue. Il me prit le visage dans ses mains et, ce faisant, tenait toujours la ceinture dans la main droite, et il me rabattit la tête en arrière pour me faire lever la figure.

À le regarder ainsi, d'en bas, je me sentais impuissant et rempli de honte. Je pouvais entendre le bruit que faisaient ces jeunes gens non loin de là, qui murmuraient et riaient entre eux. Il me força à avancer jusqu'à ce que je sente la bosse de son dard à travers ses hauts-de-chausses, alors, ma bouche s'ouvrit et je lui déposai des baisers fervents et appuyés sur la queue. Sous mes lèvres, elle revint à la vie. Et je sentis mes propres hanches remuer alors que je m'efforçais de leur imposer l'immobilité. Je tremblais de toutes parts. Sous la soie, sa queue palpitait comme un cœur. Les trois observateurs de la scène se rapprochaient.

Pourquoi sommes-nous obéissants ? N'est-il pas plus facile d'obéir ? Ces questions me tourmentaient.

— Debout, maintenant, et quand je vous le dirai vous avancerez, et en vitesse. Et levez-moi ces genoux, fit-il.

Je me retournai pour me remettre debout, et la ceinture me frappa les cuisses. Lorsque je me mis en route, les trois jeunes gens s'écartèrent, mais je sentais bien toute leur attention posée sur moi ; des jeunes gens de peu, grossièrement vêtus. La ceinture me frappait à coups rapides et sourds, de vraies raclées. J'étais un Prince désobéissant jeté plus bas que des rustauds de village, pour que l'on jouisse de lui et, aussi bien, pour qu'on le punisse.

J'étais trempé, à cause de la chaleur et de mon trouble, et pourtant j'employais toute ma force à faire ce que l'on me demandait de faire, la lanière de cuir me léchait les mollets et le creux des genoux avant de me cingler violemment juste au-dessous des fesses.

Qu'avais-je dit à la Belle ? que je n'étais pas venu au village pour résister ? Mais qu'entendais-je par là ? Il était en effet plus facile d'obéir. Je connaissais déjà l'angoisse d'avoir déplu, et il se pouvait fort bien que je me fasse de nouveau corriger devant tous ces garçons du commun ; il se pouvait fort bien que cette voix métallique se fasse entendre, mais cette fois empreinte de colère.

Qu'est-ce qui m'aurait apaisé — un mot gentil, en signe d'approbation ? J'en avais tant reçu de la bouche de Sire Étienne, mon Maître au château, et pourtant, délibérément, je l'avais provoqué, je lui avais désobéi. Aux premières heures du matin, je m'étais levé et, en toute impudence, j'étais sorti de la chambre de Sire

Étienne. J'avais couru pour gagner les recoins les plus éloignés du jardin, là où les pages m'avaient découvert. À travers les feuillages touffus des arbres, je les avais entraînés dans une folle chasse. Et, lorsque j'avais été rattrapé, je m'étais défendu à coups de pied jusqu'à ce que, bâillonné et ligoté, on m'amène en présence de la Reine, et devant un Étienne en proie au chagrin et à la déception.

J'avais délibérément précipité ma déchéance. Et pourtant, au beau milieu de cet endroit terrifiant, de cette multitude railleuse et brutale, je me démenais pour conserver un peu d'avance sur la sangle de cuir, et pour un autre Maître. J'avais les cheveux dans les yeux. Mes yeux étaient baignés de larmes ; des larmes qui, cependant, n'avaient pas encore commencé de couler. Et la vision de cette ruelle tortueuse, avec ses enseignes et ses fenêtres miroitantes, se brouillait devant moi.

— Halte ! s'écria mon Maître, et ce fut avec gratitude que j'obéis, pour sentir ses doigts se refermer autour de mon bras dans un geste d'une tendresse singulière.

Derrière moi, il y eut le martèlement de plusieurs paires de souliers et une petite bouffée de rires masculins. Ainsi, ces misérables jeunes gens nous avaient suivis !

J'entendis le Maître s'écrier :

— Pourquoi nous surveillez-nous avec tant d'intérêt ? (C'était à eux qu'il s'adressait.) Vous n'avez pas envie d'assister à la vente ?

— Oh, il y a drôlement mieux à voir, monsieur, fit l'un des jeunes gens. Justement, on était en train d'admirer celui-ci, monsieur, les jambes et la queue de celui-ci.

— Est-ce que vous achetez, aujourd'hui ? demanda le Maître.

— Nous n'avons pas d'argent pour acheter, monsieur.

— Il va falloir qu'on attende de pouvoir aller aux tentes, répondit une seconde voix.

— Bon, venez par ici, leur fit mon Maître. (Horrifié, je l'entendis poursuivre :) Vous pouvez jeter un œil sur lui avant que je l'emmène à l'intérieur ; c'est une beauté.

Lorsqu'il me retourna pour me placer face au trio, j'étais pétrifié. J'étais heureux de devoir garder les yeux baissés, de ne rien voir d'autre que leurs bottes de peau jaunes et râpées et leurs hauts-de-chausses élimés et gris. Ils se rapprochèrent.

— Vous pouvez le toucher si ça vous chante, fit le Maître, et, en me redressant à nouveau le visage, il me dit : Levez les bras en l'air et tenez-vous fermement à ce crochet de fer, là, sur le mur, au-dessus de vous.

Je sentis le crochet qui saillait du mur avant même de le voir véritablement ; il était situé juste assez en hauteur pour que cela me force à me dresser sur la pointe des pieds afin de l'agripper. Je laissai un bon mètre d'espace libre derrière moi.

Le Maître se tint en retrait, croisa les bras, sa ceinture lustrée pendait au côté, et je vis les mains de ces jeunes gens qui se rapprochaient et, c'était inévitable, je les sentis palper mes fesses en feu, avant que ces mêmes mains ne me soulèvent les couilles et ne les tâtent délicatement. La chair molle se ranima de sensations, de picotements, de frémissements. Je me trémoussai, guère capable de me tenir tranquille, et je fus piqué au vif par leurs éclats de rire instantanés. L'un des jeunes gens m'administra une gifle sur la queue, ce qui me fit sèchement rebondir.

— Regardez-moi cette chose, c'est dur comme de la pierre ! s'écria-t-il, et il la gifla de nouveau, et ce pendant qu'un autre garçon me soupesait les couilles en jonglant avec.

J'avalai à grand-peine la grosse boule que j'avais dans la gorge et je cessai de trembler. Je me sentais vidé de toute faculté de raisonner. Au château, il y avait eu ces chambres somptueuses exclusivement dédiées au plaisir, ces esclaves ornés avec autant de raffinement que des sculptures. Bien sûr, je n'avais pas cessé de passer de main en main. Au campement, des mois auparavant, j'étais passé entre les mains des soldats qui m'avaient amené au château. Mais cette rue-ci était une rue pavée ordinaire, comme toutes les rues que j'avais pu connaître dans des centaines de bourgades, et je n'étais plus le Prince qui traversait ces rues sur son élégante monture, mais un esclave nu et sans défense qu'examinaient trois jeunes gens, devant des boutiques et des maisons où l'on trouvait des chambres à louer.

Le petit groupe allait et venait, échangeant les positions, et l'un de ces hommes me repoussa les fesses et demanda s'il pouvait voir mon anus.

— Mais comment donc, fit le Maître.

Je sentis toute force me quitter. Sur-le-champ, on m'écarta les fesses, exactement comme lorsqu'on m'avait vendu à l'encan, et je sentis un pouce ferme s'introduire en moi. Je tâchai d'étouffer un cri, qui tenait plus du grognement, et j'en lâchai presque le crochet du mur.

— Donnez-lui de la ceinture, si vous voulez, proposa le Maître, et je la vis, brandie dans sa main, juste avant que l'on ne me pousse à me tordre sur le côté ; puis, la ceinture me frappa les fesses avec violence. Deux des jeunes gens usaient toujours de ma queue et de mes couilles comme de jouets, tiraient d'un coup sec sur les poils et la peau de mon scrotum, le palpant sans ménagement dans le creux de leurs mains. À chaque lacération de douleur, j'étais secoué. Je ne pus m'empêcher à nouveau de gémir, alors que la sangle s'abattait plus fort entre les mains de ce jeune homme qu'entre les mains de mon Maître, et lorsque les doigts qui m'écartaient me touchèrent le bout de la queue je me rétractai de toutes mes forces pour en conserver la maîtrise. De quoi aurais-je l'air si je devais jouir entre les mains de ces jeunes rustauds ? Je ne pouvais supporter cette pensée. Et pourtant ma queue était d'un rouge profond, dure comme le fer, à force de tourments.

— Comment tu la trouves cette correction ? demanda celui qui se trouvait derrière moi en me passant le bras autour du menton pour le ramener vers lui d'un coup sec. Aussi bonne que celle de ton Maître ?

— Le divertissement est terminé, intervint le Maître.

Il s'avança, se saisit de la sangle de cuir, et ce fut d'un hochement de tête poli qu'il reçut leurs aimables remerciements, tandis que, moi, je me tenais là, debout et tremblant.

Cela n'était que le début. Qu'allait-il se passer, ensuite ? Et qu'était-il advenu de la Belle ?

Il y en avait d'autres qui passaient dans la rue. Je crus entendre un brouhaha estompé et distant, comme émanant d'une foule. Il y eut la sonnerie bien reconnaissable d'une trompette. Mon Maître était en train de m'étudier, mais je baissai mes yeux, car j'éprouvais une violente émotion qui agitait ma queue de spasmes, et mes fesses se contractaient et se relâchaient en mouvements involontaires.

La main de mon Maître s'éleva jusqu'à mon visage. Il laissa courir ses doigts sur ma joue et dégagea quelques boucles de ma chevelure. Je pouvais voir la lumière poudreuse du soleil ricocher sur la grosse boucle de cuivre de sa ceinture et sur la bague de sa main gauche, dans laquelle il tenait, pendante, la robuste lanière de cuir. Le contact de ses doigts était soyeux, et je sentis ma queue se dresser en petites saccades honteuses et incontrôlables.

— Dans la maison, à quatre pattes, me fit-il d'une voix feutrée. Et il poussa la porte située sur ma gauche, pour l'ouvrir. Vous entrerez toujours de cette façon, sans qu'on ait à vous le dire.

Et je me retrouvai, à quatre pattes et en silence, à marcher sur un parquet impeccablement ciré, à traverser des pièces petites et encombrées, une maison qui avait l'allure d'un manoir miniature, une opulente maison de ville, pour être exact, avec de petits escaliers immaculés et des épées croisées au-dessus d'une petite cheminée.

Il faisait sombre, mais très vite je distinguai les tableaux magnifiques accrochés aux murs, portraits de Seigneurs et de Dames tout à leurs divertissements raffinés, avec leurs esclaves nus par centaines, placés de force dans mille et une positions, livrés de force à mille et une corvées. Nous dépassâmes une armoire basse et lourdement sculptée. Et des fauteuils à hauts dossiers. Puis le couloir se resserra, et tout autour de moi les murs se rapprochèrent.

Je me sentais énorme et vulgaire, à ramper ainsi, péniblement, au cœur de ce petit univers peuplé des richesses d'un bourgeois. Plus animal qu'humain, rien d'un Prince, assurément, et tout d'une vulgaire bête domestiquée. Pris d'un accès soudain d'inquiétude, j'aperçus au passage mon reflet dans un miroir finement ouvragé.

— Vers le fond, par cette porte, commanda mon Maître, et je pénétrai dans une alcôve située à l'arrière de la maison, où une petite villageoise tirée à quatre épingles, à l'évidence une servante, son balai en main, s'écarta lorsque je passai devant elle.

Je savais que j'avais le visage défiguré par le combat que j'avais mené. Et je fus tout à coup frappé par le sentiment de ce qu'était réellement la terreur dans ce village.

C'est que nous étions ici de véritables esclaves. Non pas des jouets dans un palais réservé aux plaisirs, à l'image de ces esclaves en peinture sur les murs, mais des esclaves, véritables et nus, dans une véritable bourgade, et nous souffririons, à chaque coin de rue, des œuvres de ces hommes du commun, au gré de leurs loisirs ou de leurs travaux, et je sentais croître mon agitation en même temps que le bruit de ma respiration de plus en plus pénible.

Mais voici que nous étions entrés dans une autre chambre.

J'avançai sur le tapis moelleux de cette nouvelle pièce, à la lumière mordorée des lampes à huile, et l'on me dit de me tenir immobile, ce que je fis, sans même essayer de placer mes membres dans une posture particulière, par crainte de la désapprobation.

D'abord, tout ce que je vis, ce furent des livres qui luisaient à la lueur des lampes. Des murs de livres, me sembla-t-il, tous reliés de fin maroquin et dorés à la feuille, une rançon royale assurément. Les lampes à huile étaient posées sur des guéridons çà et là, ainsi que sur une grande écritoire de chêne couverte de feuilles de parchemin. Des plumes d'oie étaient piquées toutes ensemble sur un plumier en cuivre. Il y avait aussi des encriers. Et enfin, tout en haut des rayonnages, d'autres tableaux miroitaient.

Et puis, du coin de l'œil, j'aperçus un lit placé dans un angle.

Mais le plus surprenant, dans cette pièce, mis à part les richesses inestimables qu'elle contenait sous forme de livres, c'était la figure vague d'une femme, qui se matérialisa lentement dans mon champ de vision. Elle était en train d'écrire à la table.

Je n'avais pas rencontré beaucoup de femmes qui sachent lire ou écrire, mises à part quelques grandes Dames. Au château, la plupart des Princes et des Princesses ne savaient même pas lire les affichettes annonçant quel était leur châtiment, suspendus à leur cou quand ils s'étaient montrés désobéissants. Mais cette Dame écrivait avec une grande célérité, et quand elle leva les yeux elle croisa mon regard au passage, avant que je ne baisse servilement la tête. Puis elle se leva de la table, et je vis ses jupes m'envelopper. Tout en elle semblait délicat, elle avait des poignets graciles et de longues mains aussi gracieuses que celles du Maître. Je n'osai lever les yeux, mais j'avais remarqué que ses cheveux étaient d'un brun foncé, qu'ils étaient séparés en leur milieu et retombaient dans son dos en cascades ondoyantes. Elle portait une robe d'un rouge bordeaux riche et soutenu, comme celle de l'homme, et un tablier d'un bleu profond. Les taches d'encre qu'elle avait sur les doigts m'intriguaient.

Elle me faisait peur. J'avais peur d'elle, et de l'homme qui se tenait debout, en silence, derrière moi, et de cette petite pièce silencieuse, et de ma propre nudité.

— Laissez-moi le regarder, fit-elle.

Sa voix, comme celle de mon Maître, était joliment timbrée et résonnait légèrement. Elle plaça les mains sous mon menton et insista vivement pour que je me dresse sur les genoux. Puis, de son pouce, elle caressa ma joue moite, ce qui eut pour effet de me faire rougir encore plus. Je baissai les yeux, comme de juste, mais j'avais eu le temps d'apercevoir ses seins saillants et haut perchés, sa gorge déliée, et un visage semblable à celui de l'homme, certes pas dans les traits, mais tout aussi serein et impénétrable.

Je passai les mains derrière la nuque, en espérant avec la dernière énergie qu'elle ne me torturerait pas le dard. Or, quand elle me pria de me lever, elle avait les yeux fixés sur lui.

— Écartez les jambes ; vous savez mieux faire que de simplement vous tenir piqué comme ça, fit-elle avec sévérité, en détachant bien ses mots. Non, très ouvertes, me corrigea-t-elle, jusqu'à ce que vous sentiez ces muscles des cuisses, ces muscles exquis. Voilà qui est mieux. C'est toujours ainsi que vous vous tiendrez debout lorsque vous vous trouverez en ma présence, les jambes largement écartées, presque tapi au sol, mais pas tout à fait. Et je ne vous le répéterai pas. Au village, nous n'avons pas pour habitude de dorloter nos esclaves en leur rabâchant nos ordres. Toute défaillance vous vaudra d'être sanglé à la Roue en Place publique.

Ces mots déclenchèrent un frisson qui me parcourut le corps, avec une étrange sensation de fatalité. Ses mains pâles semblaient presque réfléchir la lumière des lampes lorsqu'elles s'approchèrent de ma queue. Elle en pressa le bout, faisant jaillir une goutte d'un fluide à la couleur claire. J'en eus le souffle coupé, et je sentis l'orgasme près d'imploser, de parcourir tout mon organe pour s'écouler au-dehors. Mais, prise de miséricorde, elle relâcha mon sexe pour soulever mes couilles comme l'avaient fait les jeunes gens avant elle.

De ses petites mains, elle les palpa, les massa délicatement, les fit rouler, en avant, en arrière, dans leur fourreau, et la flamme vacillante des lampes à huile parut se dilater et troubler ma vision.

— Aucun défaut, trancha-t-elle en s'adressant au Maître. Splendide.

— Oui, c'est bien ce qu'il m'avait semblé, approuva le Maître. Sans conteste la pièce de choix du troupeau. Et, comme il était le premier à être mis en vente, le prix n'était pas si élevé. Je pense que s'il avait été vendu en dernier il aurait valu le double. Observez-moi un peu ces jambes, cette force qu'elles ont, et ces épaules.

Elle leva les mains et lissa mes cheveux en arrière.

— Je pouvais entendre la foule d'ici, dit-elle. C'était de la fureur. Est-ce que vous l'avez soigneusement examiné ?

Je m'efforçais de dominer ma peur panique. Après tout, j'avais passé six mois au château. Qu'est-ce qu'il y avait de si terrifiant dans cette petite pièce, dans ces deux bourgeois pleins de froideur ?

— Maintenant, il le faudrait. Nous devrions lui mesurer l'anus, fit le Maître.

Je me demandais s'ils étaient à même de percevoir l'effet que ces mots exerçaient sur moi. J'aurais voulu avoir pris la Belle une bonne demi-douzaine de fois pour qu'au moins ma queue obéisse mieux à mon autorité, mais cette seule pensée ne fit que m'enflammer davantage.

Figé dans cette posture honteuse, les jambes écartées, j'observais, impuissant, le Maître, qui se rendit vers l'un des rayonnages et tendit la main pour attraper une cassette recouverte de maroquin qu'il posa sur la table.

La femme me fit me tourner de sorte que je me trouve face à la table. Elle me baissa les mains et les plaça sur le rebord de la table, pour que je me penche en avant, le corps cassé en deux à hauteur de la taille, et, avec grand-peine, j'écartais les jambes autant que je le pus pour qu'elle n'ait plus à me reprendre.

— Et ses fesses à peine rougies, ça, c'est une bonne chose, constata-t-elle.

Je sentis ses doigts qui effleuraient les marbrures et les endroits douloureux de mon corps. De petits accès de douleur éclataient dans mes chairs, comme autant de flammèches dans mon cerveau, et juste devant mes yeux je vis le coffret de cuir, ouvert, d'où l'on retirait deux grands phallus gainés de cuir. L'un de ces deux phallus était, dirai-je, de la taille d'une queue d'homme, l'autre quelque peu plus grand. Et ce grand phallus était orné à sa base d'une longue touffe de poils noirs, une queue de cheval. Chacun d'eux était équipé d'un anneau, une sorte de poignée.

Je tâchai de me cuirasser. Mais, tandis que je fixais du regard cette masse de crin épaisse et brillante, mon esprit se rebellait à cette vue. On ne pouvait me forcer à porter une chose pareille, une chose qui me donnerait une allure plus vile encore que celle d'un esclave, une chose faite pour me donner l'air d'un animal !

La main de la femme ouvrit un bocal en verre rouge placé sur le bureau, et, lorsque je le remarquai, il me sembla que la lumière le frappait pour la première fois. Ses longs doigts récoltèrent une bonne noisette de crème et disparurent dans mon dos.

J'en ressentis la froideur contre mon anus, et je connus l'effroyable impuissance que j'avais toujours éprouvée chaque fois qu'on me touchait l'anus, qu'on me l'ouvrait. Avec délicatesse, mais promptement, elle étala l'onguent, pour bien m'en enduire la fente et l'intérieur même de mon anus, tandis que je m'efforçais de garder le silence. Je sentais sur moi les yeux froids du Maître ; et, contre moi, les jupes de la Maîtresse.

Le plus petit des deux phallus fut pris, et on le glissa en moi, d'un geste sec et ferme. Je frémis, je me tendis.

— Tss..., ne vous raidissez pas, fit-elle. Poussez avec vos hanches, oui, et ouvrez-moi ça. Oui, c'est bien mieux. Ne me dites pas que l'on ne vous avait jamais mesuré et que l'on ne vous avait jamais monté sur un phallus, au château.

Mes larmes jaillirent. Mes jambes furent parcourues de violents tremblements et je sentis le phallus, d'une largeur et d'une dureté insoutenables, qui s'enfilait, et mon anus qui se contractait de spasmes. C'était comme si toute autre réalité était abolie, et, simultanément, comme si toute autre réalité avait été aussi débilitante, aussi mortifiante que celle-ci.

— Il est presque vierge, fit-elle, un véritable enfant. Sentez-moi ça.

Et, de la main gauche, elle me souleva la poitrine jusqu'à ce que je me tienne droit de nouveau, les mains derrière la nuque, les jambes traversées d'élancements, le phallus enfoncé profondément en moi, et sa main qui en assurait la prise.

Mon Maître me contourna pour passer derrière moi, et je sentis le phallus aller et venir. Je le sentais encore coulisser en moi, même aux moments où, à l'évidence, il le laissait ressortir. Je me sentais fourré, empalé. Et mon anus ? Une bouche, tremblotante et chauffée, autour de l'objet.

— Et pourquoi toutes ces jolies larmes ? (La Maîtresse se rapprocha de mon visage et, de la main gauche, le leva encore un peu plus haut.) Vous n'avez jamais subi d'essayages, auparavant ? me demanda-t-elle. Aujourd'hui même, on va vous ordonner d'en subir une quantité, avec toutes sortes d'ornements et de harnachements différents. Il est très rare que nous laissions un anus débouché. Allons, maintenant, gardez-moi ces jambes bien écartées. (Et, s'adressant à mon Maître, elle lui dit :) Nicolas, donnez-moi l'autre.

Avec un cri soudain, étouffé, je protestai du mieux que je pus. Je ne pouvais supporter la vue de cette masse épaisse et noire, de cette queue de cheval, et pourtant, lorsqu'elle la souleva de la table, je gardai le regard complètement fixé sur elle. Mais elle se contenta d'un léger rire et de me caresser à nouveau le visage.

— Là, là, fit-elle avec tendresse.

Et le plus petit des deux phallus fut ressorti de moi avec la vivacité de l'éclair, ce qui permit à mon anus de se resserrer, avec une sensation bizarre qui me fit ressentir des frissons dans tout le corps.

Elle m'appliqua un supplément de cette crème glaciale, mais cette fois elle m'en enduisit plus profondément, ses doigts m'écartant pour m'ouvrir bien grand, tandis que, de la main gauche, elle maintenait mon visage en l'air, et la pièce ne fut plus que lumière et couleur. Je ne pouvais voir mon Maître. Il était derrière moi. Et puis je sentis le plus gros des deux phallus me violer, m'ouvrir largement, et je gémis. Mais, encore une fois, elle dit :

— Poussez sur vos hanches, pour redescendre, ouvert. Ouvert...

J'avais envie de hurler : « Je ne peux pas », mais je sentis l'objet me besogner, aller, revenir, me distendre, et finalement se glisser à l'intérieur, et j'eus l'impression d'avoir un anus énorme, palpitant autour de cet objet gigantesque qui paraissait trois fois plus grand que ce que j'avais vu de mes yeux dans le coffret placé devant moi.

Mais il n'y eut pas de douleur aiguë — seulement l'intensification de cette sensation d'être ouvert et laissé sans défense. Et puis cette toison rêche qui me démangeait le derrière, que l'on soulevait, qu'on laissait retomber, à ce qu'il me semblait, dans une caresse d'une tendresse presque affolante. Je ne pouvais supporter cette image. Elle tenait le crochet et actionnait cette hampe géante en poussant vers le haut, si bien que je me tenais debout sur la pointe des pieds, du mieux que je pouvais. Alors, elle s'écria :

— Oui, excellent !

Et, sur ces douces paroles d'approbation, je sentis la boule dans ma gorge se dissoudre et la chaleur de mon visage et de ma poitrine se propager. Mon derrière enflait. Je me sentais propulsé par la chose, alors même que je me tenais immobile, et le contact agaçant et doux de la toison n'en était que plus mortifiant.

— Les deux tailles, remarqua-t-elle. Nous nous servirons des plus petites tailles, le plus souvent, pour l'usage courant, et des plus grandes tailles lorsque cela nous paraîtra nécessaire.

— C'est parfait, approuva le Maître. Je les enverrai chercher cet après-midi.

Mais elle ne retira pas le plus gros instrument pour autant. Elle observait très attentivement mon visage, je pus voir la lumière vaciller dans son œil, et, en silence, je ravalai un sanglot coincé dans la gorge.

— Maintenant il est l'heure de nous rendre à cheval à la ferme, fit le Maître, et ces mots paraissaient avoir été prononcés à mon intention. J'ai déjà commandé que l'on nous amène la voiture avec un harnais libre pour celui-ci. Pour l'heure, laissez-lui donc le grand phallus enfilé. Si nous voulons lui passer le harnais, il est bon pour notre jeune Prince qu'il soit maté comme il convient.

Et l'on ne me donna guère qu'une ou deux secondes pour réfléchir à ce que cela pouvait signifier. Sans plus tarder, le Maître posa une main ferme sur l'anneau du phallus et il me poussa en avant avec cet ordre : « Marchez. » La toison de crin me caressait et me chatouillait le creux des genoux. Et le phallus me donnait l'impression de s'introduire en moi comme s'il avait possédé une vie propre, de me tisonner et de m'aiguillonner.

Un splendide équipage

RÉCIT de Tristan

« Non, pensai-je, on ne peut pas me conduire en attelage hors du village, défiguré par cet ornement bestial. Je vous en prie... » Et, pourtant, on me fit remonter en toute hâte un corridor dérobé et sortir par une porte de derrière sur une large route pavée, ceinte, en face, des hauts remparts de pierre du village.

Cette voie d'accès était bien plus importante que celle par laquelle nous étions arrivés. Elle était bordée de grands arbres, et, tout en haut, je pouvais apercevoir des gardes qui allaient et venaient sur les fortifications de leur pas nonchalant. Immédiatement devant moi, j'eus la vision saisissante de ces voitures et de ces charrettes de marché qui roulaient devant nous à grand fracas, tirés, par des esclaves, en guise de chevaux. Il y avait jusqu'à huit ou dix esclaves attelés à des voitures de grande taille, et ici et là passait un petit chariot tiré seulement par un duo, il y avait même de petites charrettes de marché, sans conducteur, tirées par des esclaves isolés, les Maîtres suivant à pied à côté d'eux.

Mais, avant que je puisse surmonter l'état de choc où me laissa cette vision, ou comprendre quelle était la mise de ces esclaves, je vis devant moi la voiture capitonnée de cuir du Maître, et cinq esclaves, dont quatre attelés par paires, tous chaussés de bottes lacées et bien harnachés, avec des mors de cuir qui leur ramenaient la tête en arrière, par saccades, et leurs derrières nus ornés de queues de cheval. La voiture elle-même était ouverte, avec deux sièges capitonnés de velours, et le Maître donna la main à la Maîtresse pour l'aider à monter et à prendre place, tandis qu'un jeune homme élégamment vêtu me poussait, afin que j'aille compléter la troisième et la dernière paire, la plus proche du véhicule.

« Non, s'il vous plaît, me dis-je, comme je me l'étais mille fois répété au château, non, je vous en prie... », convaincu cependant de l'inutilité de toute résistance. J'étais sous le pouvoir de ces villageois, qui m'installèrent dans la bouche ce mors consistant et long et les rênes par-dessus mes épaules. Le robuste phallus s'enfonça en moi lorsqu'on me l'enfila, pointé vers le haut, et je sentis un harnais finement ouvragé me retomber sur les épaules, avec de minces courroies qui descendaient jusqu'à une lanière passée autour de ma taille, elle-même aussitôt solidement assujettie par une boucle à l'anneau du phallus. Désormais, je ne pouvais plus rejeter l'objct hors de mon corps. En fait, il était fermement fourré en moi, attaché à moi, et je sentis une franche secousse qui me fit presque perdre pied alors que, selon toute vraisemblance, on fixait une paire de rênes à ce crochet, qui furent confiées aux mains de ceux qui se trouvaient assis derrière moi. Ils pouvaient maintenant contrôler à la fois le mors et le phallus tout en me faisant marcher.

Comme je regardais devant moi, je vis que tous les esclaves (tous des Princes) étaient harnachés de cette façon et que les longues rênes de ceux de devant couraient de part et d'autre de mes cuisses ou par-dessus mes épaules. Des anneaux de cuir bien ajustés, juste devant moi, les regroupaient dans un ordre impeccable, et il en était probablement de même juste derrière moi. Je tressaillis lorsque je sentis que l'on me repliait les bras dans le dos pour me les lacer bien serrés, en me secouant sans ménagement. Des mains brutales et gantées accrochèrent promptement des petits poids gainés de cuir noir à mes tétons et leur administrèrent de petites tapes pour s'assurer qu'ils étaient solidement suspendus. Ces poids étaient comme des pendeloques de cuir, sans autre but, semblait-il, que de rendre l'indicible déchéance de notre équipage d'autant plus cuisante.

Et, avec cette même célérité silencieuse, on me laça les pieds dans de lourdes bottes équipées de fer, comme les bottes que l'on utilise au château pour ces courses éreintantes sur le Sentier de la Bride Abattue. Le cuir était d'un contact froid contre mes mollets, et les fers n'en firent que plus sentir leur poids.

Mais jamais la plus folle des courses sur ce sentier-là, sous la conduite du battoir d'un cavalier, n'avait été aussi dégradante que le fait de se retrouver harnaché de la sorte avec ces autres poneys humains. Et lorsque je m'aperçus que l'on en avait fini avec moi — j'étais revêtu désormais du même attirail que les autres — et que tous ceux que je voyais, sur cette route fréquentée, nous dépasser en martelant le sol de leurs bottes ferrées, on me releva brusquement la tête d'une secousse, et je sentis que l'on faisait démarrer l'équipage en tirant deux coups secs sur les rênes.

Du coin de l'œil, je vis l'esclave à côté de moi lever les genoux et marcher, comme à l'ordinaire, la jambe haute, et je fis de même, le harnais tirant par à-coups sur la hampe fichée dans mon anus, tandis que le Maître s'écriait :

— Plus vite, Tristan, mieux que ça. Rappelez-vous comment je vous ai appris à marcher.

Et, avec un claquement sec et sonore, une mèche d'un cuir épais venait me corriger sur les marbrures de mes cuisses et de mes fesses tandis que, dans un brouillard, je courais à l'allure des autres.

Nous ne pouvions pas faire route à très vive allure, mais il me semblait pourtant que nous filions. Devant moi, je pouvais voir le ciel bleu sans limites, les remparts et, dans leur siège surélevé, les conducteurs et les occupants des autres voitures que nous croisions. Là encore, il y avait cette horrible sensation de réalité, cette sensation que nous étions ici de vrais esclaves nus et non des jouets royaux. Nous n'étions plus qu'un bas-ventre traversé de gémissements, en un lieu si vaste, si réel et si écrasant qu'il faisait paraître le château comme une monstrueuse sucrerie.

Devant moi, les Princes peinaient sous leur harnais, comme s'ils se surpassaient pour rivaliser de vitesse ; leurs fesses écarlates faisaient sautiller leurs queues de cheval longues et luisantes, en avant, en arrière, les muscles de leurs mollets puissants saillaient au-dessus du cuir étroit des bottes, et les fers résonnaient sur le pavé. Lorsque, d'une secousse, les rênes me relevèrent la tête encore plus haut, et que la mèche de cuir me cingla le creux des genoux, je poussai un gémissement, et des larmes coulèrent sur mon visage avec moins de retenue que jamais, si bien que c'était presque miséricorde que d'avoir ce mors en cuir contre lequel pleurer. Les poids tiraient par à-coups sur mes tétons, cognaient contre ma poitrine, déclenchant en moi des ondes de sensations. Je ressentais ma nudité comme jamais peut-être auparavant, comme si les harnais, les rênes et la queue de cheval ne faisaient que me révéler un peu plus à moi-même.

On transmit aux rênes trois secousses. L'équipage ralentit pour adopter un trot cadencé comme s'il connaissait ces commandes. Et, le visage mouillé des larmes qui serpentaient sur mes joues, j'emboîtai le pas avec gratitude. Et voici que la mèche de cuir vint frôler le Prince qui se trouvait à côté de moi, et je le vis cambrer le dos et lever les genoux encore plus haut.

Par-dessus ce fouillis de bruits, le claquement des fers, les gémissements et les cris perçants des autres poneys, je pouvais percevoir l'harmonie légère et modulée de notre Maître et de notre Maîtresse qui se parlaient. Leurs mots étaient indistincts, je ne captais que le bruit inimitable d'une conversation.

— La tête levée, Tristan, fit le Maître d'une voix sèche, et aussitôt survint la cruelle secousse dans le mors, simultanément à une autre, transmise par l'anneau de mon phallus, qui me fit perdre pied l'espace d'un instant, au point de me faire pousser un cri à pleins poumons derrière mon bâillon, et lorsqu'on me laissa reprendre pied, je courus encore plus vite. Le phallus me paraissait grossir à l'intérieur de moi, et mon corps, me semblait-il, n'existait plus que dans un seul et unique but : enserrer cet instrument.

Je sanglotais sous mon bâillon, j'essayais de reprendre mon souffle du mieux que je pouvais, de le régler, pour soutenir le rythme de l'équipage. Et c'est alors que l'harmonie modulée de leur conversation me revint aux oreilles, et je me sentis totalement abandonné.

Même les coups de fouet au campement des soldats, quand j'avais tenté de m'enfuir, au cours du voyage vers le château, n'avaient pas suscité en moi l'impression de viol et d'avilissement de cette punition-là. Et d'apercevoir ceux qui se trouvaient là-haut, sur les fortifications, paresseusement adossés à la pierre, et qui, de temps à autre, pointaient du doigt les voitures quand elles passaient, ne me faisait que percevoir plus encore toute la fragilité de mon âme. Quelque chose en moi était en train de connaître une annihilation totale.

Nous prîmes un virage, la route s'élargit, la cavalcade des bottes ferrées et le tourbillonnement des roues faisaient un vacarme croissant. Le phallus me donnait la sensation de me conduire, de me soulever, de me propulser, et la longue mèche de cuir me léchait les mollets avec des claquements secs et presque joueurs. Il me semblait avoir récupéré mon souffle, et, ô miséricorde, repris des forces, mais, loin de me cuire, les larmes qui ruisselaient sur ma face me donnaient froid dans la brise.

Nous passâmes les hautes portes en sortant du village par un chemin différent de celui que nous avions emprunté avec les autres esclaves le matin de notre arrivée.

Alors, tout autour de moi, à perte de vue, je découvris une campagne de terres cultivées, parsemée de chaumières et de petits vergers, et la route qui courait au pied de ces champs se transforma en un chemin de terre meuble fraîchement retournée, plus molle sous mes pieds. Mais un nouveau sentiment de crainte me submergea. Une sensation de chaleur passa sur mes couilles dénudées, allongea et durcit mon organe décidément jamais pris de langueur.

Je vis des esclaves nus attachés par des longes à des charrues ou travaillant à quatre pattes dans les champs de blé. Et la sensation d'être totalement démuni s'intensifia.

D'autres poneys humains, qui, au pas de course, venaient à notre rencontre et nous croisaient, suscitaient en moi une inquiétude croissante. Mon allure était similaire à la leur. J'étais tout simplement l'un des leurs.

Et c'est alors que nous prîmes un tournant pour nous engager sur une petite route, à une allure de trot rapide, en direction d'un vaste manoir à colombages, avec plusieurs cheminées qui se dressaient sur un toit en ardoise très pentu, et la mèche de cuir ne m'infligeait plus que des pichenettes, avec de temps à autre, des piqûres qui faisaient tressaillir mes muscles.

D'une traction violente sur les rênes, on nous fit nous immobiliser, et, sous la force du cri que je poussai, dont le son fut complètement déformé par l'épaisseur du mors, ma tête partit en arrière d'un coup et je restai là, debout, comme les autres, haletant, frissonnant, tandis que retombait la poussière de la route.

La ferme et l'écurie

RÉCIT de Tristan

Sur-le-champ, plusieurs esclaves mâles nus s'avancèrent vers nous. J'entendis grincer la voiture lorsqu'on aida le Maître et la Maîtresse à en descendre. Et tous ces esclaves, la peau très brune et les cheveux hirsutes, décolorés par le soleil qui y accrochait des reflets, entreprirent de nous libérer de notre harnachement, et m'enlevèrent le phallus hors de mon derrière, en le laissant attaché à l'équipage. Avec un hoquet, je laissai échapper le mors cruel. Je me sentais vidé, sans poids ni volonté.

Et lorsque deux jeunes gens grossièrement vêtus firent leur apparition, chacun d'eux avec, dans la main, une longue badine plate en bois, je suivis les autres poneys le long d'un étroit sentier en direction d'un bâtiment allongé qui était, à l'évidence, une écurie.

Aussitôt, on nous fit nous courber en deux sur une énorme solive, nos dards appuyés contre le bois, et on nous fit attraper entre nos dents des mors de cuir qui pendaient d'une autre barre tout aussi raboteuse, placée devant nous. Je dus faire un effort pour saisir la chose entre mes dents, avec, contre mon ventre, la poutre qui me rentrait dans les chairs, et, une fois que ce fut fait, mes pieds décollèrent presque du sol. Mes bras étaient encore liés dans mon dos, ce qui m'aurait interdit de me rattraper. Mais je ne tombai pas. Et quand je me sentis éclaboussé par-derrière d'eau chaude sur tout le corps, dans le dos et sur mes jambes douloureuses, j'en éprouvai de la gratitude.

Jamais je n'ai rien senti d'aussi délicieux, songeai-je. C'est-à-dire, jusqu'à ce que je sois tout à fait sec et que l'on m'oigne les muscles d'huile. Cela, ce fut l'extase, même lorsque je m'étirai la nuque, ce qui me mit à la torture. Et il importait peu que ces esclaves à la chevelure hirsute, tannés par le soleil, se montrent si brutaux et si pressés et que leurs doigts appuient si fort sur nos marbrures et nos marques de lacération. Tout autour de moi, ce n'étaient que grognements et gémissements, autant sous l'effet du plaisir qu'à cause de l'effort que cela représentait de mordre l'anneau. On nous retira nos souliers, et mes pieds brûlants furent oints, ce qui les fit frissonner de fourmillements délicieux.

Après quoi, on nous tira pour nous faire lever et nous conduire à une autre solive sur laquelle on nous fit nous allonger dans la même posture pour y laper notre nourriture dans une auge ouverte, exactement comme si nous étions des poneys.

Les esclaves se nourrirent avidement. Je luttais pour surmonter ce que cet avilissement pur et simple de notre image avait de mortifiant. Mais j'avais bel et bien le visage enfoui dans ce ragoût. Les saveurs en étaient riches et bonnes. Encore une fois au bord des larmes, je lapai moi aussi, avec aussi peu de retenue que les autres, et l'un des esclaves qui faisait office de palefrenier me releva les cheveux en arrière tout en les caressant presque amoureusement. Je me rendis compte qu'il me caressait exactement comme on aurait pu caresser un beau cheval. En fait, il me flattait la croupe de la main. Et l'humiliation me transperça tout entier, comme une flèche ; ma queue poussait contre cette solive qui la maintenait en position recourbée vers le sol, et mes couilles faisaient sentir tout leur poids, impitoyablement.

Lorsque je fus rassasié, on me tint un bol de lait pour que je lape, le poussant contre ma figure à mesure que je le vidais le plus vite possible. Et, le temps que j'aie tout lapé et que l'on me donne un peu d'eau de source fraîche, toute la fatigue douloureuse de mes jambes s'était dissoute. Il m'en restait encore les élancements que m'infligeaient mes zébrures et cette sensation que mes fesses, écarlates sous les marques du fouet, étaient devenues d'une taille énorme, effrayante, et que mon anus béait à cause du phallus qui l'avait élargi.

Mais je n'étais jamais qu'un esclave dans ce groupe de six, les bras étroitement liés, comme les autres. Tous les poneys étaient logés à la même enseigne. Comment aurait-il pu en être autrement ?

On me releva la tête, et un autre anneau de cuir lisse, attaché par une longue laisse de cuir, fut introduit de force dans ma bouche. Je mordis l'objet, et c'est suspendu de la sorte que je fus soulevé et éloigné de l'auge. Tous les poneys furent hissés selon le même procédé, et ils coururent devant eux, se disputant le passage, derrière un esclave à la peau sombre qui tirait sur nos longes, à coups secs, dans la direction du verger.

Nous trottions à vive allure, on nous tirait dessus d'humiliante façon, avec rudesse, par à-coups, et nous gémissions, poussions des grognements et foulions l'herbe sous nos pas. Et c'est alors que l'on nous délia les bras.

Je fus empoigné par les cheveux, on me retira l'anneau de la bouche et l'on me fit me mettre à quatre pattes. Les branches des arbres, déployées au-dessus de nos têtes, nous dispensaient une ombre de verdure qui nous abritait du soleil, et je vis à côté de moi le somptueux velours bordeaux de la robe de ma Maîtresse.

Elle me prit par les cheveux, exactement comme l'avait fait l'esclave qui faisait office de palefrenier, et me releva la tête pour que, l'espace d'une seconde, je la regarde droit dans les yeux. Son visage menu était très blanc, et ses yeux étaient d'un gris profond, avec cette même pupille noire que j'avais vue dans les yeux du Maître, mais aussitôt je baissai le regard, le cœur battant, par crainte de recevoir une correction.

— Prince, avez-vous la bouche délicate ? demanda-t-elle.

Je savais que je n'étais pas censé parler, et, troublé par la question, je répondis en remuant docilement la tête. Tout autour de moi, les autres poneys s'affairaient, mais j'étais incapable de dire ce qu'ils faisaient. La Maîtresse me poussa le nez dans l'herbe. Je vis devant moi une pomme verte bien mûre.

— Cette bouche très délicate va prendre ce fruit fermement entre ses dents et le déposer là-bas, dans ce panier, à l'exemple des autres esclaves, et sans jamais laisser dessus la moindre marque de dents, exigea-t-elle.

Elle me relâcha les cheveux, je ramassai la pomme et, après m'être lancé dans une course effrénée à la recherche du panier, je trottai devant moi pour aller y déposer la pomme. Les autres esclaves travaillaient vite, je me hâtai pour imiter leur célérité, et non seulement je vis les jupes et les bottes de la Maîtresse, mais aussi le Maître qui se tenait debout non loin d'elle. Je me consacrai à ma tâche avec l'énergie du désespoir, je trouvai une autre pomme, et une autre, et puis encore une autre, mais, lorsque je ne fus plus capable d'en trouver, je fus saisi d'angoisse et pris de frénésie.

Or, tout à coup, un autre phallus me fut enfoncé à sec dans l'anus, et l'on me força d'avancer à une telle vitesse qu'il fallait assurément qu'il soit actionné au bout d'une longue tige. Je me précipitai à la suite des autres, dans la profondeur du verger, l'herbe me picotant le pénis et les couilles, et une fois encore je me retrouvai avec une pomme entre les dents, et les coups de poignard du phallus me forçaient d'avancer vers le panier qui m'attendait. J'aperçus derrière moi, au passage, les bottes usées d'un jeune homme. Et cela me soulagea quelque peu de voir que ce n'étaient ni le Maître ni la Maîtresse.

J'essayai de trouver une pomme tout seul, en espérant que l'on voudrait bien me retirer cet instrument, mais celui-ci me fit trébucher en avant et je ne pus atteindre le panier assez promptement. Le phallus me guidait sur la droite, sur la gauche, à mesure que j'empilais les pommes, et jusqu'à ce que le panier soit rempli à ras bord et que, telle une volée de moineaux, on fasse décamper tous les esclaves en direction d'un autre bouquet d'arbres ; j'étais le seul que l'on menait au bout d'un phallus. Mon visage me cuisait à la pensée d'être le seul à en avoir besoin, mais j'avais beau me dépêcher, l'instrument me poussait sans ménagement à aller de l'avant. L'herbe me torturait le pénis. Elle torturait le tendre intérieur de mes cuisses, et même ma gorge lorsque je plongeais pour ramasser les pommes. Mais rien ne pouvait entraver les efforts que je déployais pour maintenir la cadence.

Et lorsque je vis les silhouettes vagues du Maître et de la Maîtresse, tout à fait dans le lointain, partir en direction du manoir, je fus gagné par la gratitude à l'idée qu'ils ne seraient pas témoins de mes difficultés. Et je continuai de me dépenser comme un fou.

Finalement, les paniers furent pleins. C'est en vain que nous cherchâmes s'il y avait d'autres pommes. Et, lorsque nous nous relevâmes et nous remîmes à trotter vers les écuries, les bras repliés dans le dos comme s'ils étaient attachés, on me poussa à la suite du petit groupe. Je croyais que le phallus allait alors me laisser en paix, mais il me perçait et me guidait toujours, et je me démenai pour rattraper les autres.

La vision des écuries me remplit de crainte sans que je sache bien pourquoi.

À coups de fouet, on nous fit pénétrer dans une Salle tout en longueur jonchée de fourrage, une paille d'un contact agréable sous les pieds, puis les autres esclaves furent regroupés un par un pour être placés, en position accroupie, sous une longue poutre, à un mètre vingt environ au-dessus du sol, et au moins à une distance comparable du mur qui se trouvait situé derrière. Chaque esclave eut les mains sanglées autour de la poutre, les coudes pointant en avant selon un angle très fermé. Et, accroupi très bas, il avait aussi les jambes écartées, positionnées vers l'arrière, de sorte que son dard et ses couilles faisaient douloureusement saillie. Chacun d'eux tenait sa tête inclinée au-dessous de la poutre, les cheveux tombant sur leurs visages écarlates. Tremblant, je m'apprêtai à subir le même traitement. Je me rendis compte que tout cela s'était passé très vite. Les esclaves, tous les cinq, avaient été attachés en même temps, et j'avais été épargné. Cela ne fit que raviver mes craintes.

Mais je me vis à nouveau contraint de me mettre à quatre pattes, et l'on me conduisit vers le premier des esclaves, celui qui avait mené l'équipage, un blond puissamment charpenté, qui, lorsque je m'approchai, gigota et poussa sur ses hanches, apparemment pour essayer, dans la misérable posture accroupie où il était, de trouver une position un tant soit peu confortable.

Aussitôt, je compris ce qui m'incombait, et j'en restai interdit. J'avais faim de ce dard charnu et luisant, là, juste devant ma figure. Mais comme le sucer allait mettre mon organe à la torture ! Je ne pouvais qu'espérer des suites indulgentes. Lorsque j'ouvris la bouche, le palefrenier fit remonter le phallus.

— D'abord les couilles, fit-il, un bon bain de langue !

Le Prince gémit et roula des hanches vers moi. Je me hâtai d'obtempérer, le derrière maintenu en l'air par le phallus, mon propre dard proche de l'explosion. Ma langue lécha la peau douce et salée, releva les couilles et les laissa glisser dans ma bouche, puis les lécha de nouveau, à toute vitesse, en tâchant de les recouvrir entièrement, enivré par le goût de la chair chaude et du sel. Je léchais le Prince, et le Prince se tortillait et dansait, ses jambes extraordinairement musclées fléchissant et se relâchant autant que l'espace le lui permettait. J'embouchai son scrotum, le suçai, le mordillai à petits coups de dents. Et, incapable d'attendre plus longtemps cette queue, je pris un peu de champ et refermai mes lèvres dessus, en plongeant jusqu'au nid de sa toison pubienne, dans une furie de succion. Aller, retour, je continuai jusqu'à ce que je comprenne que le Prince menait les choses à son propre rythme. Et tout ce qu'il fallait, c'était que je maintienne la tête immobile, avec le phallus qui brûlait à l'intérieur de mon anus, tandis que cette queue entrait et sortait par mes lèvres, en m'effleurant les dents, et, de sentir son épaisseur, sa moiteur et son extrémité délicate qui allait et venait contre mon palais, et mes propres hanches qui maintenant pompaient sans vergogne, qui limaient, de bas en haut, de haut en bas à la même cadence, tout cela me fit encore plus délirer. Mais, lorsqu'il se vida au fond de ma gorge, il n'y eut pas de soulagement pour mon dard, qui dansait en l'air, à vide. Je ne pus qu'avaler goulûment le fluide acide et salé.

Aussitôt, on me tira en arrière. On me donna une écuelle de vin à laper. Et puis, au pas, on me fit rejoindre le Prince suivant, qui attendait, qui déjà se débattait selon ce même rythme.

Lorsque j'eus achevé la rangée, les mâchoires me faisaient mal.

La gorge me faisait mal. Et mon propre dard n'aurait pu être plus raide, plus avide. J'étais désormais à la merci du palefrenier, et je désespérais même de recevoir le moindre signe que j'allais connaître un quelconque soulagement devant cette torture.

Aussitôt, il me ligota à la poutre, me tira sur les bras pour les assujettir au sommet de la pièce de bois, les jambes toujours dans la même position accroupie, malaisée, dégradante. Mais, une fois installé de la sorte, il n'y eut pas d'esclave pour m'assouvir. Et, alors que le palefrenier nous laissait seuls dans l'écurie déserte, j'éclatai en doux sanglots étouffés, et je tendis les hanches, en vain.

L'écurie était paisible à présent.

Les autres avaient dû sombrer dans le sommeil. Le soleil de cette fin d'après-midi filtrait comme une colonne de vapeur par la porte ouverte. Je rêvais d'un soulagement, sous toutes ses formes les plus glorieuses, Sire Étienne étendu sous moi, dans ce pays où, voilà des lustres, nous avions été amis et amants, quand ni lui ni moi n'étions arrivés dans ce Royaume étrange, avant que le sexe délicieux de la Belle ne chevauche mon dard et que la main du Maître ou de la Maîtresse ne se pose sur moi.

Mais tout cela ne fit qu'aggraver mon tourment.

Alors, d'une voix feutrée, j'entendis l'esclave qui se trouvait juste à côté de moi me dire, encore ensommeillé :

— C'est toujours comme ça.

Il tendit le cou, tourna la tête, et sa chevelure noire retomba, flotta librement. Je ne pouvais voir son visage que partiellement. Comme tout le reste de sa personne, ce visage était d'une évidente beauté.

— Nous sommes faits pour assouvir les autres, poursuivit-il. Et quand il y a un nouvel esclave, c'est toujours lui qui écope. Les autres fois, le choix se fait différemment, mais, quoi qu'il en soit, celui qui est choisi doit souffrir.

— Oui, je vois, fis-je, misérable.

Il semblait retombé dans son sommeil.

— Quel est le nom de notre Maîtresse ? insistai-je, pensant qu'il pouvait le connaître, puisque, aussi bien, ce n'était pas sa première journée en ces lieux.

— Maîtresse Julie, c'est son nom, mais elle n'est pas ma Maîtresse, chuchota-t-il. Maintenant, repose-toi. Tu as besoin de repos, crois-moi, même si l'endroit n'est pas des plus confortables.

— Mon nom est Tristan, dis-je. Depuis combien de temps es-tu ici ?

— Deux ans, répondit-il. Je m'appelle Gérard. Je me suis donné du mal pour m'enfuir du château, et j'avais presque atteint la frontière du Royaume voisin. Là-bas, j'aurais été en sûreté. Mais, une fois parvenu à une heure du but, voire moins, une bande de paysans m'a donné la chasse et m'a capturé. Jamais ils ne viennent en aide à un esclave en fuite. Et puis je leur avais dérobé des vêtements en m'introduisant dans leur chaumière. Ils n'ont pas été longs à me déshabiller et à me ramener, pieds et poings liés, et j'ai été condamné à trois années de village. La Reine n'a même jamais daigné poser à nouveau le regard sur moi.

Je sursautai. Trois ans ! Et il en avait déjà accompli deux !

— Mais auriez-vous réellement été en sûreté si vous... ?

— Oui, mais la grande difficulté, c'est d'atteindre la frontière.

— Et vous n'aviez pas peur que vos parents... ? N'est-ce pas eux qui vous ont envoyé chez la Reine et qui vous ont demandé d'obéir ?

— J'avais trop peur de la Reine, avoua-t-il. Et de toute façon je ne serais pas retourné chez moi.

— Et vous n'avez plus jamais essayé, depuis lors ?

— Non, répondit-il avec un léger rire feutré. Je suis l'un des meilleurs poneys du village. J'ai été tout de suite vendu aux écuries publiques. Tous les jours, on me loue à de riches Maîtres et à de riches Maîtresses, même si, la plupart du temps, ce sont Maître Nicolas et Maîtresse Julie qui louent mes services. Je continue d'espérer en la clémence de Sa Majesté et de croire que je serai bientôt autorisé à retourner au château, mais, si tel n'est pas le cas, je n'en pleurerai pas pour autant. Si je n'étais pas durement traité tous les jours, cela finirait probablement par me rendre inquiet. De temps à autre, je me sens agité, alors je botte et je renâcle, mais une bonne correction me calme à merveille. Mon Maître sait exactement quand j'en ai besoin ; même si je me suis très bien comporté, il le sait. J'apprécie de tirer une voiture élégante comme celle de votre Maître. J'apprécie les harnais et les rênes flambant neufs, et ce Maître-ci, le Chroniqueur de la Reine, qui nous cingle avec une lanière de cuir bien dur. Il fait ça sérieusement, ça se voit tout de suite. De temps en temps, régulièrement, il s'arrête et me caresse les cheveux, ou il me pince un petit coup, et j'en jouirais presque sur place. Son autorité sur ma queue, il en témoigne en la fouettant et, ensuite, en s'en moquant. Je l'adore. Une fois, il m'a fait tirer une petite charrette à deux roues, chargée de paniers, moi tout seul, et lui, pendant ce temps-là, marchait à côté de la charrette. J'ai ces petites charrettes en horreur, mais avec votre Maître je peux vous dire que j'en ai presque perdu la tête de fierté. C'était si charmant.

Muet de fascination, je lui demandai :

— Pourquoi était-ce charmant ?

Je tâchais de me le représenter, ses longs cheveux noirs, la toison de la queue de cheval, et aussi la figure de mon Maître, avec sa maigreur élégante, marchant à sa hauteur, sa belle chevelure blanche à la lumière du soleil, son visage émacié, pensif, ses yeux d'un bleu profond.

— Je ne sais pas, dit-il. Je ne suis pas très à l'aise avec les mots. Quand je trotte, ça me rend toujours fier. Mais, là, j'étais tout seul avec lui. Nous sommes sortis du village, à la tombée du jour, pour une marche dans la campagne. Toutes les femmes étaient dehors à leurs portes pour lui souhaiter le bonsoir. Et des hommes passaient, de retour à leur logement au village, après une journée passée à inspecter leurs fermes.

« De temps à autre, votre Maître me relevait les cheveux en me dégageant la nuque pour me les démêler. Il attachait les rênes bien haut, de sorte que j'aie la tête calée en arrière, et il m'administrait des volées de coups sur les mollets, des coups dont je n'avais pas besoin, juste parce que j'aimais ça. C'était une sensation des plus euphorisantes de trotter ainsi sur la route et d'entendre la terre écrasée sous ses bottes, ses bottes qui foulaient le sol à côté de moi. Je me moquais de savoir si j'allais jamais revoir le château. Ou si j'allais jamais quitter le Royaume. Il me demande toujours, votre Maître. Les autres poneys sont terrorisés par lui. Ils rentrent à l'écurie, le derrière à vif, et disent qu'il les fouette deux fois plus que n'importe qui, mais, moi, je le révère. Ce qu'il fait, il le fait bien. Et moi aussi. Et pour toi aussi, il en sera ainsi, maintenant qu'il est ton Maître.

J'étais incapable de répondre.

Après cela, il se tut. Bientôt, il s'endormit, et je me tenais à croupetons, bien tranquille, les cuisses douloureuses, ma queue aussi misérable qu'auparavant, à repenser aux descriptions qu'il m'avait faites. De l'avoir écouté m'avait procuré des frissons dans tout le corps, et, pourtant, ce qu'il disait, je le comprenais.

Cela me déconcertait. Mais je le comprenais.

Lorsqu'ils nous libérèrent pour nous faire sortir et nous conduire à la voiture, il faisait presque nuit, et j'éprouvai une sorte de fascination devant le harnais et les crochets à tétons, les rênes, les liens, le phallus, pendant qu'on nous harnachait à nouveau de tout cet attirail. Naturellement, tout cela faisait mal et m'effrayait. Mais je songeais aux paroles de Gérard. Je pouvais le voir, devant moi, harnaché. J'observais attentivement ses brusques hochements de tête, comme des coups d'encolure, la façon dont il piaffait de ses pieds chaussés comme pour mieux ajuster ses bottes. Et je fixai le vide devant moi, avec de grands yeux ébahis, tandis que l'on m'introduisait le phallus bien à fond, que l'on tirait sur mes guides pour bien les tendre, ce qui me souleva de terre ; et puis, en quelques secousses, nous fûmes lancés sur la route, d'un trot rapide, et nous nous éloignâmes du manoir.

Les larmes coulaient déjà sur mon visage lorsque nous tournâmes pour nous engager sur la route, les sombres fortifications du village se profilant au-dessus de nous. Des lampes brûlaient aux tours nord et sud. Et ce devait être cette même heure de la soirée que Gérard m'avait décrite, car il y avait peu de voitures sur la route, et des femmes se tenaient adossées à leurs portes, et nous saluaient en agitant la main sur notre passage. De temps à autre, il m'arrivait de voir un homme seul qui marchait. J'allais à une allure aussi soutenue que possible, le menton maintenu si haut que j'en avais mal, et mon phallus lourd et charnu me donnait l'impression de palpiter de chaleur au-dedans de moi.

J'étais sans cesse frappé à coups de sangle, mais pas une fois je ne fus admonesté. Et, juste avant que nous n'atteignîmes la demeure du Maître, je tressaillis au souvenir de ce que Gérard m'avait raconté : atteindre la frontière du Royaume voisin ! Peut-être avait-il tort de croire qu'on l'y aurait accueilli. Et son père, comment aurait-il réagi ? Le mien m'avait dit d'obéir, que la Reine était toute-puissante et que je serais bien récompensé pour avoir servi, acquérant un surcroît de sagesse. J'essayais de chasser ces pensées de mon esprit. Jamais je n'avais réellement songé à m'enfuir. Cette pensée était trop déroutante, allait trop à l'encontre de toutes ces choses auxquelles il était déjà fort malaisé de s'accommoder.

Lorsque nous nous arrêtâmes devant la porte du Maître, il faisait sombre. Mes bottes et mon harnais me furent retirés, ainsi que le reste, sauf mon phallus, et tous les autres poneys furent fouettés pour être renvoyés aux écuries publiques et s'éloignèrent en tirant derrière eux la voiture vide.

Je me tins immobile, pensant aux autres propos que m'avait tenus Gérard, et je fus surpris de ce frisson, étrange et chaud, qui me parcourut lorsque la Maitresse me releva la tête et me coiffa les cheveux pour me dégager le visage.

— Là, là, fit-elle encore de sa voix pleine de tendresse. Elle essuya mon front et mes joues moites de sueur avec un mouchoir de lin blanc et doux. Je la regardai droit dans les yeux, et elle me baisa les lèvres, ma queue en dansait presque, et ses baisers me laissèrent le souffle coupé.

Elle fit ressortir le phallus en le faisant glisser si vite qu'il m'entraîna avec lui et que j'en perdis l'équilibre ; et, saisi de crainte, aussitôt je lui jetai de nouveau un coup d'œil. Après quoi, elle disparut à l'intérieur de l'opulente petite demeure, et je restai là, secoué, le nez levé vers le toit très pentu et, très loin au-dessus, vers la fine poussière des étoiles, et je me rendis compte que j'étais seul avec le Maître, qui tenait en main son épaisse lanière de cuir, comme à l'ordinaire.

Il me fit me retourner et marcher le long de cette large rue pavée qui partait en direction de la place du marché.

La soirée des soldats à l'auberge

LA Belle dormit des heures. Et elle n'eut que vaguement conscience que le Capitaine tirait le cordon de la sonnette. Il était debout et s'habilla sans lui donner un seul ordre. Et, quand elle eut ouvert les yeux, il se tenait au-dessus d'elle, dans la faible lumière d'un feu de cheminée qui venait d'être rallumé, la ceinture encore débouclée. D'un seul mouvement preste, il fit coulisser la ceinture de sa taille et la fit claquer à côté de lui. La Belle ne pouvait lire l'expression de son visage. Il avait l'air dur et lointain, et pourtant un petit sourire flottait sur ses lèvres dans le tréfonds de ses reins, elle le reconnut sur-le-champ. Elle retrouvait bien cette profonde tension, cette violente émotion, une douce décharge de fluides au fond d'elle-même.

Mais avant qu'elle puisse rompre cet état languide, il l'avait tirée à lui et l'avait reposée, à quatre pattes sur le parquet, en lui pesant sur le cou pour la forcer à écarter grands les genoux. Lorsque la lanière de cuir vint lui administrer une rossée dans l'entrejambe, une gifle mordante sur son pubis enflé, le visage de la Belle s'enflamma. À nouveau, une claque violente s'abattit sur les lèvres de son pubis, et la Belle baisa les planches en frétillant des fesses, qu'elle abaissait et relevait en signe de soumission. La gifle de la lanière de cuir s'abattit encore, mais avec prudence, et, lorsqu'elle punit ses lèvres protubérantes, elle se fit presque caressante ; la Belle, tout en inondant à nouveau le sol de ses larmes, lâcha un hoquet, la bouche grande ouverte, et leva les hanches encore plus haut, toujours plus haut.

Le Capitaine avança et, de sa grande main nue, il recouvrit le derrière endolori de la Belle en une lente caresse circulaire.

La Belle en eut le souffle coupé. Elle sentait ses hanches soulevées, ballottées, abaissées, et elle émit un petit bruit haletant. Elle se souvenait du Prince Alexis, au château, en train de raconter comment on lui avait fait remuer les hanches de cette façon ignominieuse, épouvantable.

Les doigts du Capitaine pétrissaient les chairs de la Belle, lui pressaient les deux fesses l'une contre l'autre.

— Frétillez donc un peu des fesses ! commanda-t-il à voix basse.

Et, d'une poussée, sa main souleva le derrière de la Belle, si haut qu'elle se retrouva le front plaqué au plancher, ses seins palpitant contre les lattes, et un gémissement vibrant s'étrangla en s'échappant de sa gorge.

Tout ce qu'elle avait pu penser ou redouter, au château, importait peu désormais : cela faisait si longtemps. Elle décrivait des cercles avec son derrière levé en l'air. La main se retira. La lanière vint gifler jusqu'à son sexe, et dans une violente orgie de mouvements elle frétilla, frétilla du derrière, comme on le lui avait demandé.

Tour à tour, son corps se relâchait, se détendait. Avait-elle jamais connu d'autre posture que celle-là, elle était incapable de clairement s'en souvenir. « Seigneur et Maître », soupira-t-elle, et la lanière cingla son petit mont de Vénus, le cuir éraflant le clitoris, qui enflait. De plus en plus vite, la Belle remuait le derrière dans un mouvement circulaire, et plus la lanière la giflait fort, plus ses sucs faisaient irruption en elle, au point qu'elle cessa d'entendre le bruit de la lanière contre ses lèvres toute glissantes, à cause de ses cris qui lui montaient du fond de la gorge, presque méconnaissables à ses propres oreilles.

Enfin, les gifles cessèrent. Elle vit les souliers du Capitaine devant elle, et sa main qui désignait un balai au manche court, à côté de l'âtre.

— À compter de ce jour, fit-il calmement, je n'aurai plus à vous dire que cette chambre doit être balayée et brossée, le lit changé, le feu préparé. Vous ferez cela tous les matins en vous levant. Et vous allez vous y mettre dès maintenant, ce soir, pour apprendre comment vous y prendre. Après quoi, on vous récurera dans le jardin de l'Auberge pour que vous serviez la garnison comme il convient.

Sur-le-champ, la Belle se mit au travail, à genoux, avec des mouvements agiles et précautionneux. Le Capitaine quitta la pièce, et, quelques instants après, le Prince Roger fit son apparition avec la pelle à poussière, la brosse à récurer et un baquet. Il lui montra comment elle devait accomplir ces menues tâches, comment changer la literie, comment préparer le feu dans la cheminée et balayer la cendre.

Il n'eut pas l'air surpris que la Belle se contente de hocher la tête en signe d'approbation sans lui adresser la parole. Il ne lui venait pas à l'esprit de lui parler.

Le Capitaine avait dit : « tous les jours ». Ainsi, il avait l'intention de la garder ! Elle était peut-être la propriété de l'Enseigne du Lion, mais elle avait été choisie par son plus éminent locataire.

Elle n'aurait pu mieux s'acquitter de sa tâche. Elle borda le lit en lissant bien les draps, cira la table en veillant bien à demeurer tout le temps agenouillée et à ne se lever que lorsque cela lui était nécessaire.

Et, quand la porte se rouvrit, que Maîtresse Lockley la saisit par les cheveux et qu'elle sentit le battoir de bois la conduire en bas de l'escalier, elle était toute radoucie et transportée à la seule pensée du Capitaine.

En quelques secondes, elle se retrouva debout dans la grossière barrique de bois qui tenait lieu de baignoire. Les flammes des torches dansaient à la porte de l'Auberge et sur le côté du hangar. Maîtresse Lockley brossait à gestes rapides et sans trop de soin, et elle rinça le vagin endolori de la Belle avec du vin mêlé d'eau. Elle enduisit de crème les fesses de la Belle.

Pas un mot ne fut prononcé, tandis qu'elle faisait se courber la Belle d'un côté, de l'autre, la forçait à s'accroupir, lui passait la toison du pubis à l'eau savonneuse et la frictionnait non sans rudesse pour la sécher.

Alors, tout autour d'elle, la Belle vit d'autres esclaves que l'on baignait sans plus de ménagement, et elle entendit cette femme qui portait un tablier, aux manières frustes, et deux autres filles du village aux membres robustes qui échangèrent des plaisanteries sur un ton badin et d'une voix forte et se mirent à la tâche, en s'arrêtant de temps en temps pour assener un coup sur le derrière à l'un ou à l'autre de ces esclaves, sans raison apparente. Mais la Belle n'était capable de penser qu'à une chose et à rien d'autre : elle appartenait au Capitaine ; elle allait découvrir la garnison. Assurément, le Capitaine serait présent. Et les bordées de cris et les salves de rires en provenance de l'Auberge la mettaient au supplice.

Lorsque la Belle eut été soigneusement séchée, qu'on lui eut brossé les cheveux, Maîtresse Lockley posa le pied sur le rebord de la barrique, bascula la Belle en travers de ses genoux et la frappa sèchement de son battoir de bois, à plusieurs reprises, puis imposa à la Belle de se mettre à quatre pattes, elle qui cherchait à reprendre son souffle et à se redresser.

Il était franchement curieux de ne pas s'entendre adresser la parole, pas même sous la forme d'ordres proférés avec impatience et sécheresse. Lorsque Maîtresse Lockley la contourna pour venir se placer à ses côtés, la Belle leva brièvement les yeux sur elle et, l'espace d'un instant, elle surprit le sourire froid de sa Maîtresse, avant que la femme eût le temps de se reprendre. Tout soudain, la tête de la Belle se redressa, entraînée par le seul poids de sa longue chevelure, et le visage de Maîtresse Lockley fut juste au-dessus du sien.

— Alors, comme ça, vous vouliez jouer la petite trouble-fête. Et moi qui avais l'intention de mettre vos fesses à mijoter pour mon petit déjeuner !

— Peut-être que vous devriez toujours, chuchota la Belle, sans en avoir eu l'intention, sans y réfléchir. Si c'est ce que vous aimez, pour le petit déjeuner.

Mais à peine eut-elle achevé de prononcer ces mots qu'elle fut prise d'un violent tremblement. Oh, que ne venait-elle pas de faire !

Le visage de Maîtresse Lockley s'éclaira d'une expression fort curieuse. Un rire à demi réprimé franchit le seuil de ses lèvres.

— Je vous verrai dans la matinée, ma chère, en même temps que tous les autres. Quand le Capitaine sera parti, à l'heure où l'Auberge est agréable et tranquille, et lorsqu'il n'y a personne ici, à part les autres esclaves qui attendent en rang pour recevoir leurs coups de fouet du matin, comme il se doit. Je vous apprendrai à ouvrir la bouche sans ma permission.

Mais ce fut dit avec une chaleur inhabituelle, et Maîtresse Lockley avait les joues tout empourprées. Elle était vraiment jolie.

— Et, maintenant, trottez, commanda-t-elle avec douceur.

La grande Salle de l'Auberge était déjà bondée de soldats et d'autres hommes occupés à boire.

Un feu ronflait dans l'âtre, un mouton tournait sur la broche. Et des esclaves en position debout, la tête inclinée, filaient sur la pointe des pieds pour verser le vin et la bière dans des dizaines de cruches en étain. La Belle jetait des coups d'œil un peu partout, dans cette foule de buveurs vêtus de sombre, avec leurs lourdes bottes de cheval et leurs épées, et, lorsque les esclaves venaient poser devant eux des assiettes fumantes de nourriture, se pencher au-dessus des tables pour essuyer ce que l'on y avait renversé, quand ils rampaient à quatre pattes pour éponger le sol, ou quand ils se jetaient par terre pour récupérer une pièce espièglement lancée dans la sciure, elle apercevait en un éclair tous ces derrières nus et leur toison pubienne luisante.

Dans un angle mal éclairé de la pièce résonnaient les accords pincés d'un luth, le claquement cadencé d'un tambourin et la lente mélodie d'un cor. Mais les débordements des rires noyaient les sons de la musique. Les fragments épars d'un refrain ne s'élevaient par bouffées que pour s'évanouir aussitôt. Et de toute part on demandait à se faire servir à boire et de la viande, on appelait pour qu'arrivent encore d'autres jolis esclaves, afin de divertir la compagnie.

La Belle ne savait plus où donner de la tête. Un robuste officier de la garde, dans sa cotte de mailles qui scintillait de reflets, souleva de terre une Princesse à la peau très rose et aux cheveux très clairs et l'installa, assise sur la table. Mains derrière la tête, elle se mit à danser et à sautiller sur un rythme rapide, comme on le lui avait demandé, les seins ballottés, la figure écarlate, ses cheveux blond cendré voletant sur ses épaules en longues anglaises parfaitement bouclées. Ses yeux brillaient d'un mélange de peur et d'une évidente excitation. Et puis une autre esclave aux membres délicats se retrouva basculée en travers d'une paire de genoux vêtus de gros drap, et fessée ; de ses mains agitées, elle se protégea le visage, avant qu'un spectateur amusé ne les lui écarte et, un brin joueur, ne les lui étire devant elle.

Entre les barriques disposées le long des murs, d'autres esclaves nus se tenaient debout, les jambes écartées, les hanches saillantes, comme s'ils attendaient qu'on vienne les chercher. Et, dans un angle de la salle, un beau Prince, la chevelure abondante et bouclée lui tombant sur les épaules, était assis sur les genoux d'un balourd, un soldat, leurs deux bouches vissées l'une à l'autre en un baiser, et, simultanément, le soldat caressait l'organe du Prince qui se dressait à la verticale. Le Prince aux cheveux roux lécha la barbe noire et mal rasée du soldat, lui avala le menton dans la bouche, puis lui rouvrit les lèvres pour se remettre à l'embrasser. Ses sourcils étaient comme noués sous l'intensité de l'émotion, alors même qu'il se tenait assis, là, aussi impuissant, aussi immobile que si on l'avait ligoté, son derrière chevauchant en cadence les genoux du soldat, qui pinçait la cuisse du Prince pour le faire sauter en l'air, le bras gauche du Prince relâché contre la nuque du soldat, sa main droite enfouie dans l'épaisse chevelure de ce dernier, ses doigts y flottant mollement.

Dans le coin opposé, une Princesse à la chevelure noire se démenait à faire des tours sur elle-même, les mains cramponnées aux chevilles, les jambes écartées, ses longs cheveux balayant le sol, tandis qu'on lui versait une cruche de bière sur ses tendres parties intimes et que les soldats se penchaient pour venir, joueurs, laper le liquide entre les poils bouclés de son pubis. Subitement, elle se retrouva en appui sur les mains, les pieds hissés en l'air, et un soldat lui remplit le sexe de bière jusqu'à ce qu'il déborde.

Maîtresse Lockley arracha la Belle à ce spectacle pour lui mettre entre les mains une cruche de bière et un plat d'étain chargé de nourriture fumante, et, de ce fait, la Belle dut tourner le visage pour apercevoir, à l'écart, la silhouette du Capitaine. Il était assis à une table pleine de monde, de l'autre côté de la salle, le dos au mur, une jambe allongée sur le banc devant lui, les yeux fixés sur la Belle.

La Belle se démena pour avancer rapidement, sur les genoux, le torse bombé, en tenant le plat bien haut ; une fois arrivée à côté de lui, elle s'agenouilla et tendit le bras par-dessus le banc pour poser la nourriture sur la table. En s'appuyant sur un coude, il lui caressa les cheveux et étudia son visage comme s'ils étaient seuls, alors que, tout autour d'eux, les hommes riaient, bavardaient, chantaient. La dague en or luisait à la lumière de la chandelle, et les cheveux d'or du Capitaine, sa petite moustache rasée de près au-dessus de la lèvre supérieure et ses sourcils. Lorsque sa main releva la chevelure de la Belle au-dessus de ses épaules et la lissa, sa douceur inaccoutumée provoqua des frissons sur les bras et la gorge de la Belle ; et, entre ses jambes, ce spasme inévitable.

Elle imprima à son corps une sorte de petite ondulation, sans l'avoir vraiment voulu. Aussitôt, la main droite du Capitaine se referma autour de ses poignets avec force, il se leva du banc en la soulevant du sol, et elle se retrouva suspendue au-dessus de lui.

Prise par surprise, elle blêmit, puis, quand on la retourna en tous sens, elle sentit le sang lui monter au visage et vit le soldat se retourner pour la regarder.

— À mes chers soldats, qui ont bien servi la Reine, annonça le Capitaine, et aussitôt on tapa du pied et on applaudit bruyamment. Qui veut être le premier ?

La Belle sentit les lèvres de son pubis enfler, se comprimer, quelques gouttes de suc jaillirent à leur ourlet, mais, dans le tréfonds de son âme, une explosion de terreur silencieuse la paralysa. « Que va-t-il m'arriver ? » se demanda-t-elle, tandis que ces corps sombres formaient un cercle autour d'elle. La silhouette massive d'un homme à forte carrure se dressa devant elle. Doucement, les pouces de l'homme s'enfoncèrent dans la chair tendre de ses aisselles, l'étreignirent solidement, et il l'éloigna du Capitaine. Ses halètements s'étouffèrent dans sa gorge.

D'autres mains guidèrent ses jambes autour de la taille du soldat. Elle sentit son crâne toucher le mur derrière elle, elle se cala les mains derrière la tête pour qu'elles lui tiennent lieu de reposoir, sans cesser un instant de dévisager le soldat, et puis la main droite de ce dernier plongea pour délacer ses hauts-de-chausses.

Il se dégageait de l'homme une odeur d'écurie, de bière, et le parfum capiteux, délicieux de la peau tannée par le soleil et du cuir brut. L'homme battit des paupières, et, l'espace d'un instant, ses yeux noirs se fermèrent, lorsque sa queue plongea dans la Belle, lui écartant ses lèvres distendues. Les hanches de la Belle martelèrent le mur sur un rythme effréné.

Oui. Maintenant. Oui. La peur se dissolvait en une émotion plus grande, une émotion sans nom. Les pouces de l'homme mordaient les aisselles de la Belle, tandis que le pilonnage se poursuivait. Et, tout autour d'elle, dans la pénombre, elle vit une bonne vingtaine de visages qui regardaient. Le brouhaha de l'Auberge se soulevait comme une vague pour retomber avec le fracas du ressac.

La queue déchargea en elle son fluide chaud qui l'inonda, et son orgasme irradia dans tout son corps, l'aveugla, et, la bouche ouverte, ses cris jaillirent d'elle avec des soubresauts. Nue, le visage écarlate, elle se laissa porter par cette vague de plaisir, là, au beau milieu de cette taverne commune.

Une fois encore, elle se retrouva soulevée, vidée.

Elle sentit qu'on l'installait à genoux sur la table. On lui écarta les genoux et on lui plaça les mains au-dessous des seins.

Tandis qu'une bouche affamée lui suçait le téton, elle rehaussa les seins, cambra le dos, les yeux timidement détournés de tous ceux qui l'entouraient. La bouche avide lui tétait maintenant le sein droit, tirant dessus avec force, et la langue dardait de coups de poignard le petit caillou du téton.

Une autre bouche s'était emparée de son autre sein. Comme le plaisir se faisait presque trop aigu, elle se pressa contre ces bouches qui la suçaient, et des mains lui écartèrent de plus en plus les jambes, et son sexe descendit plus bas, presque à en toucher la table.

Un instant, la peur revint, la brûlant à blanc. Il y avait des mains partout sur elle ; on lui maintint les bras, on lui plaça les mains de force dans le dos. Elle ne pouvait se libérer de ces bouches qui tiraient sur ses seins. Son visage fut renversé en arrière, et, lorsqu'on l'enfourcha, une ombre noire vint la couvrir. La queue s'enfonça dans sa bouche béante, ses yeux fixèrent le ventre velu situé au-dessus d'elle. Elle suça cette queue de toute ses forces, elle la suça aussi fort que ces bouches suçaient son sein, et, la peur s'évaporant à nouveau, elle gémit.

Son vagin frémissait, les fluides s'en écoulaient le long de ses cuisses bien écartées, et elle fut secouée de violents soubresauts de plaisir. La queue plongée dans sa bouche était terriblement appétissante mais ne pouvait la satisfaire. Elle aspira cette queue plus à fond, encore plus à fond, jusqu'à ce que sa gorge se contracte, sous la salve de foutre qu'elle reçut en elle, et les bouches tiraient gentiment sur ses tétons, les mordillaient, et les lèvres de son sexe se refermèrent en vain sur leur vacuité.

Mais quelque chose vint toucher son clitoris palpitant, le frotta au travers de la mince pellicule d'humidité qui le lubrifiait. L'objet plongea en elle, franchit les lèvres de son pubis affamé. C'était le pommeau de la dague, rugueux, serti de joyaux, encore..., c'était lui..., bien sûr..., et il l'empala, encore...

Elle jouit dans une éruption de cris feutrés, étouffés, et ses hanches pompaient, aspiraient, et toutes les visions, tous les bruits, toutes les odeurs de l'Auberge se dissolvèrent dans le flot de sa frénésie. Le pommeau de la dague la maintenait, la garde lui cognait le pubis, ne laissait plus de fin à son orgasme, lui arrachait cri sur cri.

Même lorsqu'on l'étendit le dos contre la table, cette dague la tourmentait encore, la forçait à se contorsionner, à gigoter des hanches. Dans un brouillard, elle vit le visage du Capitaine au-dessus d'elle. Et, tandis que le pommeau de la dague la secouait de haut en bas, elle se tordait comme une chatte, et ses hanches claquaient contre la table.

Mais on ne lui permit pas de jouir à nouveau si vite.

On la souleva. Elle sentit qu'on l'allongeait sur un large tonneau. Son dos épousa les contours du bois humide, elle put renifler l'odeur de la bière, et ses cheveux retombèrent jusqu'au sol ; l'Auberge cul par-dessus tête lui défila devant les yeux dans un déchaînement de couleurs. Une autre queue lui entra dans la bouche, en même temps que des mains fermes lui ancraient les cuisses autour de l'arrondi du tonneau, et une queue pénétra son vagin humide. Elle ne possédait plus ni poids ni équilibre. Elle n'était plus capable de rien voir que le sombre scrotum devant ses yeux, l'habit de l'homme, défait. On lui suçait les seins, on les giflait, des doigts puissants les pétrissaient, les comprimaient l'un contre l'autre. Ses mains cherchèrent à tâtons les fesses de l'homme qui remplissait sa bouche, et elle s'y agrippa. À une autre cadence, l'autre queue la défonçait contre la barrique, la colmatait, lui broyait le clitoris. Dans tous ses membres, elle se sentit consumée, marquée au fer rouge. Cela ne montait pas seulement de son entrejambe, de ses seins fourmillant de picotements, son corps entier était devenu un sexe.

Elle fut portée jusque dans le jardin, les bras noués autour d'épaules fermes et puissantes.

C'était un jeune soldat brun qui la portait, qui l'embrassait, qui la pelotait. Il y en avait partout sur l'herbe verdoyante, de ces hommes qui riaient à la lumière des flambeaux en faisant cercle autour des esclaves dans leurs baignoires, et ils adoptaient à présent des manières beaucoup plus accommodantes, maintenant que les premières passions brûlantes avaient été satisfaites.

Ils encerclèrent la Belle, à qui l'on plongea les pieds dans l'eau chaude. Ils s'assirent à genoux, leurs outres pleines de vin dans les mains, ils firent gicler le vin sur elle, la chatouillèrent sous le jet de nectar, la lavèrent. Ils la baignèrent avec la brosse et le linge, c'était à moitié un jeu, ils rivalisaient entre eux, et c'était à qui lui remplirait la bouche, lentement, attentivement, de ce vin aigrelet et frais, et à qui l'embrasserait.

Elle essaya de se remémorer ce visage-ci, ce sourire-là, la peau très douce de celui qui était doté de la plus grosse queue, en vain.

Ils l'allongèrent dans l'herbe, sous les figuiers, et elle se retrouva montée, de nouveau, son jeune ravisseur, le soldat aux cheveux bruns, lui broutant rêveusement la bouche, avant de l'entreprendre sur un rythme plus lent, plus doux aussi. Elle tendit les bras derrière elle, sentit la peau fraîche et nue de ses fesses et l'étoffe de ses hauts-de-chausses à moitié baissés, et puis, en tâtant la ceinture défaite, le vêtement en chiffon, et son derrière à demi dénudé, elle lui enserra la queue de son vagin, et il haleta, fort, comme un esclave, sur elle.

Plusieurs heures plus tard.

Elle était assise, pelotonnée sur les genoux du Capitaine, la tête contre sa poitrine, les bras autour de son cou, à moitié endormie. Comme un lion, il s'étira sous elle, et sa voix fut un grondement sourd émanant de son large torse, lorsqu'il s'adressa à l'homme en face de lui. Il berçait la tête de la Belle dans sa main gauche, et son bras lui fit l'impression d'être immense, empreint de force et d'aisance.

Simplement, de temps à autre, elle ouvrait les yeux sur la lumière aveuglante et enfumée qui baignait la taverne.

Plus tranquille, moins désordonnée que tout à l'heure, la taverne. Le Capitaine parlait, parlait. Les mots « Princesse fugitive » lui parvinrent distinctement.

« Princesse fugitive », songea la Belle assoupie. Elle était incapable de prêter attention à ces histoires. Elle referma les yeux, se blottit contre le Capitaine, qui resserra son bras gauche autour d'elle.

« Comme il est splendide, songea-t-elle. D'une beauté fruste. » Elle aimait les rides profondes de son visage tanné, l'éclat de ses yeux. Une pensée bizarre lui vint à l'esprit. Elle se souciait aussi peu de ce que pouvait être le sujet de leur conversation qu'il ne se souciait de lui adresser la parole. Elle se sourit à elle-même. Elle était son esclave frissonnante et nue. Et il était son Capitaine, fruste et bestial.

Mais ses pensées glissèrent vers Tristan. Devant Tristan, elle s'était déclarée si rebelle.

Que lui était-il arrivé avec Nicolas le Chroniqueur ? Comment le saurait-elle jamais ? Peut-être le

Prince Roger pourrait-il lui apporter des nouvelles. Peut-être le petit monde fermé du village avait-il ses canaux d'informations secrets. Il lui fallait savoir si Tristan allait bien. Elle aurait juste voulu le voir. Et, rêvant de Tristan, elle sombra de nouveau dans le sommeil.

Grand divertissement

RÉCIT de Tristan

Je marchais à vive allure vers le bout de la rue. Sans mon redoutable harnachement de poney, je me sentais terriblement nu et vulnérable, et je m'attendais, d'une seconde à l'autre, à cette secousse dans les rênes, comme si je les portais encore. À cet instant, les voitures, ornées de lanternes, nous dépassaient dans un grand fracas, les esclaves frappaient le sol de leurs fers, à toute vitesse, la tête haute, exactement le même port de tête que moi tout à l'heure. Qu'est-ce que je préférais ? Être harnaché ? Pas harnaché ? Je n'en savais rien ! Je ne connaissais que la peur et le désir, et cette conscience absolue que l'élégant Maître Nicolas, mon Maître, qui était plus strict que bien d'autres Maîtres, était en train de marcher derrière moi.

De nouveau, la route fut baignée d'une lumière éclatante. Nous arrivions au bout du village. Mais, tandis que je contournais le dernier des édifices qui s'élevaient sur ma gauche, je vis non pas la place du marché, mais une autre place à ciel ouvert, partout piquée de flambeaux et de lanternes, où se pressait une foule immense. Je pouvais sentir flotter dans l'air l'odeur du vin et percevoir des éclats de rire avinés. Des couples dansaient en se donnant le bras, et des marchands de vin, des outres pleines sur leurs épaules, fendaient la foule en proposant un verre à tous les nouveaux arrivants.

Subitement, mon Maître s'arrêta pour donner une pièce à l'un de ces marchands, et il tint la coupe devant moi pour me donner ce vin à laper. Devant la bonté de ce geste, je rougis jusqu'à la racine des cheveux, et je bus le vin avec avidité, aussi proprement que je le pus. J'avais la gorge en feu.

Et, lorsque je relevai les yeux, je vis clairement que nous étions sur une sorte de champ de foire aux châtiments. C'était certainement là ce que le commissaire de la vente aux enchères avait appelé la Place des Châtiments Publics.

D'un côté, sur une longue rangée, des esclaves étaient attachés à des piloris ; d'autres étaient attachés sous des tentes mal éclairées, et l'entrée de ces tentes était ouverte aux gens du village, moyennant une pièce versée à un gardien posté là. D'autres esclaves, attachés eux aussi, couraient en cercle autour d'un grand mât de cocagne, et quatre préposés au battoir leur administraient leur punition. Çà et là, un couple d'esclaves se précipitaient dans la poussière pour récupérer un objet qu'on venait de lancer devant eux, sous les encouragements de jeunes gens et de jeunes femmes : à l'évidence, ils avaient misé sur celui qu'ils espéraient voir l'emporter. Contre les remparts, tout au bout, sur la droite, des roues géantes tournaient lentement, et des esclaves ligotés tournaient avec elle, dont les cuisses et les derrières enflammés servaient de cible aux trognons de pommes, aux noyaux de pêches et même aux œufs frais que la foule lançait sur eux, tandis que plusieurs autres esclaves avançaient en clopinant, accroupis derrière leurs Maîtres, le cou attaché par deux courtes chaînes de cuir à leurs genoux écartés. Au bout de leurs bras tendus, ils tenaient de longs piquets, avec des corbeilles de pommes à vendre qui se balançaient à leur extrémité. Deux petites Princesses à la peau rose, aux seins lourds, luisantes de sueur, montaient des chevaux de bois avec de sauvages mouvements de bascule, le vagin évidemment empalé sur un dard de bois. Abasourdi, je contemplai ce spectacle, et mon Maître me faisait aller désormais d'un pas lent, car lui-même prenait le temps de parcourir la foire du regard ; alors, une Princesse, qui tendait à la foule son visage écarlate sous l'orgasme, fut, comme de juste, proclamée vainqueur du concours par acclamation. L'autre esclave reçut le battoir, fut corrigée et essuya les réprimandes de ceux qui avaient misé sur elle.

Mais le grand divertissement, c'était cette roue très haute sur laquelle un esclave se faisait rosser à coups de battoir, un long instrument gainé de cuir. Cette vision m'accabla. Je me souvenais des paroles de ma Maîtresse, quand elle m'avait menacé du supplice de la Roue en Public.

Et voici que, d'une main ferme, on me forçait à m'y rendre. Nous nous frayâmes un passage à travers cette mer de spectateurs qui beuglaient, poussaient des cris de triomphe, se pressaient en cercles concentriques jusqu'à une quinzaine de mètres environ de l'estrade du supplice. L'on nous menait tout droit vers les esclaves agenouillés, les mains derrière la nuque, copieusement admonestés par l'assistance et qui, à l'évidence, attendaient au pied des marches de bois d'être montés là-haut et de s'y faire donner le battoir.

Comme je regardais fixement ce spectacle, incrédule, mon Maître me contraignit à prendre place directement au bout de la file. On passa des pièces de monnaie à un surveillant. On me poussa pour que je me mette à genoux ; j'étais incapable de dissimuler ma peur, et aussitôt les larmes me piquèrent les yeux, et je tremblai de toute ma carcasse. Qu'avais-je fait ? Des dizaines de figures rondes se tournèrent vers moi. Je pouvais entendre leurs sarcasmes :

— Oh, mais alors, l'esclave du château se trouverait-il trop bon pour la Roue en Place Publique ? Regardez-moi cette queue de coq.

— Est-ce que ce coq est un vilain oiseau ?

— Pourquoi c'est qu'on l'a fouetté, Maître Nicolas ?

— Pour son beau plumage, répondit mon Maître avec une légère note d'humour noir.

Je regardai en direction de l'escalier et de la haute estrade, pétrifié. Mais je ne pouvais pour ainsi dire rien voir, si ce n'est, comme je m'agenouillai, les premières marches. Où que je tourne le regard, j'étais entouré d'une foule d'une vingtaine ou d'une trentaine d'individus. La réponse que venait de faire mon Maître provoqua une explosion de rires. La lumière des torches lançait des reflets sur les joues moites et les yeux humides des spectateurs. L'esclave qui se trouvait juste devant moi s'avança avec effort, pendant que l'on en obligeait un autre à escalader précipitamment les marches. De quelque part sur la place s'éleva un roulement de tambour fracassant puis un regain de cris jaillit de la foule. Dans tous mes états, je fis un demi-tour pour me retrouver face à mon Maître. Je me jetai à ses pieds pour lui baiser les bottes. La foule me montra du doigt en éclatant de rire.

— Pauvre Prince, il est désespéré, se moqua un homme.

— Ta jolie baignoire parfumée du château, elle te manque ?

— Est-ce que la Reine t'a donné du battoir sur ses genoux ?

— Regardez-moi cette queue, cette queue-là mérite bien un bon Maître et une bonne Maîtresse.

Je sentis une main ferme m'empoigner par les cheveux et me lever la tête, et puis, à travers mes larmes, je vis au-dessus de moi ce visage élégant, lisse, à l'expression un peu dure. Les yeux bleus se rétrécirent très lentement, leurs sombres pupilles parurent se dilater, la main droite levée, il remuait son index tendu, de gauche à droite, et ses lèvres formèrent en silence le mot « non ». J'en perdis le souffle. Ses yeux se firent immobiles et froids comme la pierre, et sa main gauche me relâcha. Je retournai dans la file, de mon propre gré, les mains croisées derrière la nuque, encore tout tremblant, et quand la foule y alla de ses « ooooh » et de ses « aïe, aïe, aïe » en signe de compassion moqueuse, j'encaissai.

— Voilà un bon garçon, me hurla un homme dans l'oreille. Tu ne veux pas décevoir cette foule, allons, pas vrai ? (Je sentis sa botte me tâter le derrière.) Je parie dix sous qu'il nous fait le meilleur numéro de la soirée.

— Et qui c'est qui va juger de ça ? lança un autre.

— Dix sous qu'il remue le derrière pour de vrai !

Il me sembla s'être écoulé une éternité avant que l'esclave suivant ne monte à son tour, et puis un autre après lui, et encore un, et finalement je fus le dernier à m'avancer péniblement dans la poussière, ruisselant de sueur, les genoux en feu, et la tête qui me tournait. Même à cet instant, je ne cessai pas de croire que, d'une manière ou d'une autre, il faudrait bien que l'on vienne à mon secours. Il faudrait bien que mon Maître ait pitié, qu'il change d'avis, qu'il comprenne que je n'avais rien fait pour mériter cela. Il fallait qu'il arrive quelque chose, parce que je ne pouvais endurer cela.

La foule remuait, poussait. La Princesse qui recevait le battoir là-haut poussa un hurlement perçant, j'entendis le tonnerre de ses pieds sur la roue, et de grands cris s'élevèrent de la foule. Je fus pris d'une impulsion subite, me lever, m'enfuir en courant, mais je ne fis pas un geste, et le vacarme de la place parut enfler, enfler encore, sous l'effet d'un nouveau roulement de tambour. La séance de battoir touchait à sa fin et j'étais le prochain. Deux surveillants me précipitèrent en haut des marches, alors même que je me rebellais de toute mon âme, et j'entendis le ferme commandement de mon Maître :

— Sans entraves.

Sans entraves. Ainsi, le choix s'était présenté. Il s'en fallut de peu que je ne me défende avec acharnement. Oh, je vous en prie, ayez pitié, entravez-moi. Mais c'est avec horreur que je me vis tendre le cou et, de mon propre chef, placer le menton sur le haut support de bois, écarter les genoux, croiser les mains dans le dos. C'est à peine si les mains brutales de mes surveillants avaient eu à me guider dans mes gestes.

Puis je fus seul. Aucune main ne me touchait plus. Mes genoux n'étaient calés que par les dentelures creusées peu profondément dans le bois. Entre moi et ces milliers de paires d'yeux, rien d'autre que le mince montant de bois où reposait mon menton. Ma poitrine et mon ventre se contractaient sous des vagues de spasmes.

La roue fut lancée à toute vitesse à coups de manivelle, et je vis la silhouette imposante du Maître du Fouet, avec sa chevelure hirsute, les manches roulées au-dessus des coudes, le battoir géant dans sa main droite de mammouth, tandis que, de la main gauche, il piochait au creux de la paume une crème couleur miel dans un baquet de bois.

— Ah, laissez-moi deviner ! hurla-t-il. Celui-là, c'est un petit bonhomme qui nous arrive tout frais du château et qui n'a encore jamais reçu le battoir par ici ! Doux et rose, un vrai cochon de lait, s'il n'y avait pas ces cheveux blonds et ces jambes de costaud. Bon, alors, jeune homme, êtes-vous décidé à offrir un beau spectacle à tous ces gens ?

Il fit pivoter de nouveau la roue d'un demi-tour et m'appliqua sommairement cette crème grasse sur le derrière, en la faisant bien pénétrer, alors que la foule lui rappelait à grands cris qu'il allait lui en falloir beaucoup. Les tambours partirent d'un roulement rauque à vous faire froid dans le dos. Je vis la place entière étalée devant moi, des centaines de villageois, bouche bée, avides. Et ces pauvres malheureux qui tournaient en rond autour du mât de cocagne, et les esclaves mis au pilori, pincés, houspillés, qui se débattaient, et d'autres esclaves encore, suspendus la tête en bas, à un manège de fer que l'on actionnait lentement à la manivelle, et puis moi, que l'on faisait lentement tourner, en un cercle implacable.

Massées sous l'épaisse couche de crème, mes fesses se mirent à me chauffer, puis ce fut comme si elles mijotaient à feu doux. Et j'étais agenouillé, là, sans entraves ! Soudain, les flambeaux m'aveuglèrent tellement que je clignai des yeux.

— Vous m'avez entendu, jeune homme, reprit la voix tonnante du Maître du Fouet.

Je me retrouvai de nouveau face à lui, et il s'essuya la main pour la sécher sur son tablier souillé de taches. Après quoi, il tendit le bras et me saisit le menton dans le creux de la main, me pinça les joues en me remuant la tête d'avant en arrière.

— Et maintenant vous allez donner un bon spectacle à tous ces gens ! fit-il de sa voix forte. Vous m'entendez, jeune homme ? Et savez-vous pourquoi vous allez leur donner un bon spectacle ? Parce que je vous rosserai votre joli derrière jusqu'à ce que vous vous décidiez ! (Et la foule partit d'un rire pointu et railleur.) Vous allez me remuer ce ravissant postérieur, jeune esclave, comme jamais vous ne l'avez remué. C'est la Roue, ici, et en Place Publique, s'il vous plaît !

D'un coup sec sur la pédale, il donna un autre tour de roue, le grand battoir rectangulaire me claqua les fesses avec un craquement fracassant, et c'est non sans mal que je réussis à conserver mon équilibre.

Lorsque je me remis à tournoyer, la foule lâcha un beuglement jovial, et le deuxième coup s'abattit, et puis encore un tour de roue, et un autre, et un autre encore. Je serrais les dents pour contenir mes cris, la douleur brûlante irradiait depuis mes fesses jusque dans ma queue. J'entendais les sarcasmes : « Plus fort », « Flanquez-lui sa dégelée, à cet esclave », et puis : « Besognez-le, cet arrière-train », « Pompez-lui le dard ». Et je compris que je n'obéissais pas à ces commandements de façon délibérée, mais avec l'énergie du désespoir, en me tortillant sous chaque coup, ces coups assourdissants qui me soulevaient comme un forcené de la roue d'où je m'efforçais de ne pas glisser afin de rester bien en place.

J'essayais de fermer les yeux, mais, sous chacun de ces coups, ils se rouvraient tout grands, et de ma bouche béante jaillissaient des cris incontrôlables. Le battoir me fessait d'un côté puis, de l'autre, il me faisait presque basculer d'abord, pour ensuite me remettre d'aplomb, et malgré tout je sentais mon dard affamé qui, par saccades, se redressait, palpitait de désir sous chaque coup, et des éclairs de douleur me traversaient le crâne comme des explosions de feu.

La place se brouillait en une myriade de couleurs et de formes. Mon corps, pris dans ce tourbillon de fessées brutales, me donnait l'impression de flotter hors de lui-même. Je ne parvenais plus à lutter pour conserver l'équilibre, et cependant le battoir ne me permettait ni de glisser ni de tomber ; jamais je n'avais été confronté à une situation aussi périlleuse. Et j'étais emporté par la vitesse des tours, j'éprouvais la chaleur et la force du battoir, mes cris éclataient, des cris brefs, déchirants, et la foule applaudissait, hurlait, scandait.

Toutes les images de la journée se fondirent dans ma cervelle, l'étrange discours de Gérard, la Maîtresse qui enfonçait le phallus dans mes fesses écartées — et pourtant la seule chose à laquelle je pensais distinctement, c'était le claquement du battoir et les rires de la foule qui semblaient s'écouler de la roue pour l'éternité.

— Faites-moi sauter ces hanches ! cria le Maître du Fouet, et sans réfléchir, sans volonté, j'obéis, subjugué par la force du commandement, par la force de la volonté de la populace, et je dandinai sauvagement des hanches, sous les vivats enroués des braillards. Le battoir claquait ma fesse gauche puis ma fesse droite lâchait la foudre sur mes cuisses, et puis de nouveau sur mes fesses.

J'étais perdu comme jamais je n'avais été perdu. J'étais noyé par les hurlements et les huées, noyé de lumière, noyé de douleur. Je n'étais plus que marbrures brûlantes, chair enflée, je n'étais plus que la verge dure d'une queue secouée de vains soubresauts devant les cris de la multitude, et le battoir cognait, encore et sans relâche, et mes propres cris rivalisaient avec le bruit de l'instrument. Rien, au château, n'avait noyé mon âme de la sorte. Rien ne m'avait flétri, rien ne m'avait vidé de la sorte.

J'étais précipité dans les profondeurs du village, abandonné là. Et, soudain, que cette multitude soit le témoin de cet avilissement délirant me procura une volupté, une horrible volupté. Si je devais perdre ma fierté, ma volonté, mon âme, il était naturel qu'ils s'en délectent. Et il était non moins naturel que les centaines de badauds grouillant sur cette place ne s'en aperçoivent pas.

Oui, le poney qui avait tiré la voiture, l'objet suant, larmoyant, publiquement ridiculisé, cette masse protubérante et nue d'appareils génitaux, de muscles endoloris, cette chose, c'était moi. Et ils pouvaient y prendre plaisir ou l'ignorer, tout à loisir, à leur guise.

Le Maître du Fouet recula d'un pas. Il ne cessait plus de faire tournoyer la roue, sans relâche. J'avais les fesses bouillantes, la bouche ouverte, agitée de tremblements, et je vomissais des hurlements, plus forts que jamais.

— Placez-moi ces mains derrière les jambes, et protégez-vous les couilles ! rugit le Maître du Fouet. Hébété, dans un geste d'ultime dégradation, le menton toujours bien calé, j'obtempérai en me voûtant pour me protéger les couilles, ce qui fit rire et trépigner la foule de plus belle. Soudain, je vis une pluie d'objets voler dans les airs. Je fus bombardé de pommes à demi croquées, de quignons de pain, et de fragiles coquilles d'œufs crus qui explosaient contre mon derrière, dans mon dos, contre mes épaules. Les yeux grands ouverts sous cette grêle qui continuait de tomber, je sentais de cuisantes morsures sur mes joues, sous la plante de mes pieds nus. Même mon pénis était atteint par les projectiles, ce qui soulevait des rires perçants, des rires de crécelle.

Et puis ce fut ensuite une pluie de pièces qui vint frapper les planches de l'estrade. Le Maître du Fouet hurlait :

— Eh bien, vous voyez, c'était réussi, alors, encore ! Encore ! Si vous rachetez les coups de fouet de l'esclave, le Maître vous le redonnera en pâture d'autant plus tôt !

Je vis alors un jeune garçon, en proie à la plus grande impatience, s'affairer précipitamment en décrivant des cercles autour de moi pour récolter cette pluie de pièces. L'argent fut versé dans un petit sac lacé par un cordon. On m'empoigna les cheveux pour me soulever la tête, on fourra le sac dans ma bouche ouverte et haletante, et un gémissement stupéfié m'échappa. Des applaudissements retentirent de toutes parts, des cris : « Bon garçon ! » Et des questions faites pour me titiller : est-ce que le battoir m'avait plu ? est-ce que j'en redemanderai demain soir ?

On me releva en m'arrachant à mon appareil de supplice et on me précipita au bas des marches de bois, on m'éloigna au pas de charge de l'illumination des flambeaux et de la roue. On me jeta en avant, à quatre pattes, on me conduisit à travers la foule, jusqu'au moment où je vis les bottes de mon Maître. Levant les yeux, j'aperçus sa silhouette languide appuyée contre le comptoir en bois d'une petite échoppe de vin. Il me considéra du regard sans un sourire, sans un mot. Il me retira le petit sac de la bouche, le soupesa dans sa main droite, le mit de côté et garda le regard posé sur moi.

J'inclinai la tête. Je la couchai dans la poussière et sentis mes mains glisser sous moi, se dérober au poids de mon corps. J'étais incapable de bouger, mais, Dieu merci, aucun ordre ne tomba pour m'enjoindre de me lever. Et le brouhaha de la place se fondit en un bruit unique, et ce bruit fut presque du silence.

Mais je sentis les mains de mon Maître, ses mains douces, les mains d'un gentilhomme, me soulever. Je vis devant moi une espèce de cabine de bain en plein air où un homme attendait, avec une brosse et un baquet, de ceux dont on se sert d'ordinaire pour lessiver par terre. On me conduisit dans cette direction avec grande fermeté, et je fus confié à cet homme qui, laissant là sa coupe de vin, accepta non sans gratitude une pièce que lui remit mon Maître. Après quoi, il tendit le bras vers moi et me força à m'accroupir au-dessus du baquet fumant.

Fût-il survenu à n'importe quel autre moment, au cours des mois écoulés, ce vulgaire bain public en lisière d'une foule indifférente eût été une chose indicible. Or, en cet instant, tout cela ne fut que volupté. J'avais à peine conscience de l'eau chaude que l'on versait sur mes contusions, qui se consumaient comme la braise sous la cendre ; de cette eau qui emportait avec elle le jaune collant de l'œuf et la poussière qui y restaient collés ; de ma queue et de mes couilles que l'on fit bien tremper, et qui furent ointes, même si ce fut bien trop bref pour soulager l'odieux appétit qui les tenaillait.

Mon anus fut soigneusement lubrifié. C'est à peine si je remarquai les doigts qui s'y introduisaient et en ressortaient, et, en même temps, j'avais la sensation d'éprouver encore la forme du phallus qui me pénétrait. On me frotta les cheveux pour me les sécher, puis on me coiffa. Ma toison pubienne fut brossée, et même les poils, entre mes fesses frémissantes qui me cuisaient, furent lissés, séparés à gauche et à droite par une raie. Tout cela fut si rondement mené qu'en l'espace de quelques instants je me retrouvai agenouillé de nouveau devant mon Maître, pour recevoir son ordre, qui était que je le précède sur la route qui longeait les remparts.

Dans la chambre de Nicolas

RÉCIT de Tristan

Lorsque nous eûmes atteint la route, mon Maître me dit de me lever et de « marcher ». Sans hésiter, je lui baisai les bottes et me levai pour faire face à la route et lui obéir. Je plaçai mes mains derrière ma nuque, exactement comme quand on m'avait fait marcher au pas. Mais, d'un geste subit, il me prit dans ses bras et me retourna, me fit baisser les mains et m'embrassa.

Au premier abord, je demeurai si embarrassé que je ne répondis pas à son baiser, puis je le lui rendis, presque avec fièvre. Ma bouche s'ouvrit pour accueillir sa langue, et je dus reculer les hanches pour que mon dard ne frotte pas contre le sien.

Il me semblait que mon corps perdait ses dernières forces et que toute la vitalité qui me restait affluait dans mon organe. Mon Maître eut un mouvement de retrait, téta ma bouche, je pus m'entendre soupirer bruyamment, l'écho de mes soupirs escaladait les murs. Timide, hésitant, je levai les bras, et, lorsque je l'embrassai, il ne fit rien pour m'en empêcher. Je sentis le doux contact de sa tunique de velours et la douceur soyeuse de sa chevelure. J'étais presque en extase.

Ma queue se contractait convulsivement, s'allongeait, et tout l'endolorissement que j'éprouvais fut attisé de nouveau. Mais il me lâcha, me retourna et me replaça les mains derrière la nuque.

— Vous pouvez avancer sans vous presser, me fit-il.

À ces mots, ses lèvres effleurèrent ma joue, et, en moi, le mélange de détresse et de désir lancinant était si écrasant que je me remis presque à pleurer.

Seules quelques voitures découvertes passaient sur l'avenue, des promeneurs, à ce qu'il semblait, qui, en atteignant la place, décrivaient un large cercle avant de faire demi-tour pour nous dépasser en trombe. Je vis étinceler les harnais d'argent des esclaves, leurs lourdes clochettes d'argent tintaient sous leurs couilles, et une riche bourgeoise, vêtue d'une cape et d'une capuche de velours rouge vif, faisait claquer une longue mèche argentée au-dessus de la tête de ces poneys.

L'idée me traversa l'esprit que mon Maître aurait dû posséder un équipage comme celui-là, et, en mon for intérieur, la nature de cette pensée me fit sourire.

Mais j'étais encore secoué par ce baiser, et toujours défait par la Roue en Place Publique, jusqu'au plus profond de mon être. Comme mon Maître avançait à grands pas pour se porter à ma hauteur, je crus être la proie du rêve. Je sentis le velours de sa manche dans mon dos, et sa main qui me touchait l'épaule. Ce geste provoqua en moi un tel accès de faiblesse que je dus m'exhorter à avancer.

Sa main s'enroula autour de ma nuque, déclenchant un frisson qui me parcourut tout le corps. Il y avait dans ma queue un nœud qui se resserra et me fit mal, mais je m'abandonnai à ces sensations avec délice. Je fermai les yeux à demi, je perçus les lanternes et les torches comme de petites explosions de lumière. Maintenant, nous étions loin du bruit de la place publique, et mon Maître marchait si près de moi que je sentais sa tunique contre ma hanche et ses cheveux qui effleuraient mon épaule. Nous passâmes devant une porte éclairée d'une torche, à cet instant, nos ombres exécutèrent un saut en hauteur, et nous fûmes presque de la même taille, un homme nu et l'autre élégamment vêtu, qui tenait en main une lanière. Après quoi, l'obscurité.

Nous étions arrivés à sa demeure, et, tout en tournant la grosse clef de fer dans la lourde porte de chêne, il dit, de sa voix feutrée :

— Par terre, sur les genoux, et j'obtempérai, en pénétrant l'univers de cette entrée faiblement éclairée au parquet ciré.

J'avançai à côté de lui, jusqu'à ce qu'il marque un temps d'arrêt devant une porte, et je me retrouvai dans une chambre étrange et nouvelle.

Des chandelles étaient allumées. Il y avait un petit feu dans le foyer, peut-être fait pour assécher l'humidité des murs de pierre, et puis la grande masse d'un lit de chêne, ouvragé, calé contre le mur, avec un ciel de lit à caissons et trois côtés tendus de satin vert. Il y avait des livres, ici aussi, de vieux rouleaux de parchemin de même que des volumes reliés en cuir. Et un bureau avec des plumes d'oie, et des peintures, encore. Mais cette pièce était plus vaste que l'autre et, quoique plongée dans la pénombre, plus réconfortante.

Je n'osai ni espérer ni craindre ce qui pourrait arriver en ces lieux. Mon Maître était occupé à retirer ses vêtements, et tandis que, sidéré, je le regardais faire, il ôta tout, plia soigneusement chaque habit sur le coffre au pied du lit, puis il se retourna face à moi. Son sexe était aussi animé et aussi dur que l'était le mien, légèrement plus gros, mais pas plus long, et la toison de son pubis possédait la même blancheur immaculée que sa chevelure, qui, à la lumière des lampes à huile, semblait presque irréelle.

Il rabattit le couvre-lit vert et me fit signe de le rejoindre.

J'étais si abasourdi que, l'espace d'un instant, je ne pus esquisser un geste. Je regardai le tissage délicat des draps de lin. Au château, trois nuits et deux jours durant, j'étais resté parqué dans ce vulgaire enclos. Ici, je m'étais attendu à dormir dans un coin misérable, sur des planches nues. Mais cela n'était encore rien. Je pouvais voir la lumière jouer sur la poitrine musclée du Maître, et sur ses bras, et sur son dard, qui paraissait grossir à vue d'œil. Je levai brièvement le regard pour arriver droit sur ses yeux d'un bleu profond, puis je m'avançai en direction du lit, j'y montai, toujours sur les genoux, et je m'agenouillai sur le couvre-lit rabattu devant moi. Je tournai le dos aux oreillers, il glissa ses bras autour de moi, et de nouveau m'embrassa. En réponse à sa bouche qui me suçait avec audace et force, je ne pus empêcher mes larmes de dégouliner sur mes joues ni mes sanglots de se coincer dans ma gorge, et pourtant j'essayais de les dissimuler.

D'un geste doux, il m'incita à reculer vers lui et, de sa main gauche, il souleva ses couilles et sa queue. Je me jetai à plat ventre et lui baisai immédiatement les couilles. Je fis courir ma langue sur elles, comme on m'avait appris à le faire dans l'écurie, avec les poneys, je les embouchai et les tâtai tendrement du bout des dents, je pris la queue dans ma bouche et, un peu désarçonné par sa grosseur, je tirai à fond dessus. Elle n'était pas plus grosse, raisonnai-je, que le plus gros des deux phallus du coffret. Non, elle était de grosseur identique, et il me vint à l'esprit cette pensée vertigineuse qu'il ne m'avait préparé que pour son seul usage, et, quand je pensai à lui me pénétrant ainsi à son tour, cela m'excita de manière presque incontrôlable. Je lui suçai et lui léchai la queue, je la goûtai, en me disant qu'il s'agissait du Maître et non de l'un de ces esclaves, qu'il s'agissait de l'homme qui, toute la journée, m'avait commandé en silence, m'avait subjugué, m'avait défait, et je sentis mes jambes s'écarter insensiblement et mon ventre s'incliner très bas, et mon derrière se relever en un mouvement spontané, tandis que je suçais avec de doux gémissements.

Quand il me leva le visage, je pleurai presque. Il désigna un petit pot sur une petite étagère ménagée dans le mur lambrissé. Sur-le-champ, je l'ouvris. La crème qu'il contenait était grasse et d'un blanc immaculé. Il pointa le doigt sur sa queue, et, aussitôt, je pris un peu de crème au bout de mes doigts. Mais avant de l'appliquer j'en embrassai la pointe et j'y savourai un soupçon de suc. Je pointai ma langue dans le minuscule orifice pour en recueillir le fluide qui s'y trouvait.

Puis je l'enduisis bien de crème, sans omettre les couilles et je lissai l'épaisse toison blanche et bouclée jusqu'à la faire reluire. Sa queue était désormais d'un rouge sombre, et elle frémissait.

Le Maître étendit les mains vers moi. Hésitant, je lui appliquai un peu de crème sur les doigts. Il eut un geste qui signifiait qu'il en réclamait plus, et je m'exécutai.

— Retournez-vous, me dit-il.

Ce que je fis, le cœur battant la chamade. Je sentis la crème dans mon anus, enduit bien en profondeur, bien en épaisseur, et puis ses mains m'enveloppèrent, la gauche recueillant mes couilles au creux de sa paume, roulant leur chair molle contre ma queue, de sorte qu'elles se trouvèrent repoussées vers l'avant. Je lâchai un cri bref, désespéré, implorant, en sentant son organe coulisser en moi.

Il ne rencontra aucune résistance. Je fus à nouveau percé, aussi sûrement que je l'avais été par le phallus du coffret, et sous ses coups de boutoir, cinglants comme des gifles, je le sentais se planter au fond, tout au fond. La main qui s'était refermée autour de ma queue la força à se dresser toute droite, et je sentis la main droite du Maître en enrober le bout, la crème s'étaler sur tout le pourtour de la chair torturée, et puis la main se resserra, remonta, redescendit sur toute la longueur de la queue, de haut en bas, de bas en haut, en cadence, avec les coups de boutoir dans mon fondement.

Mes grognements sonores résonnaient dans la pièce. Toute la passion que j'avais retenue prisonnière en moi jaillissait au-dehors, mes hanches étaient animées de violents aller et retour, la queue me fendait en deux, et mon propre organe tira des salves de fluide qui giclèrent furieusement.

Pendant un moment, je ne vis plus rien. Je laissai se vider cette cascade de spasmes dans l'obscurité. J'étais désemparé, suspendu à cette queue qui m'embrochait. Et peu à peu, à l'extrême fin de la vague, je sentis ma queue se raidir encore. Les mains grasses de mon Maître la cajolaient pour qu'elle se redresse. Certes, elle avait subi de trop longs tourments pour se laisser assouvir si aisément. Toutefois, ces agaceries étaient par trop infernales. Je lâchai presque une plainte pour qu'on me libère, mais ces plaintes sonnaient comme des soupirs de plaisir. Sa main me besognait comme il fallait, sa queue me pompait, et j'entendis s'échapper de moi les mêmes cris à pleine bouche qui m'avaient échappé quand j'étais attaché à la roue, sous le battoir du Maître du Fouet. Je sentis ma queue agitée de soubresauts et je vis tous ces visages autour de moi, et je savais que j'étais seul dans la chambre à coucher du Maître, que j'étais son esclave et qu'il ne me laisserait pas en ressortir tant qu'il n'aurait pas amené ma queue à laisser jaillir encore une fois la tempête qui s'accumulait en moi.

Ma queue avait perdu la mémoire. Elle allait et venait entre ses doigts glissants, et ses coups de boutoir dans mon arrière-train se faisaient plus longs, plus rapides, plus brutaux. Lorsque ses hanches cognèrent dans ma croupe chauffée à blanc, je me sentis approcher du pinacle. Et, quand il laissa monter un gémissement sourd et tremblant en me secouant furieusement, je sentis ma queue exploser encore une fois dans l'étroit fourreau de sa main, et cette fois l'explosion me parut plus lente, plus profonde, plus totalement dévastatrice. Je m'effondrai en arrière, contre lui, ma tête roula sur son épaule, sa queue me martelant et se convulsant au-dedans de moi.

Durant un long moment, nous ne bougeâmes pas. Puis il me souleva et me repoussa vers les oreillers. Alors je m'allongeai, et il s'allongea auprès de moi. Il avait le visage détourné, et, à moitié assoupi, je fixai son épaule nue et ses cheveux blancs. J'aurais dû être gagné par un sommeil irrépressible. Mais ce ne fut pas le cas.

Je ne cessai de penser que j'étais seul avec lui dans cette chambre, qu'il ne m'avait pas encore éconduit et que rien de ce qui m'était arrivé ne s'effacerait. Cette pensée restait constamment présente à mon esprit. Et elle me fit tenir ma langue, comme si j'avais été sur le point de prendre la parole. Cela me poussa à garder les yeux ouverts.

Il se passa peut-être un quart d'heure. Les chandelles dispensaient une belle lumière diffuse et mordorée, et je me penchai en avant pour déposer un baiser sur l'épaule de mon Maître. Il ne m'arrêta pas. Je lui embrassai le bas du dos puis je lui baisai les fesses. Lisses, exemptes de toute rougeur, de toute marbrure, virginales, les fesses d'un Maître au village, d'un Seigneur ou d'un Souverain au château.

Je le sentis s'exciter sous moi, mais il ne dit mot. Et je baisai la fente entre ses fesses, et je dardai la langue jusqu'en bas, jusqu'à l'anneau rose de son anus. Je le sentis se ranimer un peu. Il ouvrit insensiblement les jambes, et je lui écartai un peu plus les fesses. Je lui lapai sa bouche rose et menue, j'en goûtai l'étrange acidité. Je la mordis de mes dents.

Mon propre dard gonflait contre le drap. Je descendis un peu plus bas dans le lit, je vins me placer sur ses jambes, avec délicatesse, à croupetons au-dessus de lui, et j'appuyai ma queue contre ses jambes tout en lui léchant sa petite bouche rose et en la poignardant à coups de langue.

D'une voix feutrée, je l'entendis me dire :

— Si vous voulez, vous pouvez me prendre.

J'éprouvai la même stupeur paralysante que j'avais éprouvée lorsqu'il m'avait dit de me mettre au lit. Je pétris et baisai ses fesses soyeuses, et je lui grimpai dessus, le couvris, écrasai ma bouche contre sa nuque et passai mes mains sous lui. Je trouvai sa queue déjà raide et je la saisis dans ma main gauche, tout en le saillant de ma propre queue, tout au fond. C'était étroit et râpeux, une excitation indescriptible.

Je fus pris d'un petit tressaillement. Mais j'étais encore bien lubrifié et ça coulissa aisément. Puis je m'agrippai des deux mains autour de sa queue et je poussai vers le haut, si bien que ses genoux décollèrent presque, le visage toujours appuyé contre l'oreiller. Et je le chevauchai au galop, et, de l'entendre gémir, je claquai mon ventre contre ses fesses nettes et douces, tirai sur sa queue pour qu'elle raidisse tant et plus, jusqu'à ce qu'il pousse un hurlement, que je me libère en lui, et sa semence dégoulina sur mes doigts.

Cette fois, quand je me recouchai sur le dos, je savais que j'allais pouvoir m'endormir. Mes fesses cuisaient sous moi, et les marbrures derrière mes genoux me démangeaient, mais j'étais satisfait. Je levai les yeux sur le dais de satin vert au-dessus de ma tête et sombrai dans l'inconscience. Je m'aperçus qu'il remontait la couverture sur nous deux, qu'il avait soufflé les chandelles, et je sentis que son bras s'était posé en travers de ma poitrine, et puis je ne m'aperçus plus de rien, sinon que je sombrai toujours plus profondément et que l'endolorissement de tous mes muscles et de mes chairs était quelque chose de merveilleux.

L'âme de Tristan dévoilée

RÉCIT de Tristan

La matinée devait être déjà fort avancée lorsqu'on me réveilla et que je fus promptement tiré du lit par l'un des serviteurs. Assurément trop jeune pour être un Maître, ce garçon avait l'air de savourer la tâche qui l'occupait : me faire manger mon petit déjeuner dans une casserole sur le sol de la cuisine.

Puis il me fit gagner au pas de course la rue située sur l'arrière de la maison, où deux poneys splendides se tenaient côte à côte, leurs rênes reliées, à peu près un mètre cinquante derrière eux, à un seul et unique harnais. Un autre garçon, qui les tenait en main, seconda le premier pour m'ajuster ce harnachement. Ma queue était déjà au garde-à-vous, mais, malgré cela, chose inexplicable, je me sentais figé, si bien que les garçons durent me manipuler en me rudoyant.

Il n'y avait pas d'autre voiture à proximité, hormis celles qui passaient avec fracas, les poneys lancés au grand trot, les claquements des lanières. Les fers de leurs bottes rendaient un son crépitant, vif-argent, beaucoup plus léger et rapide que celui de véritables chevaux, me dis-je, et déjà mon cœur battait la chamade.

Je fus placé en position isolée, derrière les deux premiers de l'attelage, puis on m'enroula des lanières autour des couilles et de la queue pour me rattacher les couilles sous le dard ; elles formèrent, ainsi placées, une seule bourse qui faisait poche au-dessous, vers l'avant. Je ne pouvais plus cesser de me contorsionner sous les gestes fermes de ces mains qui, après ces laçages bien serrés, me lacèrent les bras dans le dos puis me ceignirent les hanches d'une ceinture au cuir épais avant de me lacer la queue contre cet accessoire. Un phallus me fut enfoncé, à sa place normale, dans mon arrière-train, et fut également assujetti par des attaches qui remontaient vers la partie arrière de la ceinture, en me passant entre les jambes jusque sur le devant de cette ceinture, mais c'était mieux ajusté, me sembla-t-il, que lors des préparatifs de la veille. Toutefois, il n'y eut pas de queue de cheval, on ne me donna pas de bottes non plus, et quand je m'en aperçus j'en fus extrêmement effrayé.

Je pouvais sentir mes fesses calées contre les attaches de cuir qui me maintenaient le phallus, et, du coup, je me sentis encore plus ouvert de ce côté-là, encore plus nu. Somme toute, la queue de cheval avait été une sorte de protection.

Mais le premier accès de véritable peur panique s'empara de moi quand on m'ajusta un harnais sur la tête et les épaules. Les attaches en étaient très minces, presque délicates, magnifiquement cirées, et l'une d'elles courait sur le sommet de ma tête pour en redescendre de part et d'autre, se ramifier impeccablement pour s'ajuster au contour de mes oreilles, sans les recouvrir, et se rejoindre à hauteur du cou, au moyen d'un épais collier auquel on avait laissé du jeu. Une autre attache tout aussi fine descendait en me couvrant le nez ; là, elle en recoupait encore une troisième qui faisait le tour de ma tête pour se raccorder directement à ma bouche, où elle maintenait en position un phallus de section énorme, très court, que l'on m'introduisit de force entre les lèvres avant que j'aie pu pousser le moindre cri de protestation. Il me remplit la bouche, sans y entrer non plus très profondément, je mordis dessus, et j'en léchai la partie postérieure avec une gourmandise insatiable. Je pouvais respirer assez facilement, mais j'avais la bouche douloureusement distendue, et il en allait de même pour mon anus. La sensation d'être ainsi étiré et pénétré par les deux bouts déclencha en moi un sentiment désespérant d'ivresse qui me fit geindre comme un misérable. Tout cet appareillage fut serré et ajusté, le collier fermé par une boucle derrière la nuque, et les rênes des poneys de devant furent passées par-dessus mes épaules et rattachées à cette boucle. Un autre jeu de rênes partant de leurs hanches solidement harnachées fut également accroché à la boucle de la ceinture qui m'entourait le ventre.

C'était là un harnachement fort ingénieux. La marche des autres poneys me ferait avancer, et même si je perdais l'équilibre je ne pouvais pas tomber. Ils étaient tous deux d'un poids identique au mien, et je voyais bien, aux muscles épais de leur mollets et de leurs cuisses, qu'il s'agissait de poneys accomplis.

En attendant, ils secouaient la tête comme s'ils appréciaient le contact du cuir, quant à moi, je sentais déjà mes larmes couler à flots. Pourquoi ne pouvait-on me harnacher à une voiture de la même façon qu'eux ? Qu'était-on en train de me faire ? Ces deux-là, tout d'un coup, avec leurs queues de cheval luisantes et leurs têtes cabrées, me faisaient l'effet d'être des privilégiés que l'on bichonnait, et, moi, je me sentais ligoté comme un prisonnier de bas étage. Mes pieds nus allaient se cogner au sol de la route, derrière le tintement métallique et retentissant de leurs pieds chaussés. Je me tordais, tirais sur mes guides, mais on m'avait étroitement attaché ; quant aux garçons d'écurie occupés à me huiler le derrière, ils m'ignorèrent.

Soudain, je sursautai au son de cette voix, celle de mon Maître, lorsqu'il apparut, à la limite de mon champ de vision, avec cette longue lanière de cuir qui se balançait, suspendue à sa taille, pour demander avec douceur si j'étais prêt. Les garçons d'écurie répondirent par l'affirmative, l'un d'eux me flanqua une bonne tape du plat de la main, l'autre poussa sur le phallus dans ma bouche grande ouverte pour l'y enfoncer un peu mieux. Je fus pris de toux, de sanglots irrépressibles et je vis le Maître faire un pas pour venir se poster devant moi.

Il portait un magnifique pourpoint de velours prune, à manches bouffantes fantaisie, et chaque centimètre de sa personne possédait toute l'élégance des Princes du château. Puis la chaleur de notre séance amoureuse de la nuit passée me submergea, et je ravalai mes pleurs en silence.

Je tentai de me réfréner, mais on me réfrénait déjà tellement qu'en fait je crus bien que j'étais en train de perdre toute maîtrise intérieure. Sur quoi, en tirant sur tous mes liens d'un seul coup, je compris que j'étais absolument sans défense. Je ne pouvais même pas retomber sur mes pieds si j'en avais envie, et les deux autres poneys étaient si puissants qu'ils m'immobiliseraient sans effort.

Mon Maître s'approcha de moi, me fit tourner la tête sans ménagement dans sa direction et me baisa les paupières. La tendresse de ses lèvres, le parfum de propreté de sa peau et de ses cheveux ramenaient avec eux la promiscuité qui avait été la nôtre dans la chambre à coucher. Mais il était le Maître. Il avait toujours été le Maître, même quand je le chevauchais et que je l'avais fait gémir sous moi. Ma queue fut agitée de convulsions, et je laissai déferler un flot inouï de gémissements et de cris.

Dans sa main, je vis une longue badine plate, peu flexible, qu'il essayait à présent sur l'un des poneys. Sur une longueur d'une soixantaine de centimètres, elle était constituée d'une poignée rigide et s'effilait ensuite sur soixante autres centimètres d'un cuir plat et cinglant qui se tenait droit quand on n'en claquait pas le derrière des poneys.

D'une voix claire, il annonça :

— Le tour du village, comme tous les matins.

Les poneys démarrèrent aussitôt, et je marchai derrière eux, en trébuchant.

Mon Maître marchait à ma hauteur. C'était exactement comme la nuit précédente, quand nous avions descendu cette route tous les deux, à ceci près que j'étais maintenant prisonnier de ces attaches monstrueuses, de ces phallus fermement assujettis. Et, terrifié par la correction qu'il pouvait m'infliger, je tâchais de marcher comme il fallait, comme il me l'avait enseigné.

L'allure n'était pas trop rapide. Mais cette cravache plate et cinglante jouait sur mes contusions. Elle me caressait et me câlinait le dessous des fesses. Mon Maître avançait en silence, et, comme si elle connaissait le chemin par cœur, la paire de poneys tourna pour s'engager sur une large ruelle qui conduisait au cœur du village. C'était la première fois que je le voyais vraiment dans une journée normale, et cette vision m'étonna.

Tabliers blancs, sabots de bois, culottes de peau. Manches roulées, voix fortes et conviviales. Et, partout, des esclaves à la peine. Je vis des princesses qui récuraient des pas de porte, des balcons en hauteur ; et lavaient les vitrines des boutiques. Je vis des Princes porter des paniers sur leur dos et avancer en sautillant devant le fouet de leur Maîtresse, aussi vite qu'ils le pouvaient, et, par un portail, j'entrevis un attroupement de postérieurs écarlates autour d'une grande cuve de lessive.

Nous passâmes un tournant, et une boutique de harnais se dressa devant nous, avec une Princesse, menottée tout comme je l'étais moi-même, suspendue à l'enseigne accrochée au-dessus de la porte, ensuite ce fut une taverne dans laquelle je vis une file d'esclaves qui attendaient, le long d'une rampe, de recevoir leur punition, l'un après l'autre, sur une petite scène, pour le plus grand amusement d'une dizaine de clients. Juste à côté, il y avait une échoppe de phallus et, exposés dans la devanture, trois Princes accroupis, le visage tourné vers le mur, leurs fesses bien appareillées de spécimens.

J'aurais pu être l'un de ceux-là, songeai-je, accroupi sous ce soleil chaud et poussiéreux, tandis que passait la foule. Était-ce pire que de trotter, la respiration oppressée, la tête et les hanches inexorablement tirées en avant, les chairs endolories ranimées par ce claquement sonore, cette note ténue de la lanière qui claquait dans mon dos ? Je ne pouvais pas réellement voir mon Maître. Mais chaque fois que la lanière me cinglait je le voyais comme je l'avais vu la nuit précédente, et l'aisance avec laquelle il me tourmentait encore une fois me laissa stupéfait. Jamais je n'avais rêvé que cela cesserait à cause de nos étreintes. Mais que cela s'intensifie à ce point... J'éprouvai soudain tout le caractère intimidant de la profonde soumission qu'il attendait de moi.

Les poneys se frayèrent fièrement un chemin à travers la foule compacte, et plus d'une tête se tourna sur leur passage, parmi ces villageois qui grouillaient en tous sens, avec leurs paniers de marché ou leurs esclaves tenus en laisse. Et, chaque fois, le regard de l'observateur glissait des poneys à la mise impeccable vers l'esclave qui leur emboîtait le pas. Mais, si j'attendais des regards dédaigneux, je fus déçu. Ce que je vis, ce furent tout simplement des expressions d'amusement muet. Où que ces gens portent le regard, ils découvraient un bout de chair nue punie, disposée, harnachée pour leur plaisir.

Comme nous passions sans cesse d'une rue à l'autre, empruntant au pas de course cette ruelle-ci puis celle-là, je me sentis plus sûrement égaré que je ne l'avais été sur la roue.

Chaque jour me réservait son lot d'événements redoutables, de surprises susceptibles de tout réduire à néant. Et malgré mes gémissements de désespoir à cette pensée, malgré ma queue qui gonflait dans ses lacets, en dépit du fait que j'accélérais le pas avec plus d'énergie, en essayant, par mes contorsions, d'échapper à la gifle du fouet, tout cela donnait à ce qui m'entourait un éclat singulier. Indéniablement, je ressentais le besoin de tomber aux pieds de mon Maître, de lui dire en silence que je comprenais le sort qui m'était réservé, que chacune de ces épreuves effroyables m'amenait à le comprendre plus clairement, et que je lui rendais grâce du plus profond de mon être d'avoir jugé bon de me faire plier et rompre avec tant de soin. N'avait-il pas employé ce mot, la veille, « briser » un nouvel esclave, et déclaré que le gros phallus était chose excellente pour cela ? Or, cette fois encore, le phallus me fendait largement, un autre m'étirait la bouche, ce qui rendait mes cris rauques et impossibles à maîtriser.

Peut-être me comprit-il à mes cris. Si seulement il voulait condescendre à me rasséréner, juste d'un petit attouchement du bout des lèvres... Et je me rendis compte, ce qui me fit presque sursauter, que jamais, sous l'effet de toutes les rigueurs que j'avais pu subir au château, je ne m'étais senti à ce point adouci, et servile.

Nous étions arrivés sur une grande place. Tout autour de nous, je vis les enseignes des auberges, les entrées cochères et les hautes fenêtres. C'étaient des auberges cossues et luxueuses, avec des fenêtres ornées comme celles d'un manoir. Et, quand on m'eut fouetté pour me faire décrire un large cercle autour du puits, la foule laissant aimablement passer les poneys, j'eus un choc en voyant le Capitaine des Gardes de la Reine musarder devant l'entrée.

À n'en pas douter, c'était bien le Capitaine.

Je me souvenais de ses cheveux blonds, de sa barbe mal rasée et de ses yeux verts et menaçants. Inoubliable. C'était lui qui m'avait enlevé à ma terre natale, qui m'avait capturé quand j'avais tenté de m'enfuir du campement et ramené, mains et chevilles ligotées à un pieu porté par deux de ses hommes à cheval. Je pouvais encore me rappeler cette grosse queue qui me transperçait et ce sourire silencieux quand il avait donné l'ordre de me faire traverser le campement à coups de fouet, soir après soir, jusqu'à ce que nous ayons atteint le château. Et puis il y avait eu ce moment étrange, inexplicable, quand nous avions pris congé l'un de l'autre et que nous nous étions regardés.

— Au revoir, Tristan, m'avait-il dit de sa voix la plus cordiale, et, les yeux toujours fixés sur lui, en silence, de mon propre chef, je lui avais baisé les bottes.

Ma queue le reconnaissait, elle aussi. Et, alors que l'on me guidait vers lui, j'eus la terreur soudaine qu'il ne me voie.

La disgrâce où j'étais réduit me paraissait dépasser les limites du supportable. Pour l'heure, toutes les règles étranges de ce Royaume paraissaient immuables et justes, et j'étais là, ligoté, pénitent, condamné au village. Il allait apprendre dans quelle déchéance j'étais tombé, que l'on m'avait renvoyé du château pour subir un traitement plus rude encore que celui qu'il m'avait réservé.

Or il était en train de regarder quelque chose par la porte ouverte de l'Enseigne du Lion, et je n'eus qu'à jeter un œil pour découvrir de quel petit spectacle il s'agissait. Une jolie villageoise, vêtue d'une jupe rouge ravissante et d'un chemisier à jabot, s'employait, en y mettant la plus grande diligence, à fesser une esclave renversée sur un comptoir en bois, et le joli visage au regard incrédule que l'on apercevait, derrière un rideau de larmes, était celui de la Belle. Elle se débattait et se tortillait sous le battoir. Mais je pus également voir qu'elle n'était pas dans les chaînes, autrement dit, qu'elle se trouvait exactement sous le même régime que moi, la veille au soir, sur la Roue en Place Publique.

Nous franchîmes le portail. Le Capitaine leva les yeux, et, comme dans un cauchemar, j'entendis mon Maître commander aux poneys de faire halte. Je me tins immobile, et ma queue se tendit contre le cuir. Mais l'inévitable se produisit. Mon Maître et le Capitaine, en train de se saluer et d'échanger des plaisanteries. Ensuite, le Capitaine s'attarda pour admirer les poneys. D'un geste brusque, il tira vers le haut la queue de cheval de celui qui se trouvait attelé du côté droit, relevant et caressant la touffe de poils noirs et luisants, et puis il pinça la cuisse rougeaude de l'esclave, qui hochait la tête, ce qui fit trembler le harnais. Le Capitaine partit d'un éclat de rire.

— Oh, nous avons ici des petits caractères vifs ! s'écria-t-il, et, apparemment excité par ce geste, il se retourna vers le poney, qu'il saisit à deux mains. Il releva le menton de l'esclave, puis son phallus, qu'il secoua plusieurs fois vers le haut en tirant dessus, jusqu'à ce que le poney botte et frétille des jambes. Après quoi il y eut une gentille petite tape sur l'arrière-train, et le poney retrouva son calme.

— Vous savez, Nicolas, fit-il de cette voix profonde et familière, capable, d'une seule syllabe, de vous pétrifier de terreur, j'ai répété plusieurs fois à Sa Majesté que, pour ses petits trajets, elle devrait renoncer aux chevaux au profit des esclaves poneys. À son intention, nous pourrions équiper une grande écurie en moins de deux, et je pense qu'elle trouverait cela fort plaisant. Mais elle ne voit là-dedans qu'un passe-temps de villageois, qu'elle se refuse à prendre véritablement en considération.

— Elle a un goût très singulier, Capitaine, répondit mon Maître. Mais, dites-moi, avez-vous jamais vu cet esclave auparavant ?

Et quelle ne fut pas mon horreur quand il me ramena la tête en arrière en tirant sur la bride de mon harnais.

Sans même regarder, je pus sentir les yeux du Capitaine posés sur moi. Je pouvais sans difficulté me représenter ma bouche cruellement distendue par le harnais, et les montants de la bride qui me marquaient la peau.

Il se rapprocha. Il se tenait là, debout, à moins de dix centimètres de moi. Puis j'entendis sa voix basse, au timbre plus profond encore.

— Tristan !

Et sa grande main chaude se referma sur mon pénis. Il le serra fort, en pressa le gland jusqu'à refermer la main dessus, puis il le relâcha, laissant la douleur persister, comme un nœud à son extrémité. Il me cajola les couilles, pinça entre ses ongles leur enveloppe de peau, pourtant déjà très tendue par le laçage.

J'avais le visage écarlate. Les dents cramponnées sur l'énorme phallus comme si j'avais pu le dévorer, je ne pouvais me résoudre à croiser son regard. Je sentais mes mâchoires se crisper, ma langue s'enrouler sur le cuir comme si j'y avais été contraint. Il me passa la main sur la poitrine, sur les épaules.

En un éclair, il me revint une image du campement, une image de moi, ligoté à ce grand croisillon de bois, à côté d'autres croisillons, tous disposés en cercle, avec les soldats debout, désœuvrés, autour de moi, et ce serait à qui me taquinerait la queue, à qui lui ferait la leçon, et moi, pendant ce temps-là, j'attendais, heure après heure, que l'on me donne ma correction du soir, à coups de fouet. Et puis l'image de ce sourire, celui du Capitaine, un sourire impénétrable, et de sa cape dorée jetée sur une épaule.

— Ainsi donc c'est là son nom, fit mon Maître, de sa voix qui donnait une impression plus jeune et plus raffinée que le murmure du Capitaine. Tristan.

Et l'entendre parler ne fit qu'accroître mon tourment.

— Bien sûr que je le connais, reprit le Capitaine.

Sa grande silhouette sombre s'écarta juste un peu pour s'effacer devant une cohorte de jeunes femmes, qui passèrent en riant et en parlant fort.

— C'est moi qui l'ai amené au château, il y a six mois de cela. C'était l'un des plus farouches, et, quand on lui a donné l'ordre de se déshabiller, il s'est échappé et a fui dans la forêt, mais quand je l'ai mis aux pieds de Sa Majesté je l'avais déjà joliment maté. Il était devenu la mascotte des deux soldats qui avaient pour devoir, tous les jours, de lui faire traverser notre campement à coups de fouet. Il leur manque plus qu'aucun des esclaves qu'ils aient jamais eu à dresser.

Je tressaillis, mais en silence, ravalant le bruit que faisait ma bouche, même si, assez étrangement, le mors rendait la chose plus pénible.

— Une passion plutôt volcanique, continua cette voix, dans un grondement feutré. Ce n'était pas la sévérité des coups de fouet qui l'amenait à me manger dans la main ; c'était ce rituel quotidien.

Oh, comme c'était vrai, songeai-je. Mon visage me cuisait. De nouveau, cette sensation effrayante, inévitable de ma nudité, m'envahit. Je voyais encore la terre fraîchement retournée devant les tentes du campement, je sentais encore les sangles et j'entendais encore leurs pas et leurs conversations quand ils me faisaient avancer à côté d'eux. « Allez, encore jusqu'à cette tente, Tristan. » Ou leur salut, chaque matin : « Allez, Tristan, c'est l'heure de notre petite randonnée dans le campement, c'est ça, c'est ça, regarde-moi ça, Gareth, comme il apprend vite, ce jeunot. Qu'est-ce que je t'avais dit, Geoffrey, qu'au bout de trois jours je n'aurais plus à me servir des menottes ? »

Ensuite ils me faisaient manger dans leurs mains et m'essuyaient la bouche, presque affectueusement, me gratifiaient d'une petite tape et me donnaient à boire trop de vin ; après la tombée de la nuit, ils m'emmenaient dans la forêt. Je me souvenais de leurs queues, de leurs discussions pour décider qui serait le premier, et s'il valait mieux que ce soit dans la bouche ou dans l'anus, et, quelquefois, l'un d'eux s'y mettait par-devant et l'autre par-derrière, et le Capitaine, à ce qu'il me semblait, n'était jamais bien loin, et toujours avec le sourire. Ainsi, ils nourrissaient bel et bien de l'affection à mon endroit. Ce n'était pas le fruit de mon imagination. Pas plus que la chaleur que j'éprouvais pour eux. Et, lentement, l'idée se fit jour en moi que je ne pouvais plus rien nier de tout cela.

— À vrai dire, c'était l'un des Princes les plus agréables, l'un des plus merveilleusement éduqués, confia le Capitaine dans un murmure, de cette voix qui paraissait être issue de sa poitrine et non de sa bouche.

Subitement, j'eus envie de tourner la tête et de le regarder afin de voir s'il avait aussi belle allure maintenant qu'alors. Précédemment, je ne l'avais entrevu que trop rapidement.

— Confié à Sire Étienne en qualité d'esclave attaché à sa personne, poursuivit-il, avec la bénédiction de la Reine. Je suis surpris de le voir ici. (Je sentis la colère poindre dans sa voix.) J'ai annoncé à la Reine que je l'avais maté personnellement.

Il leva ma tête, la fit tourner vers la droite et puis la gauche. Je compris, avec une tension croissante, que j'étais demeuré presque silencieux durant tout ce temps, en déployant tous mes efforts pour ne pas émettre le moindre son en sa présence, mais à présent j'étais sur le point de lâcher prise, et, finalement, je ne pus me maîtriser. Je lâchai un gémissement sourd, mais cela valait encore mieux que de pousser un cri.

— Qu'avez-vous fait ? Regardez-moi ! ordonna-t-il. Avez-vous déplu à la Reine ?

Je hochai la tête en signe de dénégation, mais pour rien au monde je ne l'aurais regardé dans les yeux, et j'eus l'impression que, sous mon harnachement, c'était tout mon corps qui enflait.

— Est-ce à Étienne que vous avez déplu ?

Je hochai la tête. Je croisai brièvement ses yeux, pour détourner aussitôt mon regard, incapable de soutenir le sien. Il existait, entre cet homme et moi, un lien étrange. Et aucun lien — c'était là toute l'horreur de la chose — n'existait entre Étienne et moi.

— Et avant cela il avait été votre amant, n'est-ce pas ? insista le Capitaine, en s'approchant tout près de mon oreille, même si je savais que mon Maître pouvait l'entendre. Des années avant qu'il ne vienne vivre dans le Royaume.

Je hochai la tête à nouveau.

— Et cette humiliation, c'était plus que vous n'en pouviez supporter ? interrogea-t-il. Vous à qui l'on a enseigné comment ouvrir les fesses pour les hommes du rang ?

— Non ! criai-je contre le mors, en secouant violemment la tête. Ma tête tambourinait. Et cette prise de conscience, inévitable et lente, qui avait commencé quelques instant plus tôt, se fit de plus en plus claire.

Par pure frustration, je criai. Si seulement j'avais pu m'expliquer.

Mais, empoignant la petite boucle d'argent du phallus que j'avais dans la bouche, le Capitaine me repoussa la tête en arrière.

— Ou bien était-ce, fit-il, que votre ancien amant n'avait pas la force de se rendre Maître de vous ?

À présent, je tournai les yeux, pour le dévisager, et, si tant est que l'on puisse parler de sourire s'agissant de quelqu'un qui, comme moi, portait une telle bride en bouche, alors, oui, je lui souris. J'entendis sourdre lentement mon propre gémissement. Et, en dépit de sa main agrippée au phallus, je hochai la tête.

Son visage était limpide et beau, comme dans mon souvenir. Quand il prit à son tour le fouet que j'avais déjà entendu claquer dans les mains de mon Maître, je vis sa silhouette pleine et robuste se découper dans le soleil. Et, quand il se mit à me fouetter, nous ne nous quittâmes pas des yeux.

Oui, la prise de conscience était entière. Oui, j'avais voulu, voulu cette totale déchéance du village. Je ne pouvais supporter l'amour d'Étienne, ses hésitations, son incapacité à me gouverner. Et, pour cette faiblesse qu'il avait manifestée à l'égard du lien qui nous prédestinait tous deux, je le méprisais.

La Belle avait compris mes pensées. Elle avait mieux lu dans mon âme que moi-même. C'était ce que je méritais, ce que je désirais avidement, parce que c'était aussi violent que le campement des soldats, où ma dignité, ma fierté, ma personne avaient été totalement pillées.

Le châtiment — ici, sur cette place affairée, ruisselante de soleil, même avec ces petites villageoises qui se retrouvaient à cet endroit, et avec cette femme debout, les bras croisés, à la porte de l'auberge, et les coups sonores et cinglants du fouet —, le châtiment, c'était ce que je méritais, ce dont j'avais soif, même si c'était avec terreur. Et, dans un moment de complète abdication, j'écartai largement les jambes, je rejetai ma tête en arrière et basculai les hanches, offert en un geste de total assentiment au fouet.

Le Capitaine, la lanière plate en main, se lança dans une suite d'amples moulinets.

Sous le coup des douleurs cuisantes et des blessures qu'on lui avait infligées, mon corps était à vif. Assurément, mon Maître avait percé mon secret. Et il n'y aurait pour moi nulle pitié car mon Maître, ayant déchiffré ce petit dialogue avec le Capitaine, allait m'emmener accomplir le trajet complet, et j'aurais beau le supplier de mes pleurs et de mes plaintes, peu lui importerait.

C'en était fini avec le fouet, mais je ne quittai pas ma posture d'imploration. Alors le Capitaine rendit le fouet à son propriétaire puis se mit subitement à me caresser le visage et, mû par une impulsion, me baisa les paupières exactement comme l'avait fait mon Maître. En moi, le dernier nœud se dénoua. Ce m'était un supplice de ne pouvoir baiser ses pieds, ses mains, ses lèvres. Et que je ne puisse simplement incliner mon corps soumis à la torture vers le sien.

Il se retira, tendit le bras à mon Maître. Je les vis s'embrasser, plutôt avec naturel, du moins était-ce l'impression que j'en eus, et je vis alors que mon Maître était plus mince de carrure, aussi élégant qu'un couteau finement ouvragé, à côté du Capitaine, solidement charpenté.

— C'est toujours comme ça, repartit le Capitaine avec un lent sourire, tout en regardant mon Maître du fond de ses yeux froids et rusés. Dans une fournée d'une centaine de petits esclaves timides et inquiets qu'on nous envoie ici pour les amender, il y en a toujours qui ont sollicité le châtiment parce qu'ils avaient besoin d'en subir la rigueur, non pour se purifier de leur faute, mais pour dompter leurs appétits sans limites.

Cela était si vrai que j'en pleurai, frappé dans le tréfonds de mon âme par les encouragements que ce discours allait apporter à tous mes bourreaux.

« Je vous en supplie, avais-je envie d'implorer, nous ne savons pas ce que nous nous faisons à nous-mêmes. Je vous en prie, ayez pitié. »

— Ma petite fille à l'Enseigne du Lion, ma Belle, c'est la même chose, reprit le Capitaine. Une âme vorace et nue, qui fomente en moi de dangereuses passions.

La Belle. Il l'avait observée par la porte de l'auberge. Ainsi, c'était lui son Maître. Je sentis rayonner en moi une onde proprement divine de jalousie et de consolation.

Mon Maître me transperça du regard. J'étais secoué de sanglots, de spasmes qui se transmettaient à ma queue et à mes mollets endoloris.

Mais j'avais le Capitaine à côté de moi.

— Nous nous reverrons, mon jeune ami, me souffla-t-il encore contre ma joue, ses lèvres, me sembla-t-il, goûtant la peau de mon visage, et sa langue léchant mes lèvres maintenues cruellement ouvertes. C'est-à-dire, avec la gracieuse permission de votre Maître.

Lorsque nous poursuivîmes notre route et sortîmes de la place d'un pas énergique pour nous engager dans d'autres ruelles, j'étais inconsolable, et, alors même que nous dépassions des centaines d'autres infortunés, mes pleurs étouffés firent tourner plus d'une tête. S'étaient-ils trouvés, eux, révélés à eux-mêmes et à leurs Maîtres et Maîtresses comme je l'avais été moi-même ?

À tel point endolori d'avoir reçu le fouet de la main du Capitaine que la moindre chiquenaude de cette lanière me faisait sursauter, je tâchais de ne freiner en rien notre équipage, gémissant alors que les poneys me tiraient à leur suite.

Nous traversâmes une rue étroite où des esclaves à louer étaient pendus au mur par les mains et les pieds, le pubis oint et luisant, avec le tarif griffonné à même la pierre au-dessus d'eux. Dans une petite échoppe, je vis une couturière nue occupée à épingler un ourlet et, sur une placette à ciel ouvert, un groupe de Princes nus qui faisaient tourner une trépigneuse. Des Princes et des Princesses également nus se tenaient agenouillés ici et là, avec des plateaux de pâtisseries à vendre, sans nul doute à peine retirées du four du Maître ou de la Maîtresse, et une petite corbeille pendait à la bouche des esclaves afin de leur permettre de recueillir avec humilité les pièces de monnaie de l'acheteur.

La vie ordinaire du village se déroulait sous mes yeux comme si ma détresse n'existait pas, comme si elle ne se manifestait pas si bruyamment par mes lamentations.

Enchaînée à un mur, une pauvre Princesse geignait et se débattait, tandis que trois villageoises rieuses lui passaient négligemment la main sur le pubis en guise de taquinerie.

Et même si je n'apercevais plus rien nulle part de cette sauvagerie théâtrale à laquelle j'avais assisté la veille au soir sur la Place des Châtiments Publics, cette vie quotidienne au village avait à la fois quelque chose de superbe et d'horrible.

Sur le pas d'une porte, une matrone aux formes généreuses, assise sur un tabouret, fessait de sa grosse main large, à toute volée, un Prince nu renversé sur ses genoux en le fustigeant avec colère. Et une Princesse qui, des deux mains, tenait sur sa tête une cruche d'eau, attendait humblement que son Maître lui plante entre les lèvres rouges de son pubis un phallus de bonne taille, attaché à une laisse, grâce auquel il put la tirer vivement à sa suite.

Et puis nous arrivâmes dans des rues plus calmes, des rues où logeaient des hommes dotés de propriétés et d'une position sociale élevée. Des heurtoirs de cuivre surmontaient des portes vernies. Aux crochets disposés en hauteur, des esclaves étaient pendus, ici et là, en guise d'ornements. Le silence descendit sur la rue, et il n'y eut plus que les fers des poneys qui résonnaient fort et qui claquaient jusqu'au sommet des murs, et j'entendis plus distinctement mes propres pleurs.

Je ne parvenais pas à imaginer ce que les prochains jours me réservaient. Tout semblait d'une telle évidence, la population paraissait tellement accoutumée à nos pleurs, à ce que notre servitude nourrisse ces lieux aussi sûrement que la viande, les boissons, et la lumière du soleil.

Et, par-delà tout cela, j'étais comme sous le coup d'un appel à me laisser porter sur une vague de désir et de soumission.

Nous avions fait à nouveau le tour pour regagner les lieux où logeait mon Maître. Les lieux où je logeais. Nous passâmes devant la porte d'entrée, décorée exactement comme celles que nous avions vues, et devant les grandes fenêtres avec leurs coûteux petits carreaux encadrés de plomb. Puis nous tournâmes l'angle de la maison, en rejoignant, par la petite ruelle, la rue de derrière qui longeait les remparts.

Les guides et les phallus nous furent retirés en toute hâte, les poneys furent renvoyés, et je m'écroulai aux pieds de mon Maître pour les couvrir de baisers. Je baisai le cou-de-pied de ses bottes, leur cuir de maroquin velouté, les talons, les lacets. Mes sanglots déchirants éclatèrent de plus en plus fort.

De quoi l'implorais-je ? Oui, fais de moi ton vil esclave, sois miséricordieux. Mais je suis pétrifié, pétrifié de terreur.

Et, dans un moment de pure folie, j'aurais voulu qu'il m'emmène de nouveau sur la Place des Châtiments Publics. Et là, sans retenue aucune, je me serais précipité vers la Roue en Place Publique.

Mais il se contenta de tourner pour entrer dans la maison ; j'entrai à sa suite, à quatre pattes, et, tandis qu'il marchait, je lui lapai les bottes, lui donnai de petits baisers, décochés comme des fléchettes, en le suivant dans le corridor, jusqu'à ce qu'il me laisse dans la petite cuisine.

Je fus baigné et nourri par de jeunes serviteurs mâles. Aucun esclave ne travaillait dans cette maison. J'étais le seul à y être retenu, à ce qu'il semblait, pour y subir tous les tourments.

Et tranquillement, sans la moindre explication, je fus amené dans une petite Salle à manger. Je fus promptement placé debout contre le mur et enchaîné là, les jambes et les bras décrivant un croisillon, puis on m'abandonna.

La pièce était cirée et rangée — à présent, je pouvais la voir en son entier —, une vraie pièce cossue de petite maison de village comme je n'en avais jamais connue au château dans lequel j'étais né et où j'avais grandi, ou au château de la Reine. Les solives basses du plafond étaient peintes et décorées de fleurs, et je me sentais comme lorsque j'étais entré dans cette maison pour la première fois, immense et honteusement mis à nu, un véritable esclave ligoté là parmi les tablettes d'étain qui reluisaient, les hauts fauteuils de chêne, et le dessus de cheminée bien épousseté.

J'avais les pieds posés à plat sur le sol ciré, et je pouvais peser sur eux de tout mon poids, tout en prenant appui contre le mur. Et si seulement ma queue voulait bien s'endormir, songeai-je, je pourrais me reposer également.

Les servantes allaient et venaient avec leurs balais et leurs serpillières, discutant du dîner pour savoir s'il fallait rôtir le bœuf avec du vin rouge ou du vin blanc et y ajouter l'oignon tout de suite ou plus tard. Elles ne me prêtaient aucune attention, si ce n'est pour m'administrer une gentille petite tape en passant, pour balayer la poussière autour de moi, pour s'affairer, aux petits soins, et je souris en écoutant leur bavardage. Mais, juste comme je commençais de m'assoupir, j'ouvris soudain les yeux pour découvrir les formes et le visage ravissants de ma Maîtresse aux cheveux noirs.

Elle me toucha la queue, la recourba vers le sol, ce qui la fit revenir brutalement à la vie. Elle avait dans les mains plusieurs petits poids gainés de cuir noir avec des crochets, semblables à ceux que j'avais portés la veille sur mes tétons, et, tandis que les servantes continuaient de parler derrière une porte fermée, elle appliqua ces crochets à la peau pendante de mon scrotum. Je tressaillis. Je ne pouvais demeurer immobile. Les poids étaient juste assez lourds pour me rendre douloureusement conscient de chaque centimètre de mes chairs sensibles et du moindre balancement de mes couilles — et j'avais bien l'impression qu'il allait y avoir mille et un de ces balancements inévitables. Elle œuvrait de façon réfléchie, me pinçait la peau comme le Capitaine l'avait pincée de ses ongles. Lorsque je bronchais, elle n'y prenait pas garde.

Puis elle m'entrava le pénis à la base au moyen d'un poids bien lourd qui se balançait dessous, et, alors que mon organe dansait comme un bouchon sur la vague, je sentais la froideur de fer du poids contre mes testicules. Le contact de ces choses, leurs mouvements agissaient comme autant de rappels intolérables de ces organes qui faisaient saillie et de cette dégradante mise à nu.

La petite pièce devint plus indistincte, plus renfermée. La silhouette de ma Maîtresse se découpait devant moi, du haut de toute sa stature. Je serrais fortement les dents pour m'interdire le moindre petit cri de supplication, car j'en aurais été mortifié, puis je fus à nouveau gagné par cette sensation d'abandon, et je suppliai discrètement, avec de faibles soupirs et des gémissements. J'avais été un sot de penser que l'on me laisserait en paix.

— Vous allez porter ces choses, m'annonça-t-elle, jusqu'à ce que votre Maître vous envoie chercher. Et, si ce poids glisse de votre queue, il ne saurait y avoir à cela qu'une seule et unique raison, c'est que votre queue se sera ramollie et libérée de son entrave. Pour cela, elle sera fouettée, Tristan.

Incapable de soutenir son regard, je hochai la tête, pendant qu'elle attendait.

— Auriez-vous besoin qu'on vous fouette tout de suite ? me demanda-t-elle.

Je fus assez avisé pour ne pas répondre. Si je lui disais non, elle me rirait au nez et prendrait cela pour une impertinence. Si je disais oui, j'étais sûr qu'elle en serait outragée et que le fouet devrait s'ensuivre.

Mais déjà, de sous son tablier bleu foncé, elle avait tiré une délicate petite lanière. Je laissai échapper une succession de soupirs brefs. Alors elle me fouetta le pénis en tous sens, ce qui déclencha des ondes de choc jusqu'au fond de mes reins, et mes hanches se tendirent vers elle. Tous les petits poids me tiraient dessus comme des doigts qui m'auraient distendu la peau et qui, par saccades, auraient tiré sur ma queue. Quant à l'organe lui-même, il était d'un rouge violacé, et il surgissait, droit.

— Ce n'est là qu'un petit exemple, prévint-elle. Quand on vous exhibe dans cette maison, il faut que vous soyez convenablement mis.

Encore une fois, je hochai la tête. J'inclinai le front et je sentis perler mes larmes brûlantes au coin de mes yeux. Elle leva un peigne et doucement, avec soin, elle me le passa dans les cheveux, arrangea mes boucles, bien nettes au-dessus de mes oreilles, et les ramena en arrière pour me dégager le front.

— Il faut que je vous dise, chuchota-t-elle, vous êtes le plus beau Prince du village, et de loin. Je tiens à vous avertir, jeune homme, vous courez bel et bien le risque que l'on vous rachète argent comptant. Mais je ne vois pas ce que vous pourriez faire pour prévenir pareil danger. Désobéissez et le village demeurera votre lot de toute façon. Gigotez de vos belles hanches, en signe de charmante soumission, et vous n'en serez que plus séduisant. En ce qui vous concerne, il se peut toutefois qu'il n'y ait déjà plus aucun espoir à ce sujet. Car, s'il veut vous acquérir pour trois ans, Nicolas est assez riche. J'aimerais voir les muscles de ces mollets après trois années passées à tirer ma voiture, ou après les petites promenades de Nicolas dans le village.

J'avais levé la tête et, de mes yeux baissés, je soutins le regard de ses yeux bleus. Assurément, elle pouvait voir combien j'étais dérouté. Pouvait-on nous faire demeurer ici ?

— Oh, à seule fin de vous garder, il peut présenter un bon argument, fit-elle. Que vous avez besoin de la discipline du village, ou peut-être même qu'il a enfin trouvé l'esclave de ses désirs, tout simplement. Il n'est pas un Seigneur, mais il est le Chroniqueur de la Reine.

Il y eut dans ma poitrine une bouffée de chaleur qui palpita comme le feu lent de mon dard. Mais Étienne ne voudrait jamais... Toutefois, peut-être Nicolas était-il tenu en plus haute estime qu'Étienne !

« Il a enfin trouvé l'esclave de ses désirs. » Ces mots se fracassèrent à l'intérieur de mon crâne.

Quoi qu'il en soit, elle m'enleva au tourbillon, au défi de mes propres pensées, qui m'emportait dans cette petite pièce, et elle sortit dans le petit vestibule faiblement éclairé pour monter l'escalier dans l'obscurité. L'espace d'un court instant, ses jupes rouge bordeaux éclairèrent la pénombre d'une tache claire.

La discipline de Maîtresse Lockley

LA Belle avait déjà presque achevé ses corvées de ménage dans la chambre à coucher du Capitaine, lorsqu'elle se souvint tout à coup, avec émotion, de son impertinence à l'égard de Maîtresse Lockley.

Ce souvenir lui revint en même temps que le bruit estompé de pas qui, depuis la cage d'escalier, approchait vers la porte de la chambre du Capitaine. Subitement, elle demeura pétrifiée. Oh, pourquoi s'était-elle montrée d'une telle insolence ? Toutes ses résolutions de se conduire comme une mauvaise, une très mauvaise petite fille, l'abandonnèrent aussitôt.

La porte s'ouvrit et la silhouette gaillarde de Maîtresse Lockley fit son apparition, toute vêtue de lin neuf et de jolis rubans bleus, son chemisier décolleté si bas et les seins à ce point rehaussés que la Belle pouvait presque en apercevoir les tétons. Maîtresse Lockley avait sur son visage exquis le sourire le plus mauvais qui soit, et elle se rendit tout droit en direction de la Belle.

La Belle laissa tomber son balai et se ratatina dans un coin.

Sa Maîtresse éructa un rire étouffé, et sur-le-champ elle entortilla les longs cheveux de la Belle autour de sa main gauche et, de la main droite, elle ramassa le balai et pointa ses brins de paille piquants contre le sexe de la Belle, arrachant un cri à cette dernière, qui aussitôt essaya de serrer les jambes.

— Ma petite esclave qui a une langue ! s'écria-t-elle.

Et la Belle se mit à sangloter. Mais elle ne put se libérer pour baiser les bottes de Maîtresse Lockley, et elle n'osa parler. Elle était incapable de penser, si ce n'était à Tristan quand il lui avait dit que cela lui demanderait beaucoup de courage d'être tout le temps une méchante fille !

Maîtresse Lockley la força à basculer en avant, à quatre pattes, et la Belle sentit le balai entre ses jambes qui la conduisait hors de la petite chambre.

— Descendez-moi ces escaliers ! s'écria la Maîtresse dans un souffle, avec une férocité qui écorcha l'âme de la Belle, si bien qu'elle éclata en sanglots et détala en direction dudit escalier. Pour descendre les marches, elle dut se remettre debout, mais le balai ne la poussa pas avec moins de méchanceté pour autant, il plongeait sous elle, lui chatouillait les lèvres. Maîtresse Lockley descendait à ses trousses.

L'Auberge était vide et paisible.

— J'ai envoyé mes mauvais sujets à l'Échoppe des Châtiments pour leur raclée du matin, que je puisse m'occuper de vous ! s'écria la voix de la Maîtresse, entre ses lèvres étroitement serrées. Nous allons avoir une petite séance en vue de vous apprendre à vous servir comme il convient de cette langue, quand on l'appelle à servir ! Maintenant, dans la cuisine !

La Belle retomba à quatre pattes, désespérée d'obéir à ces ordres colériques qui la précipitaient dans une peur panique. Elle n'avait jusqu'alors jamais été la cible d'une fureur à ce point brûlante et pleine de mépris et, pour rendre les choses pire encore, son sexe débordait déjà de sensations.

La lumière du soleil envahissait la grande pièce immaculée. Elle se déversait par deux portes ouvertes sur le jardin de derrière, frappait les marmites magnifiques et les casseroles de cuivre rutilantes suspendues en hauteur à leurs crochets, et elle noyait les portes métalliques des fours en brique ainsi que le gigantesque billot qui se dressait en plein milieu du sol de tomettes, aussi haut et aussi grand que le comptoir situé de l'autre côté de la salle, et où la Belle s'était déjà fait punir.

Maîtresse Lockley l'amena à ses pieds et, lui plongeant fermement le balai entre les jambes de manière qu'elle se retrouve soulevée par la paille rigide, elle força la Belle à se mettre le dos contre le billot, puis elle lui releva les jambes, de sorte qu'elle grimpe, tant bien que mal, sur le bois saupoudré d'une mince couche de farine.

C'était le battoir que la Belle attendait, et ce serait pis encore qu'auparavant, elle le savait, car les coups seraient ponctués de cette voix coléreuse. Maîtresse Lockley renversa la Belle sur le dos, lui remonta les mains au-dessus de la tête et les lui attacha prestement au rebord de la planche, en lui ordonnant d'écarter les jambes, sans quoi elle les lui écarterait elle-même.

La Belle déploya tous ses efforts pour écarter grand les jambes. Sous son derrière, la farine sur le bois patiné était d'un contact soyeux. Mais son corps se retrouva étiré de tout son long, car ses chevilles étaient à présent ligotées, et la Belle, qui se sentait de nouveau saisie d'une peur panique lorsqu'elle comprit qu'elle ne pouvait se libérer, exécuta des bonds désespérés sur le bois lisse et dur.

Dans une rafale de cris feutrés et ardents, elle tenta d'implorer Maîtresse Lockley. Mais, au moment où elle vit Maîtresse Lockley lui lâcher un sourire, sa voix mourut dans sa gorge et elle se mordit très fort la lèvre, en levant les yeux sur ces yeux noirs et limpides qui s'animaient subtilement lorsqu'elle riait.

— Les soldats, ces seins, ils les ont aimés, n'est-ce pas ? s'écria Maîtresse Lockley. (Et, tendant les mains, elle pinça les tétons de la Belle entre le pouce et l'index.) Répondez-moi !

— Oui, Maîtresse, geignit la Belle, tremblant de toute son âme au sentiment de sa vulnérabilité, sous l'emprise de ces doigts-là. La chair autour de ses tétons se racornit, tandis que les bouts mêmes de ses seins durcissaient comme les nœuds à une corde. Un profond tiraillement entre ses cuisses lui fit tenter de les refermer, quand bien même c'était tout à fait impossible. « Maîtresse, s'il vous plaît, jamais je ne...

— Chut ! »

Maîtresse Lockley bâillonna la Belle en lui plaquant la main sur la bouche, et la Belle cambra le dos en sanglotant sous cette main. Oh, être ligotée, c'était pis ; elle n'arrivait pas à se tenir immobile. Elle fixait Maîtresse Lockley de ses yeux grands ouverts et essaya de hocher la tête en signe d'acquiescement, en dépit de la main qui la retenait.

— Les esclaves n'ont pas de voix, reprit la Maîtresse, tant que leur Maître ou leur Maîtresse ne leur ont pas demandé de la faire entendre, et si tel est le cas, alors vous devez répondre avec le respect qu'il convient.

Elle relâcha la bouche de la Belle.

— Oui, Maîtresse, répondit la Belle.

Les doigts fermes de Maîtresse Lockley agrippèrent de nouveau les bouts de ses seins.

— Comme je le disais, poursuivit-elle, les soldats ont apprécié ces seins-là.

— Oui, Maîtresse ! répondit la Belle d'une voix tremblante.

— Et cette petite bouche cupide.

Elle tendit la main vers le bas et, en les pinçant, lui ferma ses lèvres pubiennes. Ce geste fit déborder leur humidité, et, lorsque ça goutta, la Belle sentit que ça la démangeait.

— Oui, Maîtresse, répondit-elle, le souffle court.

Maîtresse Lockley s'empara d'un battoir de cuir blanc et le montra à la Belle, comme une langue dans le prolongement de sa main. En attrapant le bout du sein gauche de la Belle, elle le recueillit dans les doigts de sa main gauche, en comprima les chairs, l'arrondit sous sa paume, et la Belle sentit une chaleur se répandre dans sa poitrine. La Belle était incapable de se tenir tranquille. Et la moiteur entre ses jambes gouttait dans la fente de ses fesses. Son corps déployé, bras et jambes écartés, se contractait de toutes ses forces pour se refermer, en vain.

Les doigts étiraient son téton puis le relâchèrent d'un coup. Ensuite, la langue blanche de la ceinture de cuir lui gifla le sein, et ce fut une succession de lourdes claques sonores.

— Oh ! suffoqua la Belle à haute voix, incapable de se retenir.

À côté de cela, les gifles que la grande main chaude du Capitaine lui avait administrées sur la poitrine n'étaient rien. Le désir de se libérer et de se protéger les seins était à la fois irrésistible et impossible. Pourtant, sa poitrine fourmillait de sensations inconnues, et le corps de la Belle se tordait contre le bois. La petite lanière lui giflait le téton et la chair gonflée, toujours plus fort.

La Belle était déjà en proie à un état de frénésie quand Maîtresse Lockley reporta son attention sur le sein droit, en l'arrondissant sous ses doigts de la même façon et en en gifflant le téton. La Belle cria plus fort et se débattit plus violemment. Sous ce déluge de coups, le téton était aussi dur qu'un caillou.

La Belle ferma la bouche, la tint scellée. Elle aurait voulu crier à pleins poumons. « Non, je ne peux pas supporter ça. » Les coups concentrés redoublèrent, de plus en plus rapides. Son corps était tout entier contenu dans ses seins soumis à la torture, et les raclées qu'elle recevait attisaient son désir comme la flamme d'une torche.

La Belle bascula la tête en avant avec une violence telle que ses cheveux ruisselants lui recouvraient le visage. Mais Maîtresse Lockley la lui tira en arrière et se pencha pour scruter la Belle, qui fut incapable de lever les yeux sur elle.

— Ma parole, vous vous agitez, vous vous donnez en spectacle ! fit-elle à la Belle, et elle lui pétrit le sein droit, le lui comprima, le fit saillir à nouveau, puis elle continua de le gifler.

Derrière ses dents serrées, la Belle lâcha un cri aigu et perçant. Les doigts lui tordirent les tétons d'un coup sec, pétrirent la chair, la chaleur envahit la Belle comme un brasier, et ses hanches se projetèrent vers le haut dans une convulsion soudaine et violente.

— Voilà comment on doit s'y prendre pour punir les mauvaises filles, fit la Maîtresse.

— Oui, Maîtresse, sanglota la Belle aussitôt.

Dans un geste de miséricorde, les doigts se retirèrent. Les seins de la Belle lui parurent énormes, lourds, une éruption de douleur brûlante, la sensation d'un cognement sourd contre sa poitrine. Ses soupirs rauques et graves lui restaient dans la gorge.

Et, quand elle comprit ce qui allait venir ensuite, elle se mit à geindre. La Belle sentit les doigts de Maîtresse Lockley entre ses jambes, qui lui écartaient les lèvres, alors même qu'elle cherchait à se refermer, contractant les muscles de ses jambes, en vain. Elle frappa le bois de ses talons, les sangles de cuir lui entrèrent dans la chair de ses cous-de-pied. Encore une fois, elle perdit toute maîtrise d'elle-même, se débattit violemment dans un déluge de larmes. Mais la lanière lui frappait le clitoris. Elle cria de nouveau sous l'intensité déchirante de ce mélange de douleur et de plaisir, et son clitoris lui parut durcir comme jamais auparavant. La lanière venait le cueillir sans relâche, et Maîtresse Lockley, de sa main glissée sous son sexe, faisait osciller la Belle comme un pendule.

La Belle sentait ses lèvres gonfler, leur humidité jaillir, et entendait les claques rendre une sonorité de plus en plus mouillée. Sa tête roulait contre le bois ; elle criait de plus en plus fort, ses hanches cavalcadant de plus en plus haut pour venir à la rencontre du fouet, son sexe tout entier transformé en une explosion de feu sans fin au-dedans d'elle.

La lanière de cuir cessa de frapper. Ce fut pire, cette chaleur qui montait en elle, ce chatouillement, comme une démangeaison qui appelait un frottement, divin soulagement. La respiration de la Belle se transforma en halètements brefs, à la cadence de ses gémissements, et à travers ses larmes elle vit Maîtresse Lockley la considérer.

— Êtes-vous mon esclave impertinente ? demanda-t-elle.

— Votre esclave dévouée, fit la Belle d'une voix étranglée par les sanglots. Votre esclave dévouée.

Et elle se mordit la lèvre, avec une grimace, en priant pour que cette réponse soit la bonne.

Ses seins et son sexe étaient bouillants, et elle entendait ses hanches frapper le bois, sans avoir pourtant aucune conscience de les remuer. Dans un brouillard de larmes, elle vit les jolis yeux noirs de la Maîtresse, ses cheveux noirs, avec sa jolie petite natte au sommet du crâne, et ses seins si magnifiquement gonflés sous le chemisier de lin blanc comme neige, avec son épais jabot. Or la Maîtresse tenait quelque chose dans les mains. Quelque chose qui remuait.

La Belle vit que c'était un gros et joli chat blanc qui la dévisageait de ses yeux bleus en amande, de ce regard inquisiteur, ces yeux grands ouverts qu'ont les chats, et, d'un mouvement vif de sa langue rose, il lécha son museau noir.

Une vague de honte absolue submergea la Belle. Elle se tortilla sur la planche du billot, créature souffrante et désemparée, encore plus bas, sur l'échelle de la création, que cette petite bête fière et dédaigneuse qui, pelotonnée entre les bras de la Maîtresse, la scrutait de son œil d'émeraude. La Maîtresse s'était penchée, apparemment pour attraper quelque chose.

Et la Belle la vit se redresser avec, sur les doigts, une grosse noix de crème jaune. Les doigts étalèrent la crème sur les tétons dardés de la Belle, et puis lui en appliquèrent entre les jambes, tant et si bien qu'elle en dégoulina et qu'une petite quantité se glissa à l'intérieur de son vagin.

— Ce n'est que du beurre, ma douce, du beurre frais, fit la Maîtresse. Ici, pas question d'onguents parfumés.

Et, soudain, elle laissa le chat tomber à quatre pattes sur le ventre tendre et la tendre poitrine de la Belle, et la Belle sentit les coussinets tout doux du chat remonter vers sa poitrine à une vitesse affolante.

Elle se contorsionna, tira sur les sangles. La petite bête avait plongé en avant et sa petite langue sableuse et râpeuse était en train de manger sur son téton, de dévorer le beurre dont on l'avait recouvert. La Belle connut alors une peur très profondément enfouie, une peur inédite jusque-là, qui l'incita à se débattre avec plus de violence encore.

Le petit monstre indifférent, à la délicieuce petite frimousse, n'en finissait plus de manger, et le téton de la Belle explosait sous les coups de langue, tout son corps se tendit, décolla du billot de bois pour retomber avec un bruit mat.

On souleva la créature animale, qui fut placée sur le sein droit, et la Belle, secouée de sanglots, tira de toutes ses forces sur les sangles, les petites pattes de derrière enfoncèrent leurs coussinets dans son abdomen, et le doux pelage du ventre du chat l'effleura tandis que sa langue se remettait à laper, à lui nettoyer minutieusement le téton.

La Belle serra les dents pour ne pas crier le mot « non », et elle ferma les yeux en plissant très fort les paupières et ne les rouvrit que pour découvrir la vision de cette tête féline, dessinée comme un cœur, qui plongeait à petits mouvements rapides, au rythme des lapements, ballottait le bout de son sein, le repoussait d'un côté, de l'autre, par la seule force de sa langue sableuse. Cette sensation était si exquise, si terrifiante, que la Belle cria plus fort qu'elle n'avait jamais crié sous les coups du battoir.

Mais voici que l'on retirait le chat. Avec violence, la Belle se jeta d'un côté, de l'autre, les dents serrées sur le « non » qui ne devait pas sortir de sa bouche, en dépit de ces oreilles soyeuses et de cette fourrure qu'elle sentait entre ses jambes, et de cette langue qui dardait d'aiguillons son clitoris distendu. « Oh, s'il vous plaît, non, non », cria-t-elle dans le sanctuaire de son esprit, en dépit du plaisir qui giclait en elle, mêlé à cette répugnance horrifiée qu'elle éprouvait pour ce petit félin poilu et pour l'horrible festin auquel il s'adonnait en toute indifférence. Ses hanches se figèrent en l'air, à plusieurs centimètres au-dessus du bois du billot, le museau et la bouche velus se frayant un chemin sans cesse plus profond en elle. Il n'était plus question de langue sur le clitoris, il n'y avait plus que l'effleurement affolant du sommet de la tête du chat contre l'excroissance de chair, et ce n'était pas assez, non, pas assez. Oh, le petit monstre !

Complètement honteuse de sa défaite, la Belle se démena pour presser son pubis contre la créature, pour l'amener au contact du petit crâne, pour qu'il lui caresse le clitoris, fût-ce en l'écrasant, juste à peine, juste un peu. Mais la langue était descendue, encore plus bas, et elle lui lapait le bas du vagin, elle lui lapait la fente des fesses, et ce que son sexe désirait si ardemment, mais en vain, se mua en un tourment aigu.

Lorsque la langue lui lapa la toison pubienne, lorsqu'elle prit ce qu'elle voulait, inconsciente du désir qui tenaillait la Belle, la Belle grinça des dents et secoua la tête en tous sens.

Et quand elle crut ne plus pouvoir supporter la chose, qu'elle allait devenir folle, le chat lui fut retiré. De ses yeux baissés sur elle, il la scrutait, pelotonné dans les bras de Maîtresse Lockley, qui souriait au-dessus d'elle du même sourire adorable, lui sembla-t-il, que le sourire du chat.

« Sorcière ! » se dit la Belle, mais elle n'osa pas parler, et elle ferma les yeux, son sexe frémissant du plus grand afflux de désir dont elle l'ait jamais senti se gorger.

Maîtresse Lockley libéra le chat. Il était parti, il était hors de vue. Et la Belle sentit qu'on détachait les sangles qui lui retenaient les poignets, et ensuite celles qui lui retenaient les chevilles.

Elle resta là, étendue, toute tremblante, résistant de toute sa volonté à son désir de fermer les jambes, de se retourner sur le billot, de s'étreindre les seins d'une main pendant que l'autre aurait touché son sexe brûlant, dans une orgie de plaisir toute personnelle.

Elle ne connaîtrait même pas semblable miséricorde.

— Mettez-vous à quatre pattes, ordonna Maîtresse Lockley. Je pense que vous êtes enfin prête pour le battoir.

La Belle descendit jusqu'à terre.

Et, dans sa confusion, elle se retourna pour suivre précipitamment les bottines de sa Maîtresse, qui étaient déjà loin, leurs talons crépitant sèchement à l'extérieur de la cuisine.

Quand elle rampa de la sorte, le mouvement de ses jambes ne fit qu'intensifier le besoin qui la tenaillait.

Et, quand elles atteignirent le comptoir de la grande Salle de l'Auberge, elle y grimpa aussitôt, sur un claquement de doigts de la Maîtresse.

Sur la place, il y avait des gens qui allaient et venaient ; ils bavardaient à côté de la margelle du puits. Deux villageoises, qui se rendaient dans la cuisine, saluèrent gaiement Maîtresse Lockley en passant.

La Belle demeurait allongée là, parcourue de frissons. Ses petits cris étaient comme des bégaiements, elle avait le menton maintenu, et ses fesses attendaient le battoir.

— Je vous ai dit, vous vous en souvenez, que je me cuisinerais votre paire de fesses pour le petit déjeuner ! s'écria Maîtresse Lockley de sa voix froide et atone.

— Oui, Maîtresse, sanglota la Belle.

— Eh bien, dorénavant, je ne veux plus entendre un mot de vous. Des signes de tête, et c'est tout !

La Belle hocha la tête comme une furieuse, en dépit des liens qui entravaient ses mouvements.

Contre le bois du comptoir, ses seins endoloris n'étaient plus qu'un pur foyer de chaleur, et son sexe dégoulinait. La tension était insoutenable.

— Alors, vous avez bien macéré dans votre jus, demanda Maîtresse Lockley, n'est-ce pas ?

Ne sachant comment répondre, la Belle émit un vagissement sonore et plaintif.

La main de Maîtresse Lockley lui pétrit les fesses avec rudesse, fit saillir leur rondeur entre ses doigts, comme elle l'avait fait avec ses seins.

Puis vinrent les fessées, brutales, violentes, et la Belle fit des bonds, se contorsionna, cria entre ses dents, comme si elle ne connaissait plus ni résistance ni dignité. Tout faire pour complaire à cette Maîtresse froide, redoutable, intraitable, tout faire pour qu'elle sache que la Belle allait bien se conduire, qu'elle n'était pas une mauvaise fille, qu'elle avait eu tort d'un bout à l'autre. Et puis Tristan l'avait avertie. Les fessées ne s'arrêtaient plus ; véritablement, elle était châtiée.

— Est-ce que c'est assez cuit, est-ce que c'est à point ? demanda la Maîtresse en maniant le battoir sans cesse plus vite. (Elle s'arrêta et posa la paume froide de sa main sur la peau enflammée.) Oui, je pense que nous avons là une petite Princesse bien à point !

Elle reprit la fessée, et la Belle pleurait à chaudes larmes, comme si on l'avait purgée de tous ses sanglots.

Et la pensée qu'il allait lui falloir attendre jusqu'au soir, attendre le Capitaine avant que son sexe à la torture ne connaisse une libération, lui arracha des sanglots, dans un abandon presque délicieux.

C'était fini. Les coups lui tintaient encore aux oreilles. Elle pouvait encore sentir le battoir, comme dans un rêve. Et son sexe était comme une cavité creusée en elle, où tous les plaisirs qu'elle avait connus venaient répercuter leur puissant écho. Et il allait s'écouler des heures et des heures avant que n'arrive le Capitaine. Des heures et des heures...

— Levez-vous et mettez-vous à quatre pattes, venait de lui ordonner Maîtresse Lockley.

Pour quelle raison était-elle en train d'hésiter ?

Elle se laissa tomber sur le sol et, prise de frénésie, elle pressa ses lèvres contre les bottes de Maîtresse Lockley, lui baisa les bouts menus et pointus de ses bottes, les petites chevilles galbées que l'on voyait apparaître sous la délicate enveloppe de cuir. Elle sentit les jupons de Maîtresse Lockley effleurer son front moite et ses cheveux, et ses baisers n'en devinrent que plus fervents.

— Maintenant, vous allez me nettoyer cette Auberge de fond en comble, s'écria Maîtresse Lockley, et, tout en nettoyant, vous allez garder les jambes bien écartées.

La Belle hocha la tête.

Maîtresse Lockley s'éloigna d'elle, en direction de la porte de l'Auberge.

— Où sont mes autres charmantes ? murmura-t-elle dans un souffle, avec colère. Ça dure une éternité, cette Boutique des Châtiments.

La Belle s'agenouilla, tout en observant la délicate petite silhouette de Maîtresse Lockley dans le contre-jour de la porte, sa taille étroite, si bien mise en valeur par le bandeau blanc et la large ceinture du tablier, avec son grand nœud. La Belle renifla. « Tristan, vous aviez raison, songea-t-elle. Se conduire en mauvaise fille, et tout le temps, c'est dur. » Et, en silence, du dos de la main, elle s'essuya le nez.

Le gros chat blanc passa par là en ondoyant, il entra dans son champ de vision, à pas feutrés, à quelques centimètres seulement de la Belle. Dans un mouvement de recul, elle se recroquevilla et se mordit à nouveau la lèvre, et puis elle se protégea la tête de ses bras : tandis que Maîtresse Lockley, en toute simplicité, s'appuyait avec nonchalance à la porte de l'Auberge, le grand chat, boule de fourrure, se rapprochait, se rapprochait, se rapprochait.

Conversation avec le Prince Richard

L'APRÈS-MIDI était très avancé. La Belle était allongée sur l'herbe fraîche avec les autres esclaves, simplement asticotée de temps en temps par les filles de cuisine qui la forçaient sans ménagement à écarter les jambes bien grand, du bout de leur bâton. Non, il ne fallait pas qu'elle joigne les jambes, songea-t-elle dans son demi-sommeil.

Le travail de la journée l'avait épuisée. Elle avait fait tomber une poignée de cuillers en étain et cette faute lui avait valu d'être enchaînée au mur de la cuisine, la tête en bas, une heure durant. À quatre pattes, elle avait porté sur son dos les lourds paniers de lessive, jusqu'aux cordes à linge, et, là, elle s'était agenouillée, immobile, pendant que les filles du village suspendaient les draps tout en causant autour d'elle. Elle avait récuré, lavé et ciré, et, à chaque signe de maladresse ou d'hésitation on lui avait donné le battoir. Et c'est à genoux qu'elle avait lapé son dîner dans le même grand plat que les autres esclaves, témoignant silencieusement sa gratitude pour l'eau de source fraîche qu'on leur avait servie ensuite.

Maintenant, il était l'heure de dormir, et elle avait somnolé un peu plus d'une heure environ.

Or, très lentement, elle s'aperçut qu'il n'y avait plus personne autour d'elle. Elle était seule avec les esclaves endormis, et elle découvrit que le Prince magnifique aux cheveux roux était couché juste en face d'elle, la joue lovée contre la main, et qu'il la regardait.

C'était lui qu'elle avait vu la veille au soir, en train d'embrasser le soldat sur les genoux duquel il était assis. À présent, il souriait, et, du bout des doigts de sa main droite, il souffla un baiser dans la direction de la Belle.

— Que vous a donc fait Maîtresse Lockley, ce matin ? chuchota-t-il.

La Belle rougit.

Il tendit sa main, qui vint recouvrir celle de la Belle.

— Tout va bien, chuchota-t-il. Nous adorons nous rendre à la Boutique des Châtiments.

Rien que ça. Et il rit tout bas.

— Depuis combien de temps êtes-vous ici ? demanda-t-elle.

Il était encore plus beau que le Prince Roger. Jamais, au château, elle n'avait vu personne d'allure plus aristocratique. Les traits de son visage étaient empreints de force, comme ceux de Tristan, mais il était de constitution plus fine, et il avait l'air plus immature.

— J'ai été envoyé ici, du château, voici un an. Mon nom est Richard. J'étais au château depuis six mois quand on m'a déclaré incorrigible.

— Mais pourquoi vous conduisiez-vous si mal ? demanda la Belle. Était-ce délibéré ?

— Pas du tout, assura-t-il. J'essayais d'obéir, mais immanquablement j'étais pris de peur panique et je courais me réfugier dans un coin. Ou alors, sous le coup de la honte et de l'humiliation, j'étais tout bonnement incapable de mener à bien la moindre tâche. Je n'avais pas la force de me dominer. J'étais passionné, tout comme vous. Chaque battoir, chaque queue, la main de chaque jolie Dame qui me touchait provoquait en moi des manifestations mortifiantes de plaisir incontrôlable. Mais j'étais incapable d'obéir. Et, par conséquent, j'ai été vendu aux enchères ici, pour une année entière, afin d'y être maté.

— Et maintenant ? demanda la Belle.

— J'ai fait bien du chemin, affirma-t-il. On m'a éduqué. Et j'appartiens à Maîtresse Lockley. S'il n'y avait pas eu Maîtresse Lockley, je ne sais pas ce qu'il serait advenu de moi. Maîtresse Lockley m'a attaché, m'a puni, m'a passé le harnais, et elle a dû me faire accomplir une dizaine de travaux de force, avant de pouvoir compter sur ma bonne volonté. Tous les soirs, on me donnait le battoir sur la Roue en Place Publique, on me faisait tourner en rond autour du mât de cocagne, au pas de course. J'étais ligoté dans une tente sur la Place des Châtiments et il fallait que je prenne toutes les queues qui venaient me chercher. J'étais chahuté, persécuté par des jeunes femmes. D'ordinaire, je passais la journée suspendu à l'enseigne de l'Auberge. Et j'étais pieds et poings liés pour le battoir quotidien. En fait, ce n'est qu'après quatre bonnes semaines de ce traitement que l'on m'a délié et qu'on m'a donné l'ordre d'allumer le feu et de mettre la table. Eh bien, je vous le dis, j'ai couvert ses bottes de baisers. J'ai lapé ma nourriture dans la paume de sa main, littéralement.

La Belle approuva en hochant lentement la tête. Elle était surprise d'apprendre qu'il lui avait fallu tout ce temps avant d'en arriver là.

— Je la révère, avoua-t-il. À la seule pensée de ce qui serait arrivé si j'avais été acheté par quelqu'un de plus doux, je frémis.

— Oui, admit la Belle, et le sang lui monta de nouveau au visage.

Elle aussi, elle ressentait la même chose, jusque dans ses fesses endolories.

— Je n'aurais jamais pensé être capable de rester immobile, à plat ventre sur un comptoir, pour une séance matinale de battoir, reconnut-il. Jamais je n'aurais pensé qu'on m'enverrait rejoindre la Place des Châtiments en me laissant marcher, détaché, dans la rue, ou que j'irais grimper les marches pour monter m'agenouiller sur la Roue en Place Publique, sans entraves aucunes. Ni même que l'on pourrait m'envoyer à la Boutique des Châtiments voisine, où nous nous sommes rendus ce matin. Or, désormais, ce sont là des choses dont je suis capable. Et je ne croyais pas non plus que je pourrais donner du plaisir aux soldats de la garnison sans me ratatiner ou sans rien laisser paraître de la peur panique qui me prenait quand ils me garrottaient. Non, il n'est plus rien que je ne sois en mesure d'endurer, jusqu'au bout.

Il marqua un temps de silence.

— Toutes choses que vous avez déjà apprises, reprit-il. Hier soir, et encore aujourd'hui, j'en ai vu assez, je peux bien vous le dire. Maîtresse Lockley est amoureuse de vous.

— Amoureuse de moi !

(La Belle sentit un puissant désir lui inonder les reins.) Oh, vous devez faire erreur.

— Non, nullement. Pour un esclave, il est difficile d'attirer l'attention de Maîtresse Lockley. Or, quand vous lui tournez autour, c'est à peine si elle vous quitte des yeux.

Le cœur de la Belle se mit à battre silencieusement la chamade.

— Vous savez, j'ai quelque chose de terrible à vous dire, reprit le Prince.

— Ce n'est pas la peine de me le dire. Je sais, chuchota la Belle. Maintenant que votre année de village touche à son terme, vous ne pouvez supporter l'idée de retourner au château.

— Oui, exactement, fit-il. Non que je serais incapable d'obéir et de faire plaisir. De cela, je suis bien certain. Mais... il y a autre chose.

— Je sais, répéta la Belle.

Mais, dans sa tête, les pensées se bousculaient. Ainsi, vraiment, sa cruelle Maîtresse était amoureuse d'elle ? Et pourquoi cela procurait-il à la Belle une telle satisfaction ? Au château, jamais elle ne s'était vraiment souciée de savoir si Dame Juliana l'adorait. Or cette petite aubergiste, fière et méchante, et ce Capitaine de la Garde, beau et distant, la touchaient étrangement jusqu'au fond du cœur.

— J'ai besoin d'être durement puni, avoua le Prince Richard. J'ai besoin de recevoir des ordres directs, de savoir quelle est ma place, sans hésitation. Je n'ai aucune envie de connaître à nouveau ces séances de toilette pleines de délicatesse, et toutes ces flatteries. Je préfère qu'on me bascule en travers du cheval du Capitaine et qu'on m'emmène au campement pour me retrouver ligoté à la barre où l'on attache les chevaux, et qu'on en use de moi de la sorte, comme on l'a d'ailleurs fait.

Brièvement, le tableau apparut en pleine lumière devant la Belle.

— Est-ce que le Capitaine de la Garde vous a pris ? demanda-t-elle avec timidité.

— Oh oui, naturellement, reconnut-il. Mais n'ayez aucune crainte. Je l'ai vu hier soir. Lui aussi, il est vraiment amoureux de vous, et de toute façon, dès qu'il s'agit des Princes, il les préfère un peu plus vigoureux que moi, même si, de temps à autre...

Il sourit.

— Et faut-il que vous retourniez au château ? demanda la Belle.

— Je n'en sais rien. Maîtresse Lockley jouit d'une grande faveur auprès de la Reine, parce que la plus grande partie de sa garnison est logée ici. Et Maîtresse Lockley, je crois, pourrait me garder ici si elle voulait y consacrer la somme nécessaire. Je rapporte beaucoup d'argent à l'Auberge. Chaque fois que l'on m'envoie à la Boutique des Châtiments, les clients qui s'y trouvent paient pour ma pénitence. Il y a toujours un tas de gens qui se retrouvent là-bas, prennent le café, bavardent, des femmes qui font leur couture... et qui regardent les esclaves se faire fesser l'un après l'autre. Et même si les Maîtres et les Maîtresses doivent déjà payer pour ce service, les clients qui le désirent peuvent ajouter dix sous pour s'offrir une bonne rossée en supplément. Là-bas, il m'arrive presque toujours de prendre trois rossées de suite, la moitié de cet argent revient à la boutique, et l'autre à Maîtresse Lockley. À telle enseigne que j'ai déjà rapporté plusieurs fois le prix qu'elle m'a payé, et je pourrais très bien rapporter une somme au moins égale, pour peu que Maîtresse Lockley veuille me garder.

— Oh, il faut que je sois capable d'en faire autant moi aussi ! chuchota la Belle. Peut-être me suis-je montrée obéissante trop vite !

Sa bouche se tordit d'anxiété.

— Non, point du tout. Vous, vous devez parvenir à rentrer dans les bonnes grâces de Maîtresse Lockley. Et vous n'y parviendrez pas en désobéissant. Vous y parviendrez en marquant bien votre soumission. Ainsi, quand vous vous rendrez à la Boutique des Châtiments — et assurément l'occasion s'en présentera, car elle n'a pas le temps, tous les jours, de nous donner le battoir comme il convient —, il faudra vous montrer sous votre meilleure apparence, aussi ardu cela soit-il. D'une certaine manière, c'est encore plus ardu que la Roue en Place Publique.

— Mais comment cela ? Cette roue, je l'ai vue, et elle m'avait l'air déjà bien redoutable.

— La Boutique des Châtiments, c'est quelque chose de plus intime et de moins théâtral, expliqua le Prince. Comme je vous l'ai dit, l'endroit ne désemplit pas. Les esclaves font la queue sur une rampe un peu surélevée, le long du mur de gauche, et chacun attend son tour, comme nous avons attendu ce matin. Et puis il y a le Maître, avec son aide, sur la petite estrade, à à peine plus d'un mètre au-dessus du sol, et les clients sont attablés contre cette rampe et contre la scène, et ils s'esclaffent, bavardent entre eux, en ne prêtant pour ainsi dire aucune attention à ce qui se passe, mis à part quelques commentaires, à l'occasion.

« Mais, si un esclave leur plaît, alors ils s'arrêtent de parler et ils regardent. Si vous jetez un coup d'œil à la dérobée, vous pouvez les entrevoir, les coudes appuyés sur le rebord de la scène, et puis il y a leurs cris : « dix sous », et c'est reparti pour un tour. Le Maître est un grand et grossier gaillard. On vous bascule sur ses genoux. Il porte un tablier de cuir. Avant de commencer, il vous enduit de graisse sans ménagement, et vous lui en savez gré. Ça rend les fessées plus cuisantes, mais, réellement, ça vous protège la peau. L'aide, lui, vous maintient le menton, mais il n'attend qu'une chose, pouvoir vous faire déguerpir une fois la séance terminée. Et puis tous deux, le Maître et son aide, rient et parlent beaucoup. Le Maître me serre bien fort dans ses bras et me demande toujours si j'ai été un bon petit bonhomme, exactement de la manière dont il s'adresserait à un chien, avec cette voix-là. Il m'ébouriffe les cheveux et m'asticote la queue sans pitié, puis il me conseille de garder les hanches bien levées pour que ma queue ne s'oublie pas sur son tablier.

« Un matin, je me souviens d'un Prince qui a joui sur les genoux du Maître. Et comme il a été puni. On lui a donné le battoir, sans pitié, et on lui a imposé d'exécuter le tour de la taverne un nombre incalculable de fois, en position accroupie, et, du bout de la queue, on lui a fait toucher toutes les bottes qui se trouvaient sur son chemin afin de demander pardon, le tout les mains derrière la nuque. Vous auriez dû le voir se contorsionner en tous sens, avec les clients qui, parfois, le prenaient en pitié et lui ébouriffaient les cheveux, mais qui, la plupart du temps, se contentaient de l'ignorer. Et puis on l'a raccompagné chez lui, dans cette même position douloureuse et déshonorante, à croupetons, la queue nouée par un lacet, de manière qu'elle pique piteusement vers le sol, et pourtant, à ce moment-là, elle était déjà bien dure. Dans la soirée, quand les clients sont attablés à boire du vin et que l'endroit resplendit à la lumière des chandelles, cela peut être pire que la Roue en Place Publique. Jamais, sur la Roue en Place Publique, je ne me suis effondré, jamais je n'ai pleuré, jamais je n'ai imploré miséricorde.

La Belle était secrètement envoûtée par ce récit.

— Un soir, dans la Boutique, continua le Prince, je me souviens d'avoir été acheté pour trois rossées après celle qu'avait commandée la Maîtresse. Je pensais assurément que je n'aurais pas à en recevoir de quatrième, que ce serait trop, car je sanglotais, et il y avait une longue file d'esclaves en attente. Mais il y a eu cette main, qui s'est présentée de nouveau devant moi, enduite de graisse, pour en frotter mes marbrures, mes griffures et me gifler la queue, et de nouveau je me retrouvai en travers des genoux du Maître, et je fis encore meilleure figure que lors des fois précédentes. Après quoi, on ne vous fourre pas la bourse pleine de pièces dans la bouche pour que vous la rapportiez chez vous, comme c'est le cas après la Roue en Place Publique. Ici on vous l'introduit pour de bon dans l'anus, en laissant pendre au-dehors les petits cordons. Ce soir-là, après mon supplice, on me força à faire le tour de toute la taverne, à passer de table en table pour recevoir encore un peu plus de pièces de cuivre, et on me les fourrait dedans jusqu'à ce que j'en sois farci comme une volaille à rôtir. Maîtresse Lockley était enchantée de tout cet argent que j'avais gagné. Mais j'avais le derrière si endolori que, lorsqu'elle me le toucha du bout des doigts, je criai sans retenue. Je croyais qu'elle aurait eu pitié de moi, ou tout au moins de ma queue, mais ce n'était pas dans sa manière. Elle me livra aux soldats, ce soir-là comme tous les soirs. Il fallait que je m'assoie sur tous ces genoux cagneux, avec mes fesses douloureuses, et que l'on me caresse la queue, et qu'on me la torture, et qu'on me la gifle, je ne sais même plus combien de fois, avant que l'on me permette finalement de la plonger dans une petite Princesse bien chaude. Et même à ce moment-là on me fouetta à coups de ceinture pour me faire aller et venir en elle. Et, quand je jouis, les coups ne s'arrêtèrent pas de tomber pour autant, non, ils continuèrent tout pareillement. La Maîtresse dit que ma peau était très souple, qu'elle récupérait bien, et que plus d'un esclave n'aurait guère pu supporter pareil traitement. Après quoi, elle veilla à ce que je reçoive autant de coups que j'en pourrais supporter, exactement comme elle me l'avait annoncé.

La Belle était trop abasourdie pour dire quoi que ce soit.

— Et c'est là que l'on va m'envoyer, murmura-t-elle enfin.

— Oh, sûrement. Au moins deux fois par semaine, on nous y expédie, tous autant que nous sommes. C'est à deux pas d'ici, dans la ruelle, et on nous y envoie tout seuls : d'une certaine manière, et c'est atterrant, cela fait toujours partie de la punition. Mais lorsque ce moment viendra n'ayez pas peur. Souvenez-vous simplement que, si vous rentrez au bercail avec cette petite bourse pleine de pièces de monnaie dans le derrière, vous contenterez la Maîtresse à l'extrême.

La Belle posa la joue dans l'herbe fraîche. « Je ne veux jamais retourner au château, songea-t-elle. Et qu'ici ce soit si dur, si terrifiant, je m'en moque bien ! » Elle regarda le Prince Richard.

— Comment avez-vous pu jamais penser à vous enfuir ? demanda-t-elle. Je me demande s'il arrive aux Princes d'y penser.

— Non, fit-il en riant. Tenez, par exemple, la nuit dernière, c'est une Princesse qui s'est enfuie. Et je vais vous confier un secret. Ils ne l'ont pas retrouvée. D'ailleurs, ils ne veulent pas que ça se sache. Maintenant, rendormez-vous. Ce soir, s'ils ne l'ont pas capturée d'ici là, le Capitaine va être de fort méchante humeur. Vous ne songez pas à vous enfuir, n'est-ce pas ?

— Non, fit la Belle d'un signe de tête.

Il se tourna vers la porte de l'Auberge.

— Je crois que je les entends qui arrivent. Rendormez-vous, si vous le pouvez. Nous avons encore à peu près une heure devant nous.

Les tentes publiques

RÉCIT de Tristan

Dès le début de la soirée, je retrouvai ma condition de poney, bien protégé par mon harnachement, et ce fut presque avec ironie que je repensai à mon agitation du soir précédent, quand j'avais reçu la queue et le mors comme d'impensables humiliations. Nous atteignîmes le manoir avant la nuit, et c'est moi que l'on choisit pour servir de repose-pieds à mon Maître, des heures durant, sous la table du dîner.

La conversation traîna en longueur. Il y avait là d'autres personnages, de riches marchands et fermiers de la ville, qui discutaient de moisson, du temps qu'il faisait et du prix des esclaves, et d'un fait incontestable : le village avait besoin de plus d'esclaves encore, et pas seulement de ceux jolis et charmants, mais souvent caractériels, qu'on leur envoyait du château, mais de Tributs solides, voire de plus basse extraction, fils et filles de ces nobliaux qui jouissaient de la protection de la Reine, sans éprouver pour autant le besoin permanent de voir la souveraine. Des esclaves de cet acabit, il en arrivait de temps à autre, qui se retrouvaient aussitôt mis à l'encan sur la place du marché. Et pourquoi diable n'était-il pas Dieu possible d'en obtenir plus, de ces esclaves-là ?

Durant tout ce temps, mon Maître ne se départit pas d'une absolue sérénité. Quant à moi, je commençais de ne vivre et de ne respirer que par le son de sa voix. Mais cette dernière suggestion, sur le chapitre des esclaves, le fit éclater de rire, et il s'enquit sèchement :

— Et qui aurait envie d'aller demander une chose pareille à Sa Majesté ?

J'écoutais chaque mot, m'attachant à glaner non point tant ce que j'avais ignoré jusque-là, mais une perception accrue de mon humble position. Ils échangeaient de menues anecdotes sur les mauvais esclaves, des histoires de punitions narraient de petits épisodes qu'ils jugeaient plaisants. Et tout se passait comme si aucun des esclaves qui servaient à table ou de ceux qui, comme moi-même, servaient de repose-pieds ne possédait d'oreilles ou de sens, et comme s'ils n'éprouvaient aucun besoin qu'on leur accorde la moindre considération.

Finalement, il fut temps de s'en aller.

La queue pleine à ras bord, près d'éclater, je pris place pour tirer la voiture sur le chemin du retour vers la maison de ville de mon Maître, en me demandant si les autres poneys avaient eu leur content, comme à l'ordinaire, dans l'écurie.

Et dès que nous eûmes rallié le village et que l'on eut renvoyé les poneys, ce fut au tour de ma Maîtresse de se mettre à me fouetter, sur le petit trajet que j'effectuai pieds nus dans cette rue sombre qui menait à la Place des Châtiments Publics.

Je me mis à pleurer, épuisé, désespéré par les efforts consentis et par la famine où l'on réduisait mes entrailles. La Maîtresse maniait sa lanière de cuir avec plus de vigueur encore que le Maître. Et j'étais tenaillé sans relâche par la conscience de sa présence juste derrière moi, dans sa jolie robe, tandis qu'elle me guidait de sa main menue. Cette journée me paraissait infiniment plus longue que la précédente, et, en dépit de tout ce que j'avais pu ressentir la veille et qui m'avait amené à subir de bonne grâce la Roue en Place Publique, la pensée de m'y trouver exposé de nouveau me laissait désormais en proie à une peur irrépressible. Oui, ma peur était pire que le soir précédent. Car, désormais, je savais ce que c'était que d'être fouetté sur la roue. Et les témoignages d'affection que m'avait prodigués le Maître, après coup, me paraissaient, à présent, une absurde divagation de mon imagination.

Or, ce que l'on me réservait cette fois-ci, ce n'était ni le manège rondement mené autour du mât de cocagne, ni la Roue brillamment illuminée.

Au lieu de tout cela, on me conduisit, à travers le flot de la foule, jusqu'à l'une de ces petites tentes dressées derrière les piloris. Ma Maîtresse acquitta les dix sous de droit d'entrée, puis elle m'entraîna à sa suite dans la pénombre des lieux.

Une Princesse nue, coiffée de longues nattes chatoyantes et cuivrées, était assise à croupetons sur un tabouret, genoux écartés, les chevilles nouées ensemble, les mains attachées au pilier de la tente, très en hauteur. Lorsqu'elle nous entendit entrer, elle contracta les hanches avec l'énergie du désespoir ; elle portait, attaché sur les yeux, un bandeau de soie rouge.

Lorsque je vis son sexe tendre, doux et humide luire à la lumière des flambeaux de la place, je crus que j'allais ne plus pouvoir me maîtriser.

J'inclinai la tête, me demandant quel tourment j'allais subir à présent, mais ma Maîtresse me dit avec gentillesse qu'il fallait que je me mette debout.

— J'ai payé dix sous pour qu'elle soit à vous, Tristan, m'informa-t-elle.

Je pus à peine en croire mes oreilles. Je me retournai d'abord pour baiser les souliers de ma Maîtresse, mais elle se contenta de rire puis me dit de me lever et de jouir de cette fille comme je l'entendais.

Je me fis un devoir de lui obéir, mais je m'arrêtai aussitôt, la tête toujours inclinée, avec ce petit sexe avide juste devant le mien, car je m'aperçus que ma

Maîtresse se tenait debout, tout près, et qu'elle observait. Elle me passa même la main dans les cheveux. Alors je compris que j'allais être regardé et même étudié.

Je laissai échapper un petit frisson qui me parcourut des pieds à la tête. Et, quand je me résignai à la chose, un ingrédient supplémentaire ajouta à mon excitation. Ma queue ne fit que prendre une coloration plus sombre encore, et dansa tel un bouchon sur la vague, comme pour m'inciter à aller de l'avant.

— Avec lenteur, si vous voulez bien, fit ma Maîtresse. Elle est assez jolie pour que vous preniez le temps de jouer avec elle.

Je hochai la tête. La Princesse avait une petite bouche exquise, des lèvres rouges et frémissantes, qui laissaient maintenant échapper de légers halètements d'appréhension et d'attente. Les choses n'auraient pu mieux se présenter, sauf si c'était la Belle qui avait été là, agenouillée à sa place.

J'embrassai cette Princesse avec impétuosité, mes mains s'agrippèrent avidement à ses petits seins fermes, les firent rebondir, les massèrent. Son désir atteignit un paroxysme. Sa bouche suçait la mienne, son corps se tendait à toute force, et je baissai la tête pour sucer ses seins, l'un après l'autre, et, elle, elle criait, et ses hanches tanguaient avec sauvagerie. Attendre plus longtemps, c'eût été presque trop demander.

Cependant, je la contournai, laissai courir mes mains sur ses fesses somptueuses, et, comme je pinçais ses petites marbrures, vraiment de très discrètes petites marbrures, elle laissa échapper un gémissement charmant et des plus alléchants, et puis elle cambra le dos pour me montrer par-derrière son sexe rouge et tendre, du mieux qu'elle put, en tirant de toutes ses forces sur la corde qui lui maintenait les mains en l'air.

C'était comme ça que je la voulais, son vagin par-derrière, et la transpercer de bas en haut, la soulever, et lorsque je m'enfilai en elle, son petit sexe me fit presque l'impression d'être trop étroit, et elle laissa échapper des halètements âpres et forts tandis que je forçai le passage dans le tréfonds de son intérieur chaud et humide.

Ses cris se firent déchirants de désespoir. On n'était tout de même pas en train de la maltraiter, loin de là, mais c'était que ma queue ne touchait pas son petit clitoris, je le savais, et je n'allais pas la décevoir. Je faufilai la main par-devant, et, en écartant ses lèvres renflées, avec un soupçon de brutalité, je trouvai le petit nœud de chair sous son capuchon de peau humide. Et, lorsque je lui pinçai le clitoris, elle laissa échapper un cri perçant de gratitude, en remuant son petit derrière très doux tout contre moi.

Ma Maîtresse se rapprocha. Ses larges jupons froufroutants me caressèrent la jambe, et je sentis sa main sous mon menton. Cela me mettait au supplice de savoir qu'elle me regardait et qu'elle allait voir mon visage écarlate à l'instant de l'orgasme.

Mais tel était mon lot. Et, au beau milieu du plaisir, je sentis monter en moi une sorte d'exultation. Je sentis la main de la Maîtresse sur mes fesses. Je pilonnai la petite Princesse d'autant plus fort, sentant sur moi le regard de ma Maîtresse, et je caressai le clitoris mouillé en appuyant dessus, par à-coups et en cadence.

Ma queue explosa, je grinçai des dents, ma figure me chauffait à blanc, mes hanches se contractèrent avec l'énergie du désespoir. Un long gémissement sourd arracha ma poitrine. La Maîtresse me tenait la tête dans ses mains. Mon souffle se répandit en halètements sonores, halètements de délivrance, et la petite Princesse criait, en proie à la même extase.

Je me penchai en avant, j'étreignis ce petit corps chaud et posai la tête contre la tête de la Princesse, tout en tournant le visage vers ma Maîtresse. Je sentis le contact apaisant de ses doigts sur mes cheveux. Ses yeux demeuraient fixés sur moi. Elle avait une expression étrange, pensive, presque pénétrante. Elle tourna la tête un peu de côté, comme si elle pesait une décision. Puis elle posa la main sur mon épaule pour me laisser entendre qu'il fallait que je demeure immobile, sans cesser pour autant d'étreindre cette Princesse, et, alors même que je la regardais, elle me fouetta le derrière de sa ceinture. Je fermai les yeux. Mais je les rouvris aussitôt sous les coups cinglants de la lanière de cuir. Il y eut entre nous un moment des plus étranges.

Et s'il m'avait pris, en cet instant, de formuler quelque chose en silence, ç'aurait été ceci : « Vous êtes ma Maîtresse. Je suis votre propriété. Et je ne détournerai pas le regard tant que vous ne me l'aurez pas signifié. Je plongerai mon regard dans ce que vous êtes et dans ce que vous faites. » Elle parut entendre ces mots et en être fascinée.

Elle se redressa et me laissa en paix, assez longtemps pour me permettre de reprendre des forces. J'embrassai la petite Princesse dans la nuque.

Sur ce, hésitant, je me laissai tomber à quatre pattes et je baisai les pieds de ma Maîtresse et l'extrémité de sa lanière de cuir qui pendait à sa main.

La petite Princesse n'était pas assez pour moi. Déjà, ma queue se dressait. J'aurais été capable de prendre chacun des esclaves qui, sous chacune de ces tentes, se trouvaient offerts de la sorte. Et, dans un moment de désespoir, je fus tenté de baiser à nouveau les souliers de ma Maîtresse et de gigoter des hanches pour le lui laisser entendre. Mais la franche vulgarité de la chose outrepassait mes forces. En outre, elle aurait tout aussi bien pu prendre le parti d'en rire et me fouetter. Non, il me fallait m'en remettre à son bon vouloir. Or, me semblait-il, au cours de ces deux jours, je n'avais failli, ce qui s'appelle failli, en rien. Je n'allais pas plus faillir en cet instant.

Elle me fit ressortir sur la place, la lanière de cuir me caressant de la manière habituelle. Et sa jolie petite main m'indiqua la direction des cabines de bain.

Je levai le regard vers la Roue Publique et, ce faisant, je redoutai de lui souffler quelque idée, et pourtant c'était plus fort que moi, il me fallait porter le regard dans cette direction. La victime de l'heure, que je ne connaissais pas, était une Princesse à la peau olivâtre, sa chevelure noire relevée sur la tête, son corps alléchant et longiligne sursautant sous les coups de battoir, et libre de toute entrave. Elle avait splendide allure, ses yeux noirs plissés et humides, la bouche ouverte sur des cris farouches. Elle semblait céder totalement. La foule dansait et criait de joie, l'encourageait avec chaleur. Et, avant que nous ayons atteint la cabine de bain, je vis s'abattre sur elle une pluie de pièces de monnaie, comme sur moi l'autre soir.

Pendant que l'on me donnait le bain, l'un des Princes les plus beaux qu'il m'ait été donné de voir, le Prince Dimitri, du château, passait à son tour sur la Roue Publique. Et, quand je le vis contraint de se laisser attacher aux genoux et à la nuque, les mains ligotées par un lacet, sous les quolibets de la populace, je sentis un picotement de honte pour lui me monter aux joues. Il sanglotait par-dessus son mors de cuir et se rebiffait sous le battoir.

Mais ma Maîtresse m'avait vu regarder vers la roue, et, pétrifié, je baissai les yeux.

Et je les conservai baissés, tandis que l'on me ramenait au bercail, en empruntant la rue de derrière, pour me faire pénétrer dans la demeure.

Maintenant, je vais aller coucher quelque part dans un coin sombre attaché et peut-être même bridé, songeai-je. Il est tard, ma queue est une véritable tige de fer entre mes jambes, et mon Maître est probablement en train de dormir.

Mais on m'incita aimablement à m'avancer dans l'entrée. Je vis un rai de lumière sous sa porte. Et, avec un sourire, ma Maîtresse frappa.

— Au revoir, Tristan, chuchota-t-elle, et elle joua avec une petite boucle de mes cheveux avant de me laisser là.

Les démonstrations d'affection de Maîtresse Lockley

QUAND la Belle se réveilla, il faisait presque nuit. Le ciel était encore clair, même si une poignée d'étoiles minuscules avaient déjà fait leur apparition. Maîtresse Lockley, habillée, à n'en pas douter, en toilette du soir, à manches rouges bouffantes et brodées, était assise sur l'herbe, ses jupes décrivant autour d'elle un cercle ravissant. Le battoir de bois était attaché au cordon de son tablier, à demi enfoui dans le lin blanc. Elle claqua des doigts pour que viennent à elle les esclaves, qui étaient en train de se réveiller, et, une fois qu'ils se furent regroupés autour d'elle, à genoux, leurs derrières endoloris assis sur leurs talons, elle leur glissa gentiment dans la bouche de petits morceaux de pêche et de pomme fraîchement cueillies qu'elle tenait entre le pouce et l'index.

— Une bonne fille, fit-elle en caressant le menton d'une jolie Princesse aux cheveux bruns, tout en donnant à cette bouche impatiente un morceau de pomme pelée. Puis elle lui pinça doucement le bout du sein.

La Belle rougit. Mais les autres esclaves ne furent nullement surpris de cette soudaine marque d'affection.

Et, quand Maîtresse Lockley posa le regard droit sur elle, la Belle, hésitante, pencha la tête en avant pour venir saisir le morceau de fruit humide, et, lorsque les doigts caressèrent ses tétons douloureux, elle frissonna. Dans un accès de sensations confuses, elle se rappela chaque détail du supplice de la cuisine. Presque par pudeur, elle rougit encore, en jetant un coup d'œil timide vers le Prince Richard, qui regardait la Maîtresse avec impatience.

Le visage de Maîtresse Lockley était paisible et charmant, ses cheveux noirs dessinant une ombre profonde sur ses épaules. Elle embrassa le Prince Richard, leurs bouches ouvertes s'imbriquèrent, sa main caressait le pénis érigé et se tendit jusqu'à venir recueillir ses couilles au creux de la paume. Son petit récit s'était insinué dans les rêves de la Belle pendant qu'elle dormait dans l'herbe, et elle ressentit une pointe brûlante de jalousie et d'excitation. Le Prince Richard avait une attitude presque charmeuse, avec ses yeux verts pleins de bonne humeur et sa bouche large, appétissante, luisante de l'humidité du morceau de pêche que l'on y introduisait avec lenteur.

La Belle ne savait pas au juste pourquoi son cœur cognait ainsi.

Maîtresse Lockley se livra au même jeu avec chacun des esclaves. Elle caressa l'entrejambe d'une petite Princesse aux cheveux blonds, jusqu'à ce que l'autre se tortille comme le chat blanc de la cuisine, puis elle lui fit ouvrir la bouche pour qu'elle vienne attraper les grains de raisin qu'on y laissait tomber. Le Prince Roger, elle l'embrassa avec plus d'insistance encore qu'elle n'en avait mis à embrasser le Prince Richard, tout en tirant à petits coups sur les boucles noires de son pubis qui lui couronnaient la base de la queue et en lui examinant les couilles, ce qui le fit rougir aussi profondément que la Belle.

Puis la Maîtresse s'assit, comme pour réfléchir. La Belle eut l'impression que les esclaves essayaient, subtilement, de retenir son attention. D'ailleurs, la Princesse brune se courba et baisa le bout du soulier de

Maîtresse Lockley qui dépassait de sous ses jupons blancs et plissés.

Sur ces entrefaites, l'une des filles de cuisine arriva avec un grand bol plat qu'elle posa sur l'herbe, et, d'un claquement de doigts, chacun se vit enjoint de venir y laper le délicieux vin rouge. La Belle n'avait jamais rien goûté d'aussi doux et d'aussi bon.

Un épais bouillon suivit, dans lequel nageaient des morceaux d'une viande tendre et fortement épicée.

Ensuite, les esclaves se rassemblèrent une nouvelle fois, et Maîtresse Lockley désigna le Prince Richard et la Belle, puis, d'un geste, indiqua la porte de l'Auberge. Les autres leur lancèrent des regards aigus et hostiles. « Mais que se passe-t-il ? » se dit la Belle. Richard s'avança à quatre pattes, donnant l'impression d'aller aussi vite qu'il pouvait, sans jamais perdre sa souplesse et son agilité. La Belle le suivit et, par comparaison, se sentit gauche.

Maîtresse Lockley ouvrait la marche et les mena dans l'escalier encaissé qui montait derrière le conduit de la cheminée, jusqu'au fond du corridor, après la porte de la chambre du Capitaine, jusqu'à une autre chambre à coucher.

Aussitôt que la porte de la pièce eut été refermée et que Maîtresse Lockley eut allumé les chandelles, la Belle s'aperçut qu'il s'agissait d'une chambre de femme. Le lit lambrissé était décoré de lin brodé, des tentures étaient suspendues aux murs par des crochets, et un grand miroir se dressait au-dessus du manteau de la cheminée.

Richard baisa les pieds de Maîtresse Lockley puis leva les yeux sur elle.

— Oui, vous pouvez me les ôter, acquiesça-t-elle, et, tandis que le Prince lui dénouait les lacets de ses bottes, Maîtresse Lockley délaça elle-même son corsage et le tendit à la Belle, avec ordre de le plier soigneusement et de le déposer sur la table. À la vue de son chemisier défait, avec les marques de laçage du corsage toujours imprimées dans le lin froissé, la Belle sentit un orage de passion se lever en elle. Ses seins lui faisaient mal, comme s'ils étaient encore en train de recevoir des gifles sur le billot de la cuisine. Toujours à genoux, la Belle obéit à ce commandement et plia l'étoffe de ses mains tremblantes.

Quand elle se retourna, Maîtresse Lockley avait complètement retiré son chemisier blanc à jabot. La vision des seins de sa Maîtresse la laissa interdite. Elle dénoua le battoir de bois de ses jupes puis les jupes elles-mêmes. Le Prince lui prit le battoir des mains et fit glisser ses jupes pour les ôter ensuite de ses pieds. Ce fut alors le tour des jupons de glisser au sol, et la Belle les ramassa également, le visage à nouveau saisi d'une vive rougeur, lorsqu'elle jeta un coup d'œil à la toison pubienne, noire et douce, et à ces seins lourds avec leur tétons sombres et dressés.

La Belle plia le jupon et le posa, puis elle se tourna timidement pour regarder par-dessus son épaule. Maîtresse Lockley, nue comme une esclave, et au moins aussi belle, ses cheveux comme un voile noir jusqu'au bas du dos, pria ses deux esclaves de venir à elle.

Elle tendit la main vers la tête de la Belle et la fit lentement descendre. La Belle avait le souffle court et rauque. Elle regardait fixement le triangle de cette toison, juste en face d'elle, les lèvres d'un rose sombre, à peine visibles. Elle avait vu des Princesses nues par centaines, et dans toutes les positions, et pourtant la vision de cette Maîtresse nue la laissa confondue. Elle avait le visage tout moite. Et, de son propre chef, elle vint appuyer sa bouche contre la toison luisante et ces lèvres qui pointaient, prise d'un mouvement de recul, comme si elles avaient été des charbons ardents, et, dans un geste incertain, ses mains se posèrent sur son visage.

Elle posa ensuite sa bouche ouverte contre ce sexe et sentit le contact de ces boucles drues, de ces lèvres douces et élastiques qui ne se pouvaient comparer, lui sembla-t-il, car jamais, auparavant, elle n'avait rien embrassé de tel.

Maîtresse Lockley lui tendit ses hanches, éleva les mains de la Belle, les guida pour que, d'un geste soudain, elle enveloppe Maîtresse Lockley dans ses bras. Les seins de la Belle enflaient à en faire sauter les tétons, et son sexe fut pris de fiévreuses convulsions. Elle ouvrit grande la bouche et fit courir sa langue sous l'épais coussinet des replis rouges, puis, tout à coup, sa langue força le passage des lèvres et goûta ces sucs musqués et salés. Avec un soupir déchirant, elle étreignit fermement Maîtresse Lockley. Elle eut vaguement conscience que, derrière Maîtresse Lockley, Richard s'était levé et qu'il avait glissé ses bras sous les aisselles de Maîtresse Lockley, afin d'être en position de la soutenir. Ses mains étaient sur ses seins, elles en pressaient les bouts.

Mais, de son côté, la Belle s'égarait dans ce qui se présentait à elle. La soie chaude de la toison, les lèvres humides et gonflées, la moiteur qui suintait sur sa langue, tout cela s'agitait en elle, sans retenue aucune.

Et le doux soupir de la femme qui la dominait, ce soupir éperdu alluma en la Belle une étincelle nouvelle. Prise de folie, elle la lécha et la poignarda de sa langue, car elle mourait d'envie de dévorer cette chair délicieuse et salée. Et, frappant le petit clitoris rond et dur du bout de sa langue, elle le suça avec toute la force qu'elle put exercer, et la toison mouillée lui couvrit la bouche et le nez, l'inonda de cette senteur douce et musquée, et elle soupirait, elle aussi, plus encore que la Maîtresse. C'était la petitesse même de la chose qui l'entraînait ; c'était différent d'une queue, et pourtant si semblable à une queue, ce petit nodule qu'elle connaissait si bien était la source vive de l'extase de la Maîtresse, et penchée sur cette source d'extase, oublieuse de tout le reste, elle la lécha, la suça, l'attaqua à petits coups de dents, jusqu'à ce que Maîtresse Lockley écarte les jambes, incline les hanches en avant, gémisse fort. En un éclair, toutes les images de la séance de torture de la cuisine passèrent dans la tête de la Belle — cette femme était celle qui lui avait giflé les seins — et elle vint se nourrir au fond de cette femme, toujours plus profond, presque jusqu'à mordre le mont de Vénus, et elle s'enfouit dans ce sexe d'une langue goulue, et ses hanches furent prises d'un mouvement de balancier. Enfin, Maîtresse Lockley cria, ses hanches se figèrent en l'air, et tout son corps se raidit.

— Non ! Non ! Assez !

La Maîtresse hurlait presque. Elle agrippa la tête de la Belle, l'arracha lentement d'elle, sombra en arrière dans les bras du Prince, le souffle irrégulier.

La Belle se retrouva assise sur les talons.

Elle garda les yeux clos ; elle essaya de chasser de son esprit le simple espoir d'obtenir satisfaction de son désir, elle essaya de chasser de son esprit l'image de ce pubis noir et luisant et de ne même plus penser à sa saveur capiteuse. Mais elle se passait et se repassait la langue sur le palais comme si elle n'avait pas cessé de lécher Maîtresse Lockley.

Finalement, Maîtresse Lockley se mit debout, se retourna et enlaça Richard. Elle l'embrassa, se frotta contre lui, et ses hanches furent prises d'un lent mouvement tournoyant.

Pour la Belle, ce spectacle était pénible à regarder, mais elle ne pouvait détacher les yeux de ces deux silhouettes qui la dominaient. Les cheveux roux de Richard lui retombaient sur le front et son bras musculeux pressait le dos étroit de la Maîtresse contre lui.

C'est alors que Maîtresse Lockley se retourna et, attrapant la Belle par la main, la conduisit jusqu'au lit.

— Montez dessus, dressée sur les genoux, le visage vers le mur, ordonna-t-elle, et, sur ses joues, de délicats nuages écarlates flottaient d'exquise façon. Et puis écartez-moi ces somptueuses petites jambes, bien grand, ajouta-t-elle. On ne devrait plus avoir à vous le dire, maintenant.

La Belle obéit sur-le-champ en rampant jusqu'au côté opposé du lit, contre le mur, le dos à la pièce, comme on venait de le lui demander. La passion qui l'habitait était si débridée qu'elle ne parvenait plus à tenir ses hanches tranquilles. Encore une fois, en un éclair, elle revit les tortures de la cuisine, ce visage souriant et la petite langue blanche de la ceinture qui la giflait en s'abattant sur son téton.

« Oh, amour pervers, songea-t-elle, qui renferme tant d'ingrédients. »

Mais Maîtresse Lockley s'était allongée sur le lit, sous les jambes écartées de la Belle, le regard levé sur elle.

Ses bras s'enroulèrent autour des hanches de la Belle et, tandis que la Belle l'enfourchait, elle amena les hanches à elle, plus bas.

La Belle plongea un regard interrogateur dans les yeux de la Maîtresse, tandis qu'elle écartait les jambes, de plus en plus, jusqu'à ce que son sexe soit juste au-dessus du visage de Maîtresse Lockley, et tout à coup elle eut peur de cette bouche rouge au-dessous d'elle, autant qu'elle avait eu peur de la bouche du chat blanc de la cuisine. Les yeux, si grands et semblables à du verre, était comme ceux du chat.

« Cette bouche va me dévorer, songea-t-elle, elle va me manger vivante ! » Mais son sexe s'ouvrit et fut la proie d'une suite de convulsions affamées.

Par-derrière, les mains de Richard s'emparèrent de la Belle, de ses seins endoloris, exactement comme il s'était emparé des seins de Maîtresse Lockley, et, en même temps, la Belle sentit une secousse faire trembler le cadre du lit, puis elle vit Maîtresse Lockley se raidir et clore les yeux.

Debout à côté du lit, entre ses jambes écartées Richard avait pénétré Maîtresse Lockley, et la Belle tangua sous ce rythme rapide qui les emportait tous trois.

Mais, aussitôt, la langue chaude et délicate se dressa jusqu'à venir lécher la Belle. Elle lapait les lèvres de son pubis, en longues passes lentes, et la Belle, sous l'incroyable douceur de cette sensation aiguë, eut le souffle coupé.

Elle fit un bond, effrayée par cette bouche humide, alors même qu'elle la désirait. Mais Maîtresse Lockley lui avait saisi le clitoris entre les dents et le grignotait, le suçait, le léchait avec une férocité qui laissa la Belle interdite. La langue la poignardait, l'emplissait, les dents la mordillaient, et Richard rattrapait tout le poids de la Belle dans ses bras minces et puissants, sans que ses coups de boutoir cessent de secouer le lit sur un rythme sans faille. « Oh, comme elle sait s'y prendre ! » se dit la Belle. Mais elle perdit le fil de ses pensées, elle respirait longuement, profondément, les douces mains de Richard massaient ses seins qui avaient mal, et le visage au-dessous d'elle se pressait au creux de son vagin, la langue l'inondait, et les lèvres, cramponnées à son sexe, tiraient dessus dans une orgie de succion qui la traversa d'un orgasme déchirant.

Elle se brisa en vagues éclatantes qui la firent presque s'évanouir, et les coups de boutoir puissants du Prince ne cessaient plus d'accélérer, et Maîtresse Lockley gémissait contre la Belle, et le Prince, dans son dos, lâcha le même cri guttural.

La Belle demeura suspendue dans ses bras, épuisée.

Libérée, elle retomba languissamment sur le côté et, un long moment, demeura gisante, blottie à côté de Maîtresse Lockley. Richard, lui aussi, était renversé sur le lit, et la Belle demeura étendue dans un demi-sommeil, percevant les faibles bruits d'en bas, les voix de la Salle où l'on servait à boire et, de temps à autre, les cris en provenance de la place et les bruits de la nuit qui descendait sur le village.

Lorsqu'elle ouvrit les yeux, Richard était à genoux et en train de nouer les cordons du tablier de la Maîtresse. La Maîtresse qui brossait ses longs cheveux noirs.

Elle claqua des doigts pour que la Belle se lève, et celle-ci sortit du lit, toute chancelante, puis remit vivement le couvre-lit en place.

Elle se retourna et leva les yeux sur la Maîtresse. Déjà, Richard était en train de s'agenouiller devant le tablier blanc comme neige. La Belle prit place à côté de lui. La Maîtresse les considéra de haut et leur adressa un sourire.

Elle étudia ses deux esclaves. Puis elle tendit la main vers le sexe de la Belle, qu'elle étreignit. Elle y laissa sa main chaude, jusqu'à ce que les lèvres de la Belle s'élargissent un peu et que cette sensation aiguë la reprenne. De l'autre main, la Maîtresse réveilla la queue du Prince, en pinça le bout, lui tapota les couilles, doucement, avec espièglerie, et chuchota :

— Allons, jeune homme, ce n'est pas le moment de se reposer.

Il laissa échapper un gémissement étouffé, mais la queue, elle, fit preuve d'obéissance. Les doigts chauds tâtèrent la moiteur entre les lèvres gorgées de la Belle.

— Voyez, cette gentille petite fille est déjà prête pour le service.

Puis elle leur releva le menton et leur sourit à tous deux. La Belle se sentit prise de vertige, faible, et totalement dépourvue de résistance. Elle leva le regard, la fixa au fond de ces jolis yeux noirs, avec humilité.

« Et dans la matinée elle va me donner le battoir sur le comptoir, se dit la Belle, comme elle le fait pour les autres. » Cette pensée ne fit que l'affaiblir un peu plus. Le bref récit de Richard revint l'envelopper, avec ses images saisissantes et vivaces : la Boutique des Châtiments, la Roue sur la place publique. Le village flamboyait dans sa tête, et elle se sentit frappée, éblouie, incapable de décider si elle était bonne ou mauvaise, ou les deux.

— Levez-vous, intervint la douce voix feutrée, marchez, et vivement. Il fait déjà nuit et vous n'avez pas encore pris votre bain.

La Belle se leva, le Prince fit de même, et elle laissa échapper un petit cri quand elle sentit le battoir de bois lui frapper les fesses.

— Les genoux levés, reprit le doux chuchotement. Jeune homme (un autre coup), m'avez-vous entendu ?

Dans la descente de l'escalier, ils reçurent une volée de coups de battoir, délivrée avec acharnement, et la Belle en fut toute secouée, le visage écarlate, frissonnante de cette passion que l'on enflammait à nouveau, puis ils furent conduits dans le jardin pour que les filles de cuisine leur donnent le bain dans les baignoires de bois, et, armées de leurs méchantes brosses et de leurs serviettes rêches, celles-ci se mirent au travail.

Secrets d'alcôve

RÉCIT de Tristan

À mon entrée, je trouvai la chambre du Maître, immaculée, exactement comme le soir précédent, le lit tendu d'un satin vert irisé à la lueur des chandelles. Et lorsque je vis mon Maître assis à son secrétaire, la plume en main, je traversai, aussi tranquillement que possible, le parquet de chêne ciré et lui baisai les bottes, non pas à l'ancienne manière, solennelle, mais avec mon entière affection.

Lorsque je lui léchai les chevilles, et que j'osai même embrasser le cuir lisse qui lui gainait les mollets, je craignis qu'il ne m'arrête, mais il n'en fit rien. Il ne parut même pas remarquer ma présence.

Ma queue me faisait mal. La petite Princesse que l'on m'avait servie sous la Tente Publique n'avait été qu'un hors-d'œuvre. Et le seul fait de pénétrer dans cette pièce redoublait ma faim. Toutefois, comme précédemment, je n'osais rien mendier d'un geste qui eût été vulgaire et implorant. Pour rien au monde je n'aurais voulu déplaire à mon Maître.

À la dérobée, je levai le regard sur son visage absorbé, enveloppé du halo chatoyant de ses cheveux blancs. Alors il se retourna, me considéra, et timidement je détournai le regard, ce qui requit toute ma maîtrise.

— Vous a-t-on bien baigné ? demanda-t-il.

Je hochai la tête affirmativement et baisai une fois encore ses bottes.

— Mettez-vous sur le lit, fit-il, et asseyez-vous au pied, dans l'angle le plus proche du mur.

J'étais transporté de joie. Je m'efforçais de garder une contenance, et le couvre-lit de satin calma mes contusions comme si l'on y appliquait de la glace. Après ces deux jours de raclées permanentes, la moindre sollicitation d'un muscle provoquait des ondes de résonances sans fin.

Mon Maître était en train de se dévêtir, je le savais, mais je n'osais pas regarder. Puis il souffla toutes les chandelles sauf celles de la tête du lit, où une bouteille de vin débouchée était posée à côté de deux calices incrustés de pierreries.

Il devait être l'homme le plus riche du village, me dis-je, pour posséder tant de lumières. Et, d'avoir un Maître si riche, j'éprouvai une véritable fierté d'esclave. Toute pensée au sujet du Prince que j'avais été, du temps où je vivais sur mes propres terres, m'avait quitté.

Il grimpa dans le lit et s'assit contre les oreillers, le bras gauche reposant sur son genou levé. Il remplit les deux calices puis m'en tendit un.

J'étais déconcerté. Avait-il l'intention que je boive dans ce calice comme il allait y boire lui-même ? Je l'acceptai sur-le-champ et me rassis, le calice à la main. À présent, je le regardai, nullement décontenancé ; il ne m'avait pas donné ordre de ne pas le faire. Et sa poitrine ferme, presque osseuse, avec ses touffes de poils blancs qui frisaient autour de ses tétons, et plus bas, au milieu du ventre, prenait magnifiquement la lumière des chandelles. Sa queue n'était pas encore aussi dure que la mienne. J'eus envie d'y remédier.

— Vous pouvez boire du vin, comme moi, fit-il.

Avait-il lu dans mes pensées ?

Complètement stupéfait, je bus, pour la première fois depuis six mois, à la manière d'un homme, et cela me laissa un peu embarrassé. J'avalai trop de vin à la fois et je dus m'arrêter. Mais c'était un bourgogne bien vieilli qui, dans mon souvenir, n'avait pas d'égal.

— Tristan, fit-il avec douceur.

Je le regardai droit dans les yeux et j'abaissai lentement ma coupe.

— Maintenant, il va falloir que vous me parliez, fit-il, que vous me répondiez.

Stupeur plus grande encore.

— Oui, Maître, répondis-je d'une voix feutrée.

— Hier soir, quand je vous ai fait fouetter sur la Roue, m'avez-vous haï ? demanda-t-il.

J'étais sous le choc.

Il prit un autre verre de vin, sans détacher les yeux de moi. Soudain, il eut un air menaçant sans que je sache pourquoi.

— Non, Maître, chuchotai-je.

— Plus fort, fit-il. Je ne vous entends pas.

— Non, Maître, répondis-je.

Je rougis intensément, comme toujours. Il n'était pas vraiment nécessaire de me rappeler l'épisode de la Roue. Je n'avais jamais réellement cessé d'y penser.

— « Monsieur » pourra tout aussi bien convenir que « Maître », corrigea-t-il. J'apprécie les deux. Avez-vous haï Julia quand elle vous a distendu l'anus avec ce phallus que l'on vous a monté en guise de queue de cheval ?

— Non, monsieur, reconnus-je, rougissant avec plus de chaleur encore.

— Quand je vous ai attelé avec les poneys et que je vous ai fait tirer ma voiture jusqu'au manoir, m'avez-vous haï ? Je ne parle pas d'aujourd'hui, après que l'on vous a si bien besogné pour vous ramener à la raison. Je veux parler d'hier, quand vous considériez fixement ces harnais, avec une telle expression d'horreur dans le regard.

— Non, Monsieur, protestai-je.

— Alors, quand toutes ces choses vous sont arrivées, qu'avez-vous éprouvé ?

J'étais trop interloqué pour répondre.

— Qu'est-ce que j'ai voulu obtenir de vous, hier, quand je vous ai attelé derrière cette paire de poneys, quand je vous ai colmaté la bouche et l'anus et que je vous ai fait marcher au pas, pieds nus ?

— De la soumission, dis-je, la bouche sèche.

Ma voix me fit une impression peu familière.

— Et... de façon un peu plus détaillée ?

— Que je... que je marche d'un bon pas. Et que je sois emmené à travers le village de... de cette façon...

Je tremblais. J'essayais de maintenir mon calice de l'autre main, comme un geste que l'on fait négligemment.

— De quelle façon ? insista-t-il.

— Harnaché, bridé.

— Oui... ?

— Et empalé sur un phallus, pieds nus.

J'avalai ma salive, mais je ne détournai pas mon regard de lui.

— Et qu'est-ce que je veux de vous, là, maintenant ? demanda-t-il.

Je réfléchis un instant.

— Je ne sais pas. Je... Que je réponde à vos questions.

— Exactement. Alors vous allez y répondre, pleinement, fit-il courtoisement, avec un léger haussement de sourcils, et avec des passages nourris de descriptions approfondies, sans rien dissimuler et sans vous faire tant prier. Vous allez me faire de longues réponses. En fait, vous n'interromprez votre réponse que lorsque je vous poserai une autre question.

Il tendit la main vers la bouteille et remplit mon calice.

— Et ne vous privez pas de boire de ce vin chaque fois que vous en aurez envie, ajouta-t-il, il y a largement de quoi.

— Merci, Monsieur, murmurai-je en fixant le calice.

— Voilà qui est un peu mieux ! s'exclama-t-il en relevant ma réponse. À présent, nous allons reprendre. Lorsque vous avez vu pour la première fois cet attelage de poneys et que vous avez compris que vous alliez devoir vous joindre à eux, qu'est-ce qui vous a traversé l'esprit ? Laissez-moi vous remémorer la scène. Vous aviez un robuste phallus dans l'arrière-train et une épaisse queue de cheval attachée à ce phallus. Ensuite il y a eu les bottes et le harnais. Vous rougissez. Qu'avez-vous pensé ?

— Que je ne pouvais supporter la chose, dis-je sans oser marquer aucun temps de silence, la voix chevrotante. Que je ne pouvais supporter que l'on me force à faire ça. Que j'allais échouer, d'une manière ou d'une autre. Que je ne pouvais pas être attelé à une voiture et forcé de la tirer, comme un animal, et puis cette queue me donnait l'impression d'un affreux ornement, d'une flétrissure.

Mon visage était gagné par la fièvre. Je bus une gorgée de vin, mais il n'avait pas repris la parole, ce qui signifiait que je devais continuer de lui répondre.

— Je crois que c'est allé mieux quand on m'a serré le harnais et que je ne pouvais plus m'échapper.

— Mais vous n'avez pas esquissé le moindre geste pour vous échapper, même avant cela. Quand je vous ai ramené à la maison, à coups de lanière, dans la rue, j'étais seul avec vous. Et, là, vous n'avez pas essayé de vous enfuir en courant, même pas quand les rustauds du village vous ont fouetté.

— Oh, qu'est-ce que cela m'aurait rapporté de m'enfuir en courant ? demandai-je, accablé. On m'a enseigné de ne pas m'enfuir ! Cela m'aurait simplement valu de me retrouver ligoté quelque part, de me faire rouer de coups, peut-être de me faire fouetter la queue... (Je m'interrompis, frappé de mes propres paroles.) Ou peut-être me serais-je tout simplement fait prendre, et quand même harnacher, et puis les autres poneys m'auraient entraîné d'humiliante façon. Et la mortification n'en aurait été que plus grande, parce que tout le monde aurait su à quel point j'avais eu peur, que j'avais perdu toute maîtrise de moi-même, et j'aurais été contraint de me soumettre par la violence.

Je bus le vin du calice et j'écartai une mèche de mes yeux.

— Non, s'il fallait en passer par là, alors, mieux valait se soumettre ; c'était inévitable, donc il fallait l'accepter.

Je fermai les yeux, l'espace d'une seconde. La chaleur et le flot de mes paroles me stupéfiaient.

— Mais on vous a enseigné à vous soumettre à Sire Étienne, et vous ne l'avez pas fait, intervint-il.

— J'ai essayé ! éclatai-je. Mais Sire Étienne...

— Oui...

— Cela s'est passé comme l'a dit le Capitaine, bredouillai-je. (Ma voix, à présent, me paraissait frêle. Les mots allaient trop vite.) Il avait été mon amant, et, en sa qualité de Maître, au lieu de tirer avantage de cette intimité, il m'a permis de l'affaiblir.

— Quelle déclaration intéressante. Est-ce qu'il vous a parlé comme je vous parle désormais ?

— Non ! Personne n'a jamais agi de la sorte avec moi ! (J'eus un rire sec et bref.) C'est-à-dire, pas en me laissant répondre. Il me lançait des ordres comme n'importe quel Seigneur du château. Il me commandait, certes, avec raideur, mais il était dans un état d'agitation terrible. Cela l'excitait au-delà des mots de me voir bander, me plier à ses souhaits et, en même temps, il était incapable d'endurer cela. Je pense, en fait, je pense parfois que si le destin avait inversé nos situations j'aurais pu lui montrer comment s'y prendre.

Mon Maître rit avec franchise, en prenant son temps. Il porta le calice à ses lèvres. À présent, son visage s'animait, avec un peu plus de chaleur. Le regarder me faisait craindre que mon âme ne soit sous la menace d'un terrible danger.

— Oh, ce n'est probablement que trop vrai, fit-il. Les meilleurs esclaves font quelquefois les meilleurs Maîtres. Mais il se pourrait également que l'occasion de le prouver ne vous soit jamais offerte. J'ai parlé de vous au Capitaine, cet après-midi. Je me suis livré à des vérifications minutieuses. Quand vous étiez libre, il y a de cela des années, vous surpassiez Sire Étienne en tout, n'est-ce pas ? Meilleur cavalier, meilleur escrimeur, meilleur archer. Et il vous aimait, vous admirait.

— J'étais son esclave, j'ai essayé de briller, dis-je. Je suis passé par les humiliations les plus atroces. Le Sentier de la Bride abattue, les autres jeux de la Nuit de Fête dans les jardins de Sa Majesté ; j'étais le jouet de la Reine, de temps à autre ; Sire Grégoire, le Maître des esclaves, instillait en moi la peur la plus exquise. Mais je n'ai jamais contenté Sire Étienne parce qu'il ignorait lui-même comment être contenté ! Il ne savait pas commander ! J'étais sans cesse troublé par les autres Seigneurs.

Ma voix se coinça dans ma gorge. Quel besoin avais-je de révéler ces secrets ? Quel besoin avais-je de tout exposer et d'accroître la portée de mes révélations au Capitaine ? Mais mon Maître ne dit mot. C'était à nouveau le silence, où je tombai à mon tour.

— Je ne cessais de penser aux soldats du campement, continuai-je, et ce silence cognait à mes oreilles. Et puis je n'éprouvai aucun amour pour Sire Étienne.

Je plongeai les yeux dans ceux de mon Maître. Le bleu de cet œil n'était plus qu'un miroitement de bleu, et, en leur centre, ces sombres pupilles, grandes et presque étincelantes.

— On doit aimer son Maître ou sa Maîtresse, dis-je. Même les esclaves des chaumières du village peuvent aimer, n'est-ce pas, leurs Maîtres ou leurs Maîtresses, laborieux et bourrus, comme j'ai aimé... les soldats du campement qui me fouettaient tous les jours. Comme j'ai aimé, l'espace d'un instant...

— Oui ? fit-il, interrogatif.

— Comme j'ai aimé également le Maître du Fouet sur la Roue, hier soir. L'espace d'un instant.

Cette main qui me relève le menton, qui me pince les joues, ce sourire qui me domine. Cette puissance dans ce bras robuste...

Alors je me mis à trembler, autant que la veille sur la Roue. Mais toujours ce silence...

— Même ces rustauds, comme vous les appelez, qui m'ont fouetté dans la rue pendant que vous regardiez, dis-je, en refoulant l'image de la Roue. Même eux exerçaient sur moi leur misérable pouvoir.

Tout à l'heure, j'avais cru rougir, mais ce n'était qu'une idée à côté de ce que c'était maintenant. J'essayai de me calmer en reprenant un peu de vin, de raffermir ma voix, mais tandis que je buvais le silence se prolongea.

Je levai la main gauche devant mes yeux, en guise de bouclier.

— Abaissez-moi cette main, fit-il, et dites-moi ce que vous avez éprouvé quand on vous a fait aller au pas, après avoir été convenablement harnaché.

Le mot « convenablement » me transperça.

— C'était de ça que j'avais besoin, dis-je.

J'essayai de ne pas le regarder, en vain. Ses yeux étaient si grands, et, à la lumière des chandelles, son visage était presque trop parfait pour un visage d'homme, trop fin. Dans ma poitrine, je sentis un nœud se relâcher, se défaire.

— Je... veux dire, si je dois être un esclave, alors c'était de ça que j'avais besoin. Et, ce soir — quand j'ai recommencé —, j'en ai ressenti de la fierté.

Ma honte était trop forte. J'avais des élancements dans le visage.

— J'ai aimé ça ! chuchotai-je. C'est-à-dire, ce soir, quand nous sommes sortis pour nous rendre au manoir, j'ai aimé ça. On m'avait déjà montré, avec cette petite promenade pieds nus que nous avions faite dans le village, que l'on pouvait tirer une certaine fierté d'être harnaché de cette façon, plus encore que de l'autre. Et j'avais envie de vous faire plaisir. J'ai pris plaisir à vous faire plaisir.

Je vidai mon calice et le baissai. De nouveau, il y eut ce vin que l'on y versa, et ces yeux qui ne me quittèrent pas un seul instant, tandis qu'il reposait la bouteille sur la table.

Je me sentais comme si j'étais en train de tomber ; je m'étais ouvert par mes propres confessions, aussi sûrement que les phallus m'avaient ouvert.

— Mais peut-être n'est-ce pas là toute la vérité, dis-je en le regardant avec une attention soutenue. Même si l'on ne m'avait pas fait courir pieds nus dans les rues du village, j'aurais de toute façon pu apprécier les harnais des poneys. Et peut-être, en dépit de toute la douleur et de toute la misère de la chose, ai-je apprécié de courir le village pieds nus parce que c'était vous qui me conduisiez et vous qui me regardiez. Et je me sentais désolé pour les esclaves que j'avais vus et qui avaient l'air de n'être regardés par personne.

— Au village, il y a toujours quelqu'un qui regarde, rectifia-t-il. Si je vous sangle dehors contre un mur, et je le ferai, il y en aura toujours qui vous remarqueront. Les rustauds du village rappliqueront pour vous torturer à nouveau, trop heureux d'avoir un esclave sous la main, laissé sans surveillance, qu'ils puissent torturer pour rien. Il ne leur faudrait pas une demi-heure pour vous fouetter à vous mettre la peau à vif. Il y a toujours quelqu'un qui veille et vient vous punir. Et comme vous l'avez dit, tous, ils possèdent leur misérable petit charme. Pour un esclave bien aux ordres, même la femme de ménage ou le ramoneur les plus mal dégrossis peuvent avoir un charme irrésistible, pourvu que la discipline parvienne à l'engloutir tout entier.

« Engloutir ». Je me répétai ce mot. Il convenait parfaitement.

Ma vue se brouilla. J'entamai le geste de lever à nouveau la main, mais je la laissai retomber.

— Ainsi, vous-même, vous en aviez besoin, dit-il. Vous aviez besoin d'être harnaché, bridé, ferré, et mené à la baguette.

Je hochai la tête affirmativement. J'avais la gorge si serrée que je ne pouvais parler.

— Et vous vouliez me faire plaisir, fit-il. Mais pourquoi ?

— Je ne sais pas !

— Mais si, vous savez !

— Parce que... vous êtes mon Maître. Je suis votre propriété. Vous êtes mon seul espoir.

— Espoir de quoi ? D'être puni d'autant plus ?

— Je ne sais pas.

— Mais si, vous savez !

— Mon seul espoir d'amour profond, de me perdre moi-même pour quelqu'un. Pas une simple perte de plus au beau milieu de tous ces efforts que l'on déploie ici pour me briser et me reconstruire. Mais une perte au bénéfice de quelqu'un qui soit d'une cruauté sublime, sublimement bon au chapitre de la maîtrise. Quelqu'un qui, en un sens, dans ce brasier de souffrances où je suis plongé, serait en mesure de percevoir toute la profondeur de ma soumission, mais également de m'aimer.

J'étais allé trop loin dans ma confession. Je m'interrompis, écrasé, certain de ne plus avoir la force de continuer.

Et pourtant je continuai, en m'exprimant avec lenteur.

— J'aurais peut-être pu aimer bien des Maîtres et bien des Maîtresses. Mais, vous, vous avez une beauté inquiétante qui m'affaiblit et qui m'absorbe. Par vous, les châtiments sont illuminés. Je ne..., je ne comprends pas cela.

— Qu'avez-vous ressenti quand vous avez compris que vous vous trouviez dans la file d'attente pour passer sur la Roue en place publique ? demanda-t-il, quand vous m'avez imploré, avec tous ces baisers sur mes bottes, et cette foule qui riait de vous ?

Ces mots me piquèrent. Là encore, ce souvenir n'était que trop réel. Ma gorge se serra.

— Je ressentis une peur panique. J'en pleurais, d'être puni comme ça, si vite, après avoir fait tant d'effort. Non, me dis-je, je ne veux pas être offert en spectacle à une foule de gens du commun, et quelle foule, qui n'était là que pour présider au châtiment. Et quand vous m'avez réprimandé pour avoir supplié j'avais... honte d'avoir cru un seul instant qu'il serait possible d'y échapper. Je me souvins qu'il n'était pas nécessaire d'avoir mérité la punition. Rien qu'en étant ici, rien qu'en étant ce que j'étais, je la méritais. Vous avoir supplié me remplissait de remords. Jamais je ne recommencerai, je le jure.

— Et puis ? demanda-t-il. Quand on vous a monté là-haut et qu'on vous a fait monter sur l'appareil sans entraves aucunes ? En avez-vous retiré un enseignement ?

— Oui, un enseignement immense.

Je laissai échapper un autre rire rauque et grave. À peine plus que la valeur d'une simple syllabe.

— Ce fut irrésistible ! D'abord, il y a eu la peur de perdre tout contrôle de moi-même, quand vous avez dit au garde : « Pas d'entraves. »

— Mais pourquoi cela ? Que serait-il arrivé si vous aviez résisté ?

— Je me serais retrouvé ligoté de force, et je le savais. Ce soir, j'ai vu un esclave ligoté de la sorte. Hier soir, j'ai tout simplement supposé qu'il en serait ainsi. J'aurais résisté de tout mon corps, je me serais rebiffé, comme ce Prince ce soir : j'aurais lancé des ruades, j'aurais été frappé de terreur, et puis la terreur aurait fini par être balayée loin de moi.

Je m'interrompis. Englouti, oui, par tout cela, j'avais fini par être comme englouti.

— Mais je me suis tenu à carreaux, dis-je, et, quand j'ai compris que je n'esquiverais pas les coups, que je ne trouverais pas d'échappatoire, toute ma tension se libéra. J'accédai à ce remarquable état d'euphorie. J'étais offert à la foule et je m'y soumettais. J'accueillais en moi toute la frénésie de la foule, et la foule, en y puisant du plaisir, amplifiait mon châtiment, et moi j'appartenais à cette foule, à ces Maîtres et à ces Maîtresses rassemblés là par centaines. Je cédais à leur soif de luxure. Je ne retenais plus rien, je ne résistais à rien.

Je m'interrompis. Il hochait lentement la tête, mais il ne parlait pas. La chaleur palpitait silencieusement à mes tempes. Je bus le vin à petites gorgées, en réfléchissant à mes propres paroles.

— Quand le Capitaine m'a corrigé, c'était la même chose, mais à un degré moindre, dis-je. Il me punissait pour avoir échoué après qu'il m'eut dressé. Mais il me mettait aussi à l'épreuve, pour voir si je disais la vérité au sujet d'Étienne, si c'était bien de domination que j'avais besoin. En effet, en me disant : « Je vais vous en faire baver, et nous allons voir si vous êtes capable de le supporter », il me perçait à jour. Et je me suis offert à son fouet, c'est tout au moins comme cela que je l'ai perçu. Ni au campement, quand les soldats me punissaient, ni au château, quand les Seigneurs et les Dames regardaient, je n'ai jamais pensé que j'aurais pu, sur la place d'un village remplie de badauds, dans la chaleur de midi, danser comme cela sous les coups d'un soldat. Les soldats s'étaient consacrés au dressage de ma queue. Ils m'avaient dressé, moi. Mais jamais ils n'avaient obtenu de moi une chose pareille. Et bien que je sois terrifié par ce qui m'attend, terrifié même par les harnais des poneys, je sens que, au lieu de chercher à triompher des châtiments par une forme de sublimation, comme je l'avais fait au château, je suis en train de m'ouvrir à ces châtiments. Je suis en train de me retourner comme un gant. J'appartiens au Capitaine, et à vous, à tous ceux qui regardent. Je suis en train de devenir tout entier châtiment.

Silencieusement, il avança vers moi, me retira le calice et le mit de côté, puis il me prit dans ses bras et m'embrassa.

Ma bouche s'ouvrit toute grande, avec avidité, puis il me tira, pour me mettre à genoux, s'allongea et prit ma queue dans sa bouche, et referma les bras sur mes fesses. Presque avec sauvagerie, il me suça sur toute la longueur de mon organe, m'enveloppa de sa chaleur étroite et humide, tandis que ses doigts m'écartèrent les fesses, forçant l'entrée de mon anus. Sa tête allait et venait, tirait sur toute la longueur de ma queue, ses lèvres se resserraient sur mon organe, puis elles le libéraient, et sa langue en enrobait le bout ; il continua de me sucer, à une cadence rapide, presque avec folie. Ses doigts m'étiraient l'anus pour l'ouvrir grand. Mon esprit se fit limpide. Je chuchotai :

— Je ne peux pas me retenir.

Et, comme il me suçait sans cesse plus fort, en va-et-vient plus brutaux, je finis par lui immobiliser la tête de mes deux mains, et je giclai fort au-dedans de lui.

Des cris me sortirent du corps avec l'énergie d'une courte explosion, alors qu'on me suçait à vouloir me vider. Et, quand je ne pus le supporter davantage et que j'essayai doucement de dégager sa tête, il se leva et me renversa sur le lit, le visage contre le matelas, écartant mes cuisses haut levées, et, avec la paume de la main, il m'aplatit les fesses contre les draps avant de s'allonger à son tour et d'introduire sa queue en moi, de force. Les muscles de mes cuisses bourdonnaient littéralement de délice sous la douleur. Il pesait sur moi de tout son poids, toujours plus fort. Ses dents s'entrouvrirent légèrement contre ma nuque. Ses mains crochetèrent mes genoux recroquevillés et les contraignirent à se coller plus étroitement à l'oreiller. Et puis ma queue épuisée me lança et se plia en deux sous moi.

Mes fesses dansaient comme un bouchon sur l'eau. Je gémis sous la tension. Et sa queue, qui poignardait mes fesses grandes ouvertes, paraissait un instrument inhumain qui me limait comme la fraiseuse pratique un trou, me creusait, me vidait.

Je jouis encore une fois, dans une suite de giclées déchaînées. Incapable de rester à plat, je ruai sous lui. Il n'en pesa que plus sur moi, de tout son poids, et laissa sourdre le gémissement de l'orgasme entre ses dents.

Je demeurai couché, haletant, n'osant pas dégager mes jambes repliées, et couchées à plat contre le lit. Et puis je le sentis abaisser mes genoux. Il était allongé à côté de moi. Il me retourna, face à lui, et, dans ce moment aigu d'extrême épuisement, il se mit à m'embrasser.

J'essayai de lutter contre l'alanguissement du sommeil, ma queue me suppliant de lui accorder un moment de répit. Mais de nouveau il m'avait crocheté dans le tréfonds de mes reins. Il me souleva, me força à me mettre à genoux, guida mes mains vers un battoir de bois perché au-dessus de nos têtes, sur le ciel de lit à caissons, et il me fouetta la queue de ses mains, tout en s'asseyant devant moi, jambes croisées.

Je regardai ma queue se gorger de sang sous les claques, sous ce plaisir plus lent, plus plein, atroce. Je gémis fort et me dégageai, sans pouvoir me contenir. Mais il me tira en avant d'un coup sec, en ramassant mes couilles contre ma queue, de sa main gauche, et puis, de l'autre, il continua de me claquer, impitoyablement.

Mon corps était au supplice. Mon esprit était au supplice, et maintenant je comprenais, alors qu'il me pinçait le bout de la queue, qu'il avait l'intention de me faire rendre les armes. À me pincer, à me caresser de ses doigts recourbés, et, à présent, à me lécher avec sa langue, il m'avait mis dans un état de frénésie. Il prit de la crème dans le pot qu'il avait utilisé la nuit précédente et s'en graissa la main droite, tira sur ma queue à me l'arracher, comme s'il voulait la détruire. Je grognais entre mes dents serrées, mes hanches allaient et venaient, et puis, encore une fois, le coup partit, ça gicla, et ça gicla ferme. Et moi je restai suspendu au battoir de bois, hébété, et vidé.

Une lumière brûlait encore.

Lorsque j'ouvris les yeux, je ne savais pas combien de temps s'était écoulé. Mais il devait être tôt. Des voitures roulaient encore sur la route qui passait sous la fenêtre.

Je me rendis compte que mon Maître était habillé et faisait les cent pas, les mains croisées dans le dos, les cheveux en bataille. Il portait son pourpoint de velours bleu, délacé, sa chemise de lin avec ses longues manches bouffantes également ouverte sur le devant. De temps à autre, il exécutait un demi-tour d'un coup sec, s'arrêtait, se passait vivement la main dans les cheveux puis reprenait sa déambulation.

Quand je me dressai sur un coude, redoutant de recevoir l'ordre de sortir, il eut un geste en direction du calice de vin et me dit :

— Buvez, si vous voulez.

Sans me faire prier, j'attrapai le calice et me rassis contre le coffrage lambrissé du lit, le regard sur lui.

Il faisait encore les cent pas, aller et retour, et il se retourna, en me fixant.

— Je suis amoureux de vous ! m'annonça-t-il. (Il se rapprocha et me scruta au fond des yeux.) Amoureux de vous ! Pas seulement amoureux du fait de vous punir, ce que je ne cesserai pas de faire, quoi qu'il arrive, ou amoureux de votre servilité, que j'aime et désire, elle aussi. Je suis amoureux de vous, de votre âme secrète, qui est aussi vulnérable que votre chair cramoisie sous ma lanière, et amoureux de toute cette force que vous avez rassemblée sous notre gouvernement conjoint !

Je restai sans voix. Tout ce que je pus faire, ce fut de le regarder, de me perdre dans la chaleur de sa voix et dans le regard de ses yeux. Mais mon âme, elle, prenait son envol.

Il s'éloigna du lit et, en me lançant un regard tranchant par-dessus l'épaule, il ne cessa plus de faire les cent pas.

— Depuis tout ce temps que la Reine a commencé cette importation d'esclaves nus réservés aux plaisirs, reprit-il en scrutant le tapis sous ses pieds, je tâche de comprendre ce qui fait d'un Prince de haute naissance, plein de force, un esclave obéissant avec une telle et complète soumission. Je me suis torturé la cervelle pour arriver à comprendre ça.

Il marqua un temps de silence, puis il continua, les mains à hauteur de la taille, et de temps à autre s'élevant d'un geste tout naturel.

— Tous ceux que j'ai questionnés par le passé m'ont fourni des réponses timides, prudentes. Vous,

vous avez parlé du fond de votre âme, mais ce qui est clair, c'est que vous acceptez votre servitude aussi facilement qu'ils l'acceptaient. Naturellement, puisque, ainsi que la Reine s'en est ouverte à moi, tous les esclaves sont examinés. Et seuls parmi les plus beaux ceux qui sont susceptibles de convenir sont retenus.

Il me regarda. Je n'avais jamais eu conscience qu'il y avait eu un examen. Mais, aussitôt, je me rappelai les émissaires de la Reine que l'on m'avait envoyé rejoindre dans une alcôve du château de mon père. Je me rappelai que ces émissaires m'avaient ordonné d'ôter mes habits, et comment ils m'avaient touché, et observé, tandis que je me tenais debout, immobile, afin de laisser libre cours aux explorations de leurs doigts. Je n'avais exprimé aucun mouvement d'humeur subit. Mais peut-être leurs yeux aguerris en avaient-ils vu plus que je ne savais. Ils m'avaient pétri les chairs, posé des questions, avaient étudié mon visage, et, moi, j'avais rougi et m'étais efforcé de leur répondre.

— Qu'un esclave s'enfuie, poursuivit mon maître, cela n'arrive presque jamais, c'est fort rare. Et la plupart de ceux qui le font n'ont qu'une envie, c'est d'être repris. C'est une évidence. Le défi, telle est la raison de leur fuite, et l'ennui, le motif. Seuls ceux qui prennent le temps (ils sont peu nombreux) de voler des vêtements à leur Maître ou à leur Maîtresse, seuls ceux-là réussissent leur évasion.

— Mais la Reine ne retourne-t-elle pas son courroux sur le Royaume d'où ils sont issus ? demandai-je. Mon père m'a dit lui-même qu'elle était toute-puissante et redoutable. Ses requêtes en matière d'esclaves, de Tributs, ne pouvaient pas, m'a-t-il dit, être refusées.

— Absurde, répondit-il. La Reine ne va pas mettre ses armées sur le pied de guerre pour un esclave nu. Tout ce qui peut arriver, c'est que l'esclave rejoigne son pays natal frappé d'une certaine disgrâce. Ses parents se voient demander de le renvoyer. S'ils ne s'exécutent pas, alors, l'esclave ne leur vaut aucune des grandes récompenses habituelles. Voilà tout. Pas de sac d'or. Les esclaves obéissants, eux, sont renvoyés chez eux avec des quantités d'or. Naturellement les parents éprouvent souvent une grande honte de ce que leur chéri se soit montré mou et inconstant. Chez lui, ses frères et sœurs, qui ont servi comme esclaves, tiennent le déserteur en mauvaise part. Mais qu'est-ce que tout cela pour un Prince jeune et fort, qui juge que servir est intolérable ?

Il cessa de faire les cent pas et me fixa du regard.

— Hier, une esclave s'est échappée, annonça-t-il. C'était une Princesse, et, à l'heure qu'il est on a pratiquement abandonné les recherches. Elle n'a pas été reprise par des paysans loyaux, ni vue dans aucun autre village. Elle a rejoint le Royaume voisin du Roi Lysius, où l'on accorde aux esclaves un sauf-conduit.

Ainsi, ce qu'avait dit l'esclave Gérard, le poney, était vrai ! Je m'assis, abasourdi, songeur. Mais j'étais plus stupéfait encore par le fait que ces mots n'aient pas plus d'impact. Mon esprit était en proie au chaos.

Il se remit à faire les cent pas, lentement, plongé dans ses pensées.

— Naturellement, il y a des esclaves qui ne prendraient jamais un risque pareil, s'écria-t-il soudain. Ils ne peuvent supporter la pensée de ces détachements lancés à leur recherche, de leur capture, de l'humiliation en public, voire de châtiments plus lourds. Et, dès lors, leurs passions se trouvent stimulées, nourries, stimulées encore, et encore nourries, sans relâche, de sorte qu'ils s'avèrent incapables de distinguer la punition du plaisir. C'est ce que veut la Reine. Et ces esclaves sont probablement incapables de supporter l'idée de ne rejoindre leur foyer que pour devoir convaincre un père ou une mère ignorants que servir ici était intolérable. Comment décrire ce qui leur a été fait ? Comment évoquer ce qu'ils ont souffert sans trahir la réalité de leur souffrance ou le plaisir insupportable auquel on les incitait ? Et, en tout état de cause, comment justifier qu'ils aient accepté cela si volontiers ? Pourquoi déploient-ils tous leurs efforts pour complaire ? Pourquoi se laissent-ils soumettre aux désirs de la Reine, aux désirs de leurs Maîtres et Maîtresses ?

J'avais la tête qui tournait. Et ce n'était pas le vin qui en était la cause.

— Mais vous avez grandement contribué à mettre en lumière l'état d'esprit de l'esclave, me fit-il, en me regardant derechef, le visage empreint de conviction, ce visage plein de simplicité, si beau à la lueur des chandelles. Vous m'avez montré que, pour l'esclave sincère, les rigueurs du château et du village se transforment en une grande aventure. Il y a là quelque chose que l'on ne peut dénier à l'esclave sincère qui vénère ceux dont le pouvoir est incontestable. Même à l'état d'esclave, il désire ardemment la perfection, et la perfection, pour un esclave voué au plaisir, ce doit être de s'abandonner aux châtiments les plus extrêmes. L'esclave spiritualise les supplices qu'on lui inflige, aussi brutaux et pénibles soient-ils. Et tous les tourments du village, plus encore que les humiliations mises en scène dans le plus grand apparat au château, s'accumulent sans répit, dans un flux ininterrompu d'excitation.

Il s'approcha du lit. Je crois que, lorsque je levai le visage, il put y discerner la peur.

— Et qui, mieux que ceux qui l'ont possédé, comprend le pouvoir, le vénère ? déclara-t-il. Vous, qui avez eu du pouvoir, vous l'avez compris, quand vous vous mettiez à genoux aux pieds de Sire Étienne. Pauvre Sire Étienne.

Je me levai et le pris dans mes bras.

— Tristan, me chuchota-t-il, mon beau Tristan.

Toutes nos passions purgées, nous nous embrassâmes pourtant avec fièvre, nos bras étroitement enlacés, dans un débordement d'affection.

— Mais il y a plus, lui chuchotai-je à l'oreille tandis qu'il me baisait le visage presque avec avidité. Dans cette déchéance, c'est le Maître qui crée l'ordre, le Maître qui extrait l'esclave du chaos des mauvais traitements où il se trouve englouti, et qui le discipline, l'affine, le mène plus loin, par des voies que les punitions infligées au hasard ne pourraient jamais ouvrir. C'est le Maître, et non les châtiments, qui le perfectionne.

— Alors cela n'a rien d'un engloutissement, conclut-il en m'embrassant toujours. C'est une étreinte.

— Encore et toujours, nous sommes perdus, fis-je, uniquement pour être sauvés par le Maître.

— Et pourtant, même sans cet amour unique et tout-puissant, insista-t-il, vous êtes plongés dans un cocon d'attentions et de plaisirs inlassables.

— Oui, acquiesçai-je. (Je hochai la tête, lui embrassai la gorge, les lèvres.) Mais c'est là quelque chose de glorieux, chuchotai-je, si l'on adore un Maître, si le mystère se trouve intensifié par une figure irrésistible qui gît en son sein.

Notre étreinte fut si âpre, si douce, qu'on eût dit que jamais passion n'avait été meilleure.

Très lentement, avec ménagement, il s'écarta.

— Levez-vous, dit-il. Il n'est que minuit et dehors l'air printanier est chaud. J'ai envie de marcher dans la campagne.

Sous les étoiles

IL défit ses hauts-de-chausses, y rentra sa chemise, en noua les cordons et laça son pourpoint. Je me dépêchai de lui lacer ses bottes, mais il n'y prêta pas garde. D'un geste, il me fit signe de me relever et de le suivre.

Quelques instants après, nous étions dehors, l'air était chaud, et nous marchions en silence en suivant l'entrelacs des ruelles. Je marchai à sa hauteur, les mains croisées dans le dos, et lorsque nous dépassions d'autres silhouettes sombres, pour la plupart des Maîtres solitaires, un seul esclave marchant avec eux, je baissai les yeux, comme l'exigeait, à ce que je savais, le respect dû.

Aux petites fenêtres des maisons aux toits pentus, serrés les uns contre les autres, il y avait quantité de lumières allumées. Et, quand nous tournâmes pour nous engager dans une grande rue, je pus voir, au loin, vers l'est, les lumières de la place du marché et entendre la rumeur sourde de la foule sur la Place des Châtiments Publics.

La simple vision du profil de mon Maître dans l'obscurité, de la luminosité mate de ses cheveux, suffisait à m'exciter. Ma queue éteinte était toute prête à se ranimer. Un contact, même un commandement, et c'en serait fait. Et cet état de disponibilité latente ne faisait qu'affûter tous mes sens.

Nous étions arrivés sur la place des auberges. Subitement, tout autour de nous, ce ne fut que lumières éclatantes. Des torches jetaient leurs feux sous la haute effigie peinte de l'Enseigne du Lion, et le bruit des soirs de grande foule enflait et se déversait par la porte ouverte.

Je suivis mon Maître en direction de l'entrée, et, d'un geste, il me fit signe de m'agenouiller tandis qu'il pénétrait à l'intérieur, me laissant là. Je m'assis sur mes talons et scrutai la pénombre. Partout, des hommes riaient, parlaient, buvaient à même leurs cruchons. Mon Maître était au comptoir, occupé à acheter une pleine outre de vin qu'il avait déjà en main, alors qu'il s'adressait à une belle femme aux cheveux noirs, celle qui portait ces jupes rouges, et que j'avais déjà vue ce matin en train de punir la Belle.

Et puis, en hauteur, sur le mur derrière le comptoir, je vis la Belle. Elle était ligotée au mur, les mains au-dessus de la tête, ses beaux cheveux d'or lui couvrant les épaules, et elle se tenait assise sur l'énorme barrique, à califourchon, les yeus clos, en un sommeil bienheureux, aurait-on dit, sa petite bouche appétissante entrouverte. Et, de part et d'autre d'elle, il y avait d'autres esclaves, tous en train de somnoler pareillement, comme sous le coup d'une profonde fatigue. De toute leur attitude il émanait l'expression d'un assouvissement hors d'atteinte.

Oh, si seulement la Belle et moi nous avions pu être seuls, rien qu'un moment. Si seulement j'avais pu lui parler, lui faire part de ce que j'avais appris et des sentiments que l'on avait suscités en moi.

Mais mon Maître était de retour, et, m'ayant prié de me lever, il ouvrit la marche vers la sortie de la place. Bientôt, nous fûmes à la porte ouest du village et nous marchions le long d'une route de campagne qui conduisait au manoir.

Il passa son bras autour de moi, m'offrit de son outre de vin. Il régnait maintenant un calme merveilleux sous le dôme immense des étoiles. En chemin, seule une voiture nous dépassa, qui m'apparut comme une vision lunaire.

Un équipage de douze Princesses l'entraînait à vive allure, les ravissantes étaient harnachées de cuir blanc comme neige, trois de front, et la voiture elle-même était décorée d'exquises dorures. Stupéfait, je vis que c'était ma Maîtresse Julia qui conduisait cette voiture, assise à côté d'un homme de grande taille, et, au passage, tous deux firent un signe de la main à mon Maître.

— C'est le Seigneur Maire du village, m'expliqua mon Maître d'une voix feutrée.

Nous tournâmes avant d'avoir atteint le manoir. Mais je savais que nous étions déjà entrés sur ses terres, et nous marchâmes sur l'herbe, entre les arbres fruitiers, en direction des collines avoisinantes, couvertes d'une épaisse forêt.

Je ne sais combien de temps nous avons marché. Peut-être une heure. Finalement, nous nous installâmes sur un coteau situé en hauteur, à mi-pente d'une colline. La vallée s'étendait en contrebas devant nous. La clairière avait juste la taille qu'il fallait pour nous permettre d'y allumer un petit feu et de nous asseoir à flanc de colline. Les arbres noirs oscillaient au-dessus de nos têtes.

Mon Maître entretint le feu jusqu'à ce qu'il tire correctement. Puis il s'allongea. Je restai assis, une jambe croisée, à regarder les tours et les flèches du village. Je pouvais apercevoir les lumières éclatantes de la Place des Châtiments Publics. Le vin m'assoupissait ; mon Maître s'étira, les mains derrière la tête, et, les yeux grands ouverts, il fixa le ciel d'un bleu profond, éclairé par le clair de lune, juste au-dessus de nous, et le drapé grandiose des constellations.

— Je n'ai jamais aimé aucun esclave comme je vous aime, fit-il tranquillement.

J'essayai de me réfréner. De n'écouter que le battement de mon cœur, dans ce calme. Mais je lui dis, bien trop promptement :

— Allez-vous me racheter à la Reine et me garder au village ?

— Savez-vous ce que vous me demandez là ? répliqua-t-il. Vous n'avez encore subi ici que deux journées.

— Dois-je vous supplier à genoux, baiser vos bottes, me prosterner ?

— Ce n'est pas ce que l'on exige de vous, répondit-il. À la fin de la semaine, j'irai voir la Reine pour lui faire mon rapport habituel des activités hivernales au village. Je sais, aussi sûr que je sais mon nom, que je vais lui offrir de vous racheter et qu'à cette fin je vais présenter des arguments de poids.

— Mais Sire Étienne...

— Laissez Sire Étienne, j'en fais mon affaire. À propos de Sire Étienne, je vais vous faire une prédiction : chaque année, pour la nuit de la Saint-Jean, on procède à un étrange rituel. Tous ceux qui se trouvent au village et souhaitent être réduits en esclavage pour les douze mois à venir se présentent d'eux-mêmes pour subir un examen très intime. On dresse des tentes à cet effet, et les villageois sont déshabillés, soigneusement explorés, des pieds à la tête, jusque dans les moindres détails. Et l'on procède à un rituel identique parmi les Seigneurs et les Dames du château. Personne, homme ou femme, ne sait avec certitude qui s'est prêté à cet examen avec succès.

« Mais, à minuit, la nuit de la Saint-Jean, simultanément au château et sur l'estrade qui domine la place du marché au village, on proclame les noms de tous ceux qui se voient acceptés. Ce n'est, bien sûr, qu'une infime proportion de ceux qui se sont proposés. Les plus beaux, les plus aristocratiques d'allure, les plus forts. Et, à l'appel de chaque nom, la foule se retourne en tous sens, à la recherche de l'élu — ici, c'est bien naturel, chacun connaît tout le monde —, et aussitôt on trouve le lauréat, ou la lauréate, que l'on précipite vers l'estrade, et que l'on déshabille une fois là-haut pour le mettre entièrement nu. Bien sûr, il y a de la crainte, des regrets, une frayeur abjecte à voir ce souhait comblé dans la violence, ses vêtements arrachés, ses cheveux dénoués, et la foule qui se divertit de la chose autant que lors de la vente aux enchères. Les esclaves ordinaires, Princes et Princesses, tout spécialement ceux à qui il a déjà pu arriver de se faire punir par le nouvel esclave villageois, crient leur joie et leur approbation.

« Ensuite, les victimes du village sont expédiées au château, où, pour une année de gloire, ils vont servir dans les emplois les plus vils, mais sans que l'on puisse jamais les différencier des Princes et des Princesses.

« Et, à l'inverse, en provenance du château, nous accueillons ces Seigneurs et ces Dames qui ont fait don de leur personne de manière identique, qui se sont trouvés déshabillés par leurs pairs dans les Jardins de Plaisir du Château, et leur nombre est parfois si limité qu'il leur arrive de n'être guère plus de deux ou trois. Vous ne pouvez imaginer l'excitation que cela provoque, la nuit de la Saint-Jean, quand ils sont amenés ici pour être mis aux enchères. Des Seigneurs et des Dames à l'encan. Les sommes atteintes sont étourdissantes. Le Seigneur Maire en achète presque toujours un et, en même temps, il renonce à son acquisition de l'année précédente à contrecœur. Quelquefois, ma sœur, Julia, en achète un autre. Une fois, il est arrivé qu'il y en ait jusqu'à cinq, l'année dernière, il y en eut seulement deux, et, parfois, il n'y en a qu'un seul. Le Capitaine de la Garde m'a dit que, cette année, tout le monde parie que Sire Étienne sera parmi les exilés du château.

Je fus surpris par cette réponse.

— D'après ce que vous m'avez dit, Sire Étienne ne sait pas s'y prendre pour commander, et la Reine en a conscience. S'il se propose, il sera choisi.

Je ris tout seul, doucement.

— Il n'imagine pas ce qui l'attend ! fis-je tranquillement.

Je secouai la tête puis je ris encore, d'un rire sourd, que je tâchai de réprimer.

Il tourna la tête et me sourit.

— Vous serez bientôt à moi, à moi pour trois ans, peut-être quatre.

Et, quand il se dressa sur un coude, je m'allongeai à côté de lui et l'embrassai. Ma passion se ranimait, mais il me pria de me tenir tranquille, et je demeurai immobile, essayant d'obéir, la tête sur sa poitrine, sa main sur mon front.

Au bout d'un long moment, je demandai :

— Maître, est-ce qu'un esclave a jamais déposé une requête ?

— Presque jamais, chuchota-t-il, parce que l'esclave n'est jamais autorisé à demander. Mais vous le pouvez. J'irai jusqu'à vous le permettre.

— Ai-je le droit d'être informé du sort d'un autre esclave, de savoir s'il est obéissant et résigné ou s'il est puni pour s'être rebellé ?

— Pourquoi ?

— Sur le chariot, qui nous amenait ici, j'étais en compagnie de l'esclave du Prince Héritier. Elle s'appelle Belle. Elle était pleine de vivacité au château. Elle y a fait sensation en raison de ses passions brûlantes et de son inaptitude à dissimuler même les émotions les plus éphémères. Dans le chariot, elle m'a posé très exactement la question que vous m'avez posée : pourquoi obéissons-nous ? À présent, elle est à l'Enseigne du Lion. Elle est l'esclave dont le Capitaine a évoqué le nom devant vous aujourd'hui, à côté du puits, après qu'il m'a fouetté. Y a-t-il un moyen de découvrir si elle a atteint le même consentement auquel j'ai atteint ?

Je sentis sa main qui me tira doucement d'un coup sec sur les cheveux, ses lèvres venir se poser sur mon front. Il parla d'une voix douce.

— Si vous voulez, je vous laisserai la voir et lui demander cela vous-même, dès demain.

— Maître !

La gratitude et l'étonnement que j'éprouvai étaient trop grands pour que je puisse m'exprimer davantage. Il me laissa lui baiser les lèvres. Effrontément, je lui baisai les joues et les paupières. Il m'adressa un sourire vague. Puis il me réinstalla sur sa poitrine.

— Vous savez que, avant de la voir, vous allez avoir une journée très rude et très laborieuse, me fit-il.

— Oui, monsieur, répondis-je.

— Allons, dormez, fit-il. Vous avez du pain sur la planche, dans les vergers de la ferme, demain, avant que nous ne rentrions au village. On vous passera le licol pour que vous puissiez rapporter un bon panier de fruits jusqu'à ma maison en ville, et je veux en avoir fini avec tout cela afin qu'à midi, l'heure de la journée où il y a le plus foule, on puisse vous punir à la Roue en place publique.

Une petite déflagration de panique s'alluma au-dedans de moi, l'espace d'un instant. Je m'agrippai encore plus étroitement à lui. Et je sentis ses lèvres m'effleurer le sommet de la tête, tendrement.

Doucement, il se libéra de mon étreinte et se retourna sur le ventre pour s'endormir, le visage loin de moi, son bras gauche replié sous lui.

— Vous passerez l'après-midi aux écuries publiques pour y être mis en louage, me fit-il encore. Vous irez trotter, là-bas, sur la piste des poneys, harnaché de pied en cap, et j'attends de vous que vous fassiez preuve d'un état d'esprit qui vous vaille d'être loué sur-le-champ.

Je regardai sa longue silhouette élégante au clair de lune, le blanc chatoyant de ses manches, la courbe parfaite de ses chevilles dans leur souple fourreau de cuir. Je lui appartenais. Complètement.

— Oui, Maître, dis-je doucement.

Je me dressai sur les genoux et, me penchant sur lui silencieusement, je lui baisai la main droite, qui reposait sur l'herbe à côté de lui.

— Merci, Maître.

— Dans la soirée, acheva-t-il, je parlerai au Capitaine pour qu'il nous envoie la Belle.

Il avait dû s'écouler une heure.

Le feu s'était éteint.

Il était profondément endormi, je pus m'en assurer à l'écoute de son souffle. Il ne portait pas d'armes, pas même une dague dissimulée sur sa personne. Et je savais que j'aurais pu facilement le maîtriser. Il n'avait ni mon poids ni ma force, et six mois au château m'avaient dûment trempé les muscles. J'aurais pu lui dérober ses vêtements, le laisser ligoté et bâillonné, et partir pour la terre du Roi Lysius. Dans ses poches, il y avait même de l'argent.

Assurément, il avait pensé à tout cela avant même que nous ne quittions le village.

En fait, il me mettait à l'épreuve, ou, alors, c'est qu'il était si sûr de moi que tout cela ne lui avait pas traversé l'esprit. Et tandis que j'étais étendu, éveillé dans l'obscurité, je devais découvrir par moi-même ce qu'il savait déjà : allais-je ou non m'enfuir maintenant que j'en avais l'occasion ?

Ce choix n'était pas difficile. Mais naturellement, chaque fois que je me disais que je ne le ferais pas, je me surprenais à y songer à nouveau. S'échapper, rentrer chez moi, affronter mon père, lui suggérer d'éventer les ruses de la Reine, ou partir pour une autre terre, en quête d'aventure. Je suppose que je n'aurais pas été un être humain si je n'avais pas au moins songé à tout cela.

Et je pensai également à ce que ce serait de se faire prendre par les paysans. De se faire ramener en travers de la selle du Capitaine de la Garde, nu, encore, de me voir infliger une pénitence pour l'acte que j'avais commis, et peut-être de perdre mon Maître à jamais.

Je réfléchis à toutes les éventualités. Je les examinai sous toutes leurs facettes, après quoi je me retournai et me blottis tout contre mon Maître, puis je lui passai doucement mon bras autour de la taille, en m'enfouissant le visage dans son pourpoint de velours. Il fallait que je m'endorme. Après tout, il y aurait beaucoup à faire dans la matinée. Je pouvais presque déjà voir la foule de midi autour de la Roue.

Peu de temps avant l'aube, je m'éveillai.

Je crus entendre du bruit dans la forêt. Mais, alors que j'étais couché, à écouter dans l'obscurité, il n'y eut que le murmure habituel des créatures des bois, et rien ne vint en rompre la paix. Je regardai vers le bas, vers le village qui s'étendait, endormi, sous les nuages lumineux et lourds, et il me sembla que quelque chose dans son apparence s'était transformé. Les portes étaient fermées.

Mais peut-être étaient-elles toujours fermées à cette heure-ci. Ce n'était pas mon affaire. Elles rouvriraient certainement avec le matin.

Me retournant sur le ventre, je revins me blottir tout contre mon Maître.

Révélations et mystères

DÈS que la Belle fut baignée, ses longs cheveux lavés et séchés, Maîtresse Lockley lui fit traverser l'Auberge bondée sous les coups de battoir, la mena dehors, sous l'Enseigne du Lion éclairée aux flambeaux, et l'obligea à rester là, debout sur le pavé.

Sur la place, il y avait foule : des jeunes gens qui circulaient d'auberge en auberge, pour la plupart des marchands du village et quelques soldats, mais en très petit nombre. Maîtresse Lockley lissa les cheveux de la Belle puis, sans ménagement, donna un peu de bouffant aux boucles de la toison qu'elle avait entre les jambes, puis elle l'enjoignit de se tenir bien droite et de faire saillir ses seins comme il convenait.

Presque aussitôt, la Belle entendit se rapprocher le pas sonore d'un cheval, et, en portant le regard sur sa droite, à l'autre bout de la place, elle aperçut, par les portes ouvertes du village, les sombres contours de la campagne qui se détachaient sur le ciel plus pâle, et la silhouette noire d'un soldat de haute stature qui approchait sur sa monture.

Les sabots claquaient sur le pavé, répercutaient

leur écho contre les murs, et, dans un martèlement retentissant, le cavalier s'avança en direction de l'Enseigne du Lion puis, en tirant un coup sec sur les rênes, il ralentit l'allure de son cheval.

C'était le Capitaine, celui que la Belle avait espéré retrouver dans ses rêves. Ses cheveux le coiffaient d'un casque d'or à la lumière des flambeaux.

Maîtresse Lockley poussa la Belle pour qu'elle s'écarte de la porte de l'Auberge, et le Capitaine, à l'allure de son cheval qui allait au pas, contourna lentement la Belle, qui resta debout, immobile dans ce bain de lumière, les yeux baissés sur ses seins tremblants, le cœur battant délicieusement.

À la lumière, la grande épée de taille et d'estoc du Capitaine lança un éclair, et son manteau de velours qui lui retombait dans le dos dessinait une ombre d'un rose profond. Lorsqu'elle vit cette botte luisante et briquée, le flanc puissant du cheval passer et repasser devant elle, la Belle retint son souffle. Puis, comme le cheval se rapprochait dangereusement, elle fut presque prise d'un mouvement de recul, et c'est alors qu'elle sentit le bras du Capitaine la rattraper et la soulever très haut dans les airs pour la reposer, assise sur le cheval, face à lui ; ses jambes nues se refermèrent autour de sa taille, et elle noua ses bras autour de sa nuque, très fort.

Le cheval recula puis se lança à vive allure, sortit de la place, franchit les portes du village et gagna la grande route qui serpentait à travers les champs cultivés.

La Belle était brinquebalée au rythme des cahots, le sexe tout ouvert contre le cuivre froid de la boucle de ceinture du Capitaine. Elle pressait ses seins contre son torse, la tête sous celle de son cavalier, au creux de son épaule.

Elle vit défiler sous la pâle lumière d'un croissant de lune des chaumières et des champs, et les sombres contours d'un élégant manoir.

Le cheval dessina une large volte pour s'engager dans l'obscurité, sous l'épais couvert des bois, galopa sous le ciel qui s'effaçait, la brise soulevait les cheveux de la Belle, tandis que la main gauche du Capitaine l'étreignait.

Enfin, loin devant, la Belle vit des lumières, des lueurs vacillantes, les feux d'un campement. Le Capitaine ralentit l'allure. Ils s'approchèrent d'un petit cercle composé de quatre tentes blanches comme neige, et la Belle vit une vingtaine d'hommes rassemblés autour d'un grand feu allumé au centre du cercle.

Le Capitaine mit pied à terre, déposa la Belle à genoux, derrière lui, et elle se tint tapie, sans oser lever les yeux sur les autres soldats. Les arbres dominaient le camp de toute leur hauteur, leur silhouette se détachait sous le vacillement spectral des flammes.

La danse de ces lueurs lugubres électrisa la Belle et fit retentir, au tréfonds d'elle-même, une note de terreur.

En proie à la plus vive émotion, elle aperçut alors, face au feu, une croix plantée dans le sol. Un phallus court et trapu en dépassait, juste à l'intersection qui maintenait ensemble les deux poutres de bois brut formant la croix. La croix n'avait pas tout à fait la taille d'un homme, la traverse était clouée par-dessus le montant, et le phallus saillait vers le haut, suivant un angle peu prononcé.

À la lumière changeante et lugubre du feu, la Belle fixa la chose, et en eut le souffle coupé. Puis elle baissa promptement les yeux sur les bottes du Capitainc.

— Alors, les patrouilles sont-elles de retour ? s'enquit le Capitaine auprès de l'un de ses hommes. (La Belle pouvait voir ses pieds, campés juste devant elle.) Et vous êtes rentrés bredouilles ?

— Toutes les patrouilles sont de retour, sauf une, Monsieur, fit l'homme, et nous ne sommes pas rentrés bredouilles, mais nous n'avons pas attrapé le gibier que nous espérions. La Princesse demeure introuvable. Il se pourrait bien qu'elle ait réussi à gagner la frontière.

Le Capitaine lâcha un grognement sourd pour marquer son écœurement.

— Mais voici, ajouta l'homme, ce que nous avons débusqué dans les bois, de l'autre côté de la montagne, au coucher du soleil.

Timidement, la Belle leva les yeux pour découvrir, alors qu'on le poussait dans la lumière du feu, un Prince de haute taille, fortement charpenté, nu, le corps zébré de boue, les couilles lacées serrées contre son pénis en érection, une paire de poids en fer suspendus au laçage de cuir. Son visage tout en longueur, aux traits pleins, encadré de cheveux bruns, était recouvert de morceaux de feuilles et de terre. Ses jambes et son torse massifs respiraient la puissance. C'était l'un des esclaves les plus solides qu'elle ait jamais vus. Et il regardait droit le Capitaine, de ses grands yeux marron d'où il émanait à la fois de la peur, une peur pleine d'amertume, et de l'excitation.

— Laurent, fit le Capitaine dans un souffle. L'alerte n'a pas encore été donnée au château pour signaler sa disparition ?

— Non, Monsieur. Il a subi deux flagellations ; il a les fesses à vif, et les hommes ont eu carte blanche pour se défouler sur lui. J'ai pensé que tel serait votre souhait et qu'il ne servait à rien de le laisser au repos. Mais nous avons attendu vos ordres pour le mettre là-haut.

Le Capitaine hocha la tête. Il dévisageait l'esclave avec une évidente expression de colère.

— L'esclave personnel de Dame Elvera, fit-il.

Le soldat qui tenait le Prince par les bras ramena sa tête en arrière en le tirant par les cheveux ; et, cette fois, le visage du Prince fut en pleine lumière. Ses yeux marron étaient animés de tressaillements, sans cesser pour autant de soutenir le regard du Capitaine.

— Quand vous êtes-vous enfui ? demanda le Capitaine.

En deux grandes enjambées, il se rendit vers le Prince et lui renversa la tête en arrière avec encore plus de brutalité. La Belle pouvait les voir distinctement tous deux, à contre-jour du feu. Le Prince, dont la taille dépassait même celle du Capitaine, tremblait à présent de tout son corps sous le regard qui l'examinait.

— Pardonnez-moi, Monsieur, fit l'esclave dans un souffle. Je me suis enfui tard dans la journée. Pardonnez-moi.

— On n'a pas filé bien loin, hein, mon joli Prince ? répliqua le Capitaine. (Il se tourna vers l'officier.) Les hommes ont-ils pris leur part de plaisir avec celui-là ?

— Deux ou trois fois chacun, Monsieur. Et nous l'avons fait courir et l'avons bien fouetté. Il est fin prêt.

Le Capitaine opina lentement, puis il prit l'esclave par le bras.

La Belle tremblait pour lui de toute son âme. Agenouillée à terre, elle faisait tout son possible pour garder les jambes écartées et ne lancer vers lui que de furtifs coups d'œil.

— Avez-vous organisé cette tentative d'évasion avec la Princesse Lynette ? demanda le Capitaine, et, tout en le questionnant, il poussa l'esclave vers la croix.

— Non, Monsieur, je le jure, répondit le Prince, et, comme on le poussait, il trébucha. Je ne savais même pas qu'elle s'était évadée.

Il gardait les mains croisées sur la nuque, et, du coup, il faillit tomber. Pour la première fois, la Belle le vit de dos, un dos qui n'était plus qu'un maillage rosâtre et blanchâtre de zébrures et de contusions, jusqu'en bas, jusqu'aux chevilles.

On le fit se retourner, le dos à la croix, et sa queue, sous l'emprise du laçage, fut parcourue de pulsations. Elle était grande, rouge, le bout en était humide. Le visage de l'esclave s'était assombri.

Un murmure d'excitation s'éleva de la compagnie, et la Belle entendit les hommes remuer et s'agiter en tous sens, au-delà des lueurs du feu, dans la pénombre : on eût dit qu'ils se rapprochaient.

D'un geste, le Capitaine ordonna à ses hommes de soulever le Prince.

La gorge de la Belle se noua, elle avait la bouche sèche. Les soldats hissèrent l'esclave, lui écartèrent très largement les jambes et le firent redescendre sur le phallus de bois.

Il lâcha un âpre gémissement.

Une sourde acclamation s'éleva du groupe de soldats.

Mais, quand on lui replia complètement les jambes en arrière, toujours bien écartées, pour les caler de part et d'autre, en extension sur la traverse de la croix, le Prince gémit encore plus fort. Rien qu'à regarder cette scène, la Belle en eut mal dans les cuisses : à présent, le Prince se trouvait plaqué contre la croix, ligoté, ses fesses endolories repoussées contre le montant qui se trouvait au-dessous de lui, le phallus profondément enfoncé dans ses entrailles.

Mais ce n'était pas fini. On ligota les bras du Prince derrière la croix, il eut la tête complètement basculée en arrière, par-dessus le sommet du montant, une longue sangle de cuir fut passée en travers de sa bouche ouverte et rattachée par une boucle à la pièce de bois située derrière ses oreilles. Il avait un regard désespéré, tourné droit vers le ciel. La Belle vit ses cheveux chatoyants et bouclés lui retomber dans le dos. Elle pouvait voir sa gorge se contracter chaque fois qu'il avalait sa salive, en silence.

Mais le pire, apparemment, c'était son sexe gonflé, exposé aux regards ; et, quand on défit les liens qui lui entravaient la queue, elle frétilla, trembla, tira sur le poids très lourd qu'on y avait accroché. Une fois de plus, la Belle sentit son propre sexe traversé de contractions et de tiraillements.

Les hommes s'étaient regroupés pour faire cercle, tandis que le Capitaine inspectait l'ouvrage. Tout le corps du Prince frissonnait, se contorsionnait sur la croix, le poids de fer se balançant sous le pénis turgescent. La Belle put même voir ses fesses se soulever et se contracter sur l'épais phallus de bois.

Et voici que le Capitaine, penché sur le Prince, considérant son visage, sans ménagement, lui plaqua les cheveux en arrière afin de lui dégager les yeux. La Belle vit le Prince battre des paupières, sa bouche se tordre pour tenter de se refermer sur cette large ceinture de cuir qui la maintenait ouverte.

— Demain, s'écria le Capitaine, exposé de la sorte, on vous embarquera sur le chariot, on vous fera faire le tour du village et on vous mènera dans la campagne. Les soldats ouvriront et fermeront la marche, et on battra du tambour pour attirer l'attention du peuple. Et j'enverrai informer la Reine que l'on vous a repris. Il se peut qu'elle demande à vous voir. Ou pas. Si elle exprime un tel souhait, vous serez expédié au château dans ce même équipage pour y être exposé dans les jardins, jusqu'à ce qu'elle décide de rendre son jugement. Si elle ne daigne pas vous voir, vous serez condamné sans recours, pour le reste de vos années de service, à rester au village. Je vous ferai fouetter dans les rues et vendre à l'encan. Mais, pour l'heure, le fouet, c'est de ma main que vous allez le recevoir.

Une fois encore, la compagnie lança des vivats.

Le Capitaine se saisit de la lanière de cuir qu'il portait à la ceinture et recula pour prendre du champ, afin de pouvoir armer son bras, et il commença de le fouetter. Cette lanière-ci n'était ni très lourde ni très large, mais la Belle fut prise d'un haut-le-cœur et, de la main, elle se voila discrètement la face pour observer, les doigts entrouverts, et voir la mèche de cuir plat s'abattre sur l'intérieur des cuisses du Prince et lui arracher immédiatement grognements et gémissements.

Le Capitaine fouettait dur, sans épargner le moindre centimètre des jambes du Prince, et la lanière lui claquait le côté des mollets, les tibias, les chevilles. Sans oublier la plante des pieds, retournés vers le haut, et puis il fouetta le ventre nu du Prince. La chair rebondie fut saisie de frémissements, de tressaillements, de nouveau le Prince gémit sous son bâillon, les larmes coulaient sur ses joues, et ses yeux grands ouverts, immobiles, fixaient le ciel.

Tout son corps paraissait vibrer sur la croix. Les fesses se relevaient, retombaient, prises de mouvements spasmodiques qui chaque fois révélaient la base du phallus de bois.

Et quand il ne fut plus, de la toison pubienne aux chevilles, qu'une ombre profonde et rosâtre, quand son torse et son ventre furent à point, quadrillés de stries rosâtres et enflées, le Capitaine se hissa sur un côté de la croix et, de l'extrémité de la lanière, il cingla la queue du Prince, qui rebondit sous les coups. De toutes ses forces, le Prince bandait son corps, l'étirait sur la croix, et sa queue, lestée par le poids de fer qui s'y balançait, grossissait à en devenir énorme, et presque violette.

Le Capitaine s'interrompit. Il baissa le regard, plantant ses yeux droit dans les yeux du Prince, puis il reposa la main sur le front de ce dernier.

— Pas si mal, comme correction, qu'en dis-tu, Laurent ? s'enquit-il. (La poitrine du Prince se souleva. Un peu partout dans le campement, les hommes rirent sous cape.) À une réserve près, c'est que tu vas recevoir la même à l'aube, et puis à midi, et puis encore une fois au crépuscule.

Nouvel éclat de rire. Le Prince laissa échapper un profond soupir, et des larmes roulèrent sur ses joues.

— J'espère bien que la Reine va te confier à moi, fit le Capitaine à voix basse.

Il claqua des doigts pour que la Belle le suive sous la tente. Et, tandis qu'elle rampait à quatre pattes sous la toile de tente immaculée, dans cette lumière chaude, un officier la dépassa, à grandes enjambées.

— À présent, je souhaite qu'on me laisse seul, fit le Capitaine à cet homme.

La Belle prit place sur le côté de l'entrée, en toute humilité.

— Capitaine, s'écria l'officier en avalant ses mots, je ne crois pas que l'affaire dont j'ai à vous faire part puisse attendre. La dernière patrouille est rentrée voici à peine quelques instants, pendant que vous étiez occupé à fouetter le fugitif.

— Oui ?

— Eh bien, ils n'ont pas trouvé trace de la Princesse, Monsieur. Mais ils jurent avoir vu des cavaliers dans la forêt, ce soir.

Le Capitaine, qui s'était accoudé à un petit secrétaire, leva les yeux.

— Quoi ? demanda-t-il, incrédule.

— Monsieur, ils jurent les avoir vus, et entendus. Une troupe importante, à ce qu'ils m'ont dit.

Le soldat s'approcha de l'écritoire.

Par la porte ouverte, la Belle vit se tordre les mains du Prince, entravées par les cordes derrière la croix, et ses fesses reprises de mouvements de va-et-vient, comme s'il ne pouvait se résoudre à subir passivement sa punition.

— Monsieur, reprit l'officier, le chef de la patrouille est presque sûr qu'il s'agissait de mercenaires.

— Allons, ils n'oseraient pas revenir, pas si tôt, fit le Capitaine en écartant cette hypothèse du revers de la main. Et par une nuit de pleine lune, par-dessus le marché. Je n'y crois pas.

— Mais, Monsieur, la lune n'en est qu'à son premier quartier. Et leur dernière incursion remonte à deux ans. La sentinelle dit avoir entendu quelque chose, elle aussi, près du camp, il y a quelques instants à peine.

— Vous avez fait doubler la garde !

— Oui, Monsieur, je l'ai faite doubler immédiatement.

Les yeux du Capitaine se rétrécirent. Il jeta un coup œil sur le côté.

— Monsieur, ils chevauchaient leurs montures à travers bois, à ce que m'ont dit les soldats, sans lumière. Et en faisant le moins de bruit possible. Ce doit être eux !

Le Capitaine réfléchit.

— Très bien, levez le camp. Placez le fugitif sur le chariot, et en route pour le village. Envoyez une estafette pour qu'on fasse doubler la garde aux tours de guet. Mais je ne veux pas qu'on mette tout le village en émoi. Tout cela n'est probablement rien. (Il marqua un temps d'arrêt pour réfléchir.) Il ne sert à rien de fouiller la côte ce soir, ajouta-t-il.

— Oui, Monsieur.

— Il est déjà presque impossible de fouiller toutes ces criques à la lumière du jour. Mais, demain, nous effectuerons une sortie.

Il se leva, dans un mouvement de colère, tandis que l'officier se retirait. Il claqua des doigts pour faire venir la Belle à lui, lui donna un âpre baiser et la bascula sur son épaule.

— Pas de temps à vous consacrer ce soir, mon lapin, pas ici, fit-il, et il lui pinça les hanches en l'emportant sur son dos.

Lorsqu'ils regagnèrent l'Auberge, chevauchant loin devant les autres, il était minuit.

Excitée, contre sa volonté, par les souffrances de Laurent, la Belle songeait à tout ce qu'elle avait entendu et vu. Et elle ne se tenait plus d'impatience à l'idée de confier au Prince Roger et au Prince Richard les propos qu'elle avait surpris au sujet de ces étranges cavaliers nocturnes, et de leur demander ce que cela signifiait.

Mais l'occasion ne lui en serait pas donnée.

À peine eurent-ils pénétré dans le vacarme gai et chaleureux de la Salle de l'Auberge, où l'on vidait force cruchons, que le Capitaine la livra sur-le-champ aux mains des soldats qui se trouvaient à la table la plus proche de la porte. Et, avant qu'elle ait compris ce qui lui arrivait, elle se retrouva assise, jambes écartées, sur les genoux d'un beau et vigoureux jeune homme aux cheveux cuivrés, les hanches coulissant sur une queue robuste et magnifique, tandis qu'une paire de mains lui massaient les tétons par-derrière.

Les heures passaient, et le Capitaine ne cessait de la surveiller étroitement du regard. Mais il était fréquemment en grande conversation avec ses hommes. Et, plus d'une fois, elle vit venir à lui un soldat qui repartait ensuite en toute hâte.

Comme la Belle commençait de s'assoupir, il la retira des mains de ses hommes et la nicha tout en hauteur, sur un fût, contre le mur, le sexe plaqué contre le bois brut, les mains liées au-dessus de la tête, le regard nuageux. Pour s'endormir, elle tourna la tête, la foule chatoyante miroitait au-dessous d'elle.

Elle pensait sans cesse aux fugitifs. Qui était cette Princesse Lynette qui avait atteint la frontière ? Cette même Princesse, cette grande blonde qui, bien des années auparavant, avait également torturé son cher Alexis, lors du petit spectacle de cirque qu'elle avait donné au château à l'attention de la Cour ? Et où était-elle, à présent ? Vêtue et en sûreté, dans quelque autre Royaume ? La Belle se dit qu'elle aurait dû l'envier, mais en fait elle en était incapable. Elle n'était même pas capable d'arrêter son esprit à cette idée. Son esprit qui, inlassablement, revenait, dénué de volonté de juger, dénué de crainte, à vrai dire sans y penser réellement, à cette vision stupéfiante du Prince Laurent juché sur la croix, son torse massif palpitant sous les coups, ses fesses chevauchant le phallus de bois.

Elle s'endormit.

Et pourtant, peu de temps avant le matin, il lui sembla voir Tristan. Mais ce devait être un rêve. Le beau Tristan, agenouillé à la porte de l'Auberge, les yeux levés sur elle. Ses cheveux d'or lui cascadaient presque jusqu'aux épaules, et ses grands yeux bleu-violet la contemplaient avec la plus entière tendresse.

Elle aurait tant voulu lui parler, lui dire quelle étrange contentement elle éprouvait. Puis la vision de Tristan s'en fut aussi sûrement qu'elle était venue. Elle avait dû rêver.

Au travers de ses rêves survint la voix de Maîtresse Lockley, conversant à voix basse avec le Capitaine.

— Si ce sont eux, là-bas, dans la forêt, fit-elle, alors j'ai pitié de cette pauvre Princesse. Mais, si tôt, je peux à peine croire qu'ils tenteraient une chose pareille.

— Je sais, répondit le Capitaine. Mais ils sont bien capables d'arriver à tout moment. Ils sont capables de fondre sur les manoirs et les fermes et d'être repartis avant même que nous, au village, ne soyons tenus informés. C'est ainsi qu'ils ont procédé voici deux ans. C'est pourquoi j'ai fait doubler la garde, et nous allons patrouiller jusqu'à ce que cette affaire soit réglée.

La Belle ouvrit les yeux. Mais ils s'étaient éloignés de sous le tonneau, et elle ne fut plus en mesure de les entendre.

La procession du pénitent

LORSQUE la Belle se réveilla, l'après-midi était déjà fort avancé, et elle était allongée, seule, dans le lit du Capitaine. Un tumulte assourdi s'élevait de la place, en même temps que le battement lent et profond du tambour, à vous glacer les sangs. En dépit de l'émoi que ce tambour provoqua jusque dans le tréfonds de son âme, sa première pensée alla aux corvées qu'elle aurait déjà dû accomplir. Elle se leva, en proie à une peur panique.

Mais, aussitôt, le Prince Roger la rasséréna d'un petit geste.

— C'est le Capitaine qui a donné l'ordre qu'on vous laisse dormir tard, fit-il.

Il avait son balai en main, mais il regardait dehors, par la fenêtre.

— Qu'est-ce que c'est ? demanda la Belle.

Elle sentait le tambour faire écho dans son ventre. Et le battement régulier la remplit de terreur. Voyant qu'il n'y avait personne d'autre dans la salle, elle se releva et vint rejoindre le Prince Roger.

— Ce n'est que le Prince Laurent, le fugitif, fit-il

en passant son bras autour de la Belle pour qu'elle s'approche des petits carreaux épais de la fenêtre. On lui fait accomplir le tour du village en chariot.

La Belle appuya le front contre la vitre. En contrebas, au milieu d'une foule de villageois disséminés un peu partout sur la place, elle vit un énorme chariot à deux roues, que tiraient, en faisant le tour du puits, non pas des chevaux, mais des esclaves équipés de mors et de harnais.

Le Prince Laurent, ligoté à la croix, les jambes largement écartées, le sexe protubérant, aussi ferme que d'habitude, le visage écarlate, regardait fixement la Belle. Elle vit ses grands yeux, paisibles en apparence, sa bouche tremblante sous le cuir épais qui lui plaquait la tête contre le dessus de la traverse, les jambes attachées, frissonnant au rythme des mouvements irréguliers du chariot.

Sous cet angle inédit, cette vision lui fit encore plus forte impression que la nuit précédente. Elle suivit du regard cette lente procession du chariot et observa l'étrange expression qui se dessinait sur le visage du Prince — exempte de terreur. Le grondement de la foule était aussi menaçant que lors de la vente aux enchères. Et, tandis que le chariot contournait le puits pour revenir vers l'enseigne de l'Auberge, la Belle vit, droit devant elle, la victime de ce supplice, et la vue des marbrures et des zébrures de chair écarlate qui lui couvraient l'intérieur des jambes, la poitrine, le ventre lui arracha une grimace. Il avait essuyé deux corrections supplémentaires, et on lui en promettait une troisième.

Mais une vision plus troublante encore accapara son attention quand elle s'aperçut que l'un des six esclaves attelés au chariot n'était autre que Tristan. Il passait de nouveau juste au-dessous d'elle, et, pas d'erreur, c'était bel et bien Tristan, son épaisse chevelure d'or chatoyant au soleil, la tête tirée en arrière par le mors qu'il avait en bouche, les genoux levés, en cadence, avec des mouvements secs. Et une queue de cheval noire et soyeuse flottait derrière la fente de sa croupe si joliment proportionnée. Personne n'avait besoin d'expliquer à la Belle comment cette queue tenait en place. C'était grâce au phallus qu'il avait en lui.

La Belle se prit le visage dans les mains, non sans percevoir la présence d'une sécrétion familière entre ses jambes, comme un premier coup de clairon, en cette journée de tortures et d'extases.

— Ne soyez pas si sotte, lui fit le Prince Roger. Le Prince fugitif le mérite bien. Qui plus est, son châtiment n'a pas encore débuté. La Reine a refusé de le voir et l'a condamné à quatre ans de village.

Les pensées de la Belle allaient à Tristan. Elle sentait son sexe en elle. Et le voir ligoté de la sorte, tirant le chariot, avec la vision de cette queue effrayante qui pendait derrière lui, tout cela la fascinait à la folie. Cela la troublait et lui donnait la sensation de l'avoir trahi.

— Eh bien, peut-être était-ce là ce que désirait le fugitif, soupira la Belle en parlant de Laurent. La nuit dernière, il avait quand même l'air assez contrit.

— Ou peut-être est-ce là ce qu'il croyait désirer, corrigea Roger. Il lui reste maintenant à subir le supplice de la Roue, puis à refaire un tour dans le village, avant d'aller endurer le supplice de la Roue une fois encore et d'être livré aux mains du Capitaine.

La procession boucla encore un cercle autour du puits, et le tambour fit presque sauter les nerfs de la Belle. De nouveau, elle vit Tristan, qui marchait presque fièrement, en tête de l'équipage, et la vue de ses parties génitales, le poids accroché à ses tétons, et son beau visage relevé par le mors de cuir causèrent en elle un petit torrent de passion.

— En temps normal, c'est aux soldats d'ouvrir et de fermer la marche, lui apprit le Prince Roger, tout en ramassant son balai. Je me demande bien où ils peuvent être, aujourd'hui.

« À la recherche des mystérieux mercenaires », songea-t-elle, mais elle ne dit rien. Maintenant qu'elle avait la chance de se retrouver seule avec Roger et de pouvoir lui poser ses questions, elle était trop captivée par la procession.

— Vous allez descendre dans le jardin et vous reposer dans l'herbe, fit le Prince.

— Me reposer ? Encore ?

— Aujourd'hui, le Capitaine ne veut pas que vous travailliez. Et, ce soir, il vous loue à Nicolas, le Chroniqueur de la Reine.

— Le Maître de Tristan ! chuchota la Belle. Il m'a demandée ?

— Il a payé pour vous avoir, en espèces sonnantes et trébuchantes, fit Roger. (Il continuait de balayer.) Allez, descendez, lui fit-il.

Le cœur battant, elle observa la lente progression de la procession, dans cette large ruelle qui menait à l'autre bout du village.

Tristan et la Belle

ELLE ne pouvait attendre jusqu'à la tombée de la nuit.

Les heures s'écoulaient lentement, tandis qu'on la baignait, qu'on la coiffait et qu'on l'huilait, sans ménagement, mais sans prendre moins bien soin d'elle qu'au château. Bien sûr, il était fort possible qu'elle ne voie pas Tristan dès ce soir. Mais elle allait se rendre à l'endroit où Tristan logeait ! Elle ne parvenait pas à rester tranquille.

Finalement, l'obscurité descendit sur le village.

Et le Prince Richard, « le bon petit garçon », se dit-elle avec un sourire, reçut l'ordre de l'emmener chez Nicolas, le Chroniqueur.

L'Auberge était étrangement vide, même si tout le reste, dans la pénombre du crépuscule qui s'épaississait, paraissait normal. Des lumières vacillaient aux jolies petites fenêtres le long des étroites ruelles ; l'air printanier était doux et parfumé. Le Prince Richard la laissait aller d'un pas assez lent, en lui demandant simplement, de temps à autre, de bien vouloir faire preuve d'un peu plus de bonne volonté, sans quoi ils allaient se faire tous les deux fouetter. Il marchait derrière elle, la lanière en main, et ce n'est qu'occasionnellement qu'il l'en cinglait.

Par les fenêtres basses, elle put apercevoir des épouses et des maris attablés, des esclaves nus dressés sur leurs genoux, qui, avec des mouvements vifs et empressés, posaient des assiettes ou des pichets devant leurs Maîtres. Attachés aux murs, d'autres esclaves gémissaient et se cabraient, en vain.

— Il y a dans tout ça quelque chose d'inhabituel, dit-elle quand ils arrivèrent dans une rue plus large où s'alignaient de belles maisons, avec, à chacun des anneaux de fer à côté de chaque porte, ou presque, un esclave menotté ; certains d'entre eux étaient étroitement ligotés et bâillonnés, d'autres avaient simplement adopté la posture paisible de l'obéissance.

— Pas de soldats, fit Richard à mi-voix. Et, je vous en conjure, du calme. Vous n'êtes pas censée parler. Nous allons tous deux finir à la Boutique des Châtiments.

— Mais alors où sont-ils ? demanda la Belle.

— Vous voulez un coup de fouet ? la menaça-t-il. Ils sont tous partis fouiller la côte et la forêt, à la recherche de ces maraudeurs. Je ne sais pas ce que cela signifie, mais n'en soufflez mot. C'est un secret.

Or, voici qu'ils étaient arrivés à la porte de Nicolas. Richard la laissa entrer. Une servante accueillit la Belle et lui ordonna de se mettre à quatre pattes. Et c'est avec une impatience sans frein que l'on conduisit la Belle dans cette agréable petite demeure, tout au bout d'un étroit couloir.

Une porte s'ouvrit devant elle, et la servante la pria d'entrer, puis referma la porte en sortant.

La Belle put à peine en croire ses yeux quand elle leva le regard et vit, devant elle, Tristan. Il tendit les mains vers elle et la fit se mettre debout. À côté de lui se tenait la haute silhouette de son Maître, Nicolas, que la Belle se rappelait fort bien depuis la vente.

À la vue de l'homme, son visage s'empourpra ; car elle et Tristan, debout tous les deux, s'étreignaient.

— Calmez-vous, Princesse, lui fit-il d'une voix presque caressante. Vous pouvez demeurer avec mon esclave aussi longtemps que vous le souhaitez, et dans cette chambre vous êtes libre d'agir l'un avec l'autre comme il vous plaira. Vous ne regagnerez votre état de servitude ordinaire que lorsque vous quitterez ma demeure.

— Oh, mon Seigneur, chuchota la Belle, et elle tomba à ses genoux et lui baisa les bottes.

Il lui autorisa cette politesse, puis il les laissa tous deux. Alors, la Belle se leva, se jeta dans les bras de Tristan, et la bouche de Tristan s'ouvrit pour dévorer avidement ses baisers.

— Ma douce petite, ma très belle, fit Tristan, ses lèvres se repaissant de sa gorge et de son visage, son organe appuyé contre son ventre nu.

À la faible lueur des chandelles, la peau de son corps paraissait comme briquée, et ses cheveux d'or lustrés. Elle leva les yeux sur ces beaux yeux bleu-violet et se dressa sur la pointe des pieds pour le monter, ainsi qu'elle l'avait fait dans le chariot des esclaves.

Elle jeta ses bras autour de son cou, força son sexe dilaté à s'enfiler sur sa queue, et elle le sentit se sceller contre elle. Lentement, il bascula en arrière sur la courtepointe de satin vert du petit lit à caissons de chêne. Et il s'étira sur les oreillers, rejeta la tête en arrière pour la laisser le chevaucher.

Ses mains lui soulevèrent les seins, lui pincèrent les tétons, les retinrent, tout palpitants, tandis qu'entre deux ruades elle se laissait redescendre sur son sexe, coulissant aussi haut qu'elle le pouvait, sans le laisser échapper, pour replonger à pic, à fond, et ses lèvres fondaient sur lui pour le baiser.

À force de gémissements, le visage de Tristan se rembrunit, et, quand elle sentit son sexe faire éruption en elle, elle jouit, toujours secouée de ruades, jusqu'à en être clouée, les jambes en extension, frémissant sous les derniers soubresauts du plaisir.

Ils s'allongèrent, tous deux enlacés, il lui dégagea doucement les cheveux du visage et lui chuchota :

— Ma chérie, ma belle, tout en l'embrassant.

— Tristan, pourquoi votre Maître nous laisse-t-il faire ça ? l'interrogea-t-elle.

Mais elle était dans un état de doux assoupissement, et la chose ne la souciait guère plus que cela. Les chandelles brûlaient sur la petite table à côté du lit. Elle vit la flamme enfler et effacer les objets de la chambre, sauf la surface dorée d'un grand miroir.

— C'est un homme de mystères et de secrets, et d'une étrange intensité, fit Tristan. Il agira exactement comme il lui plaira. Ce soir, il lui plaît de me laisser vous voir, et, demain, il lui plaira probablement de me faire traverser le village à coups de fouet. Et il est fort possible qu'il pense rehausser l'effet de la première de ces deux choses par le tourment que suscite la seconde.

Le souvenir de Tristan, harnaché et orné d'une queue de cheval, revint subitement à l'esprit de la Belle, malgré elle.

— Je vous ai vu, lui chuchota-t-elle en rougissant soudain. Dans la procession.

— Cela avait-il l'air si terrible ? chuchota-t-il, réconfortant, en l'embrassant. Il avait les joues légèrement empourprées, et cela, sur un visage empreint de tant de force, c'était irrésistible.

Elle marqua sa surprise.

— Vous n'avez pas trouvé cela terrible ? s'enquit-elle.

Il eut un rire sourd, au cœur de la poitrine. Elle tira sur les poils dorés qui tressaient leurs boucles depuis sa queue jusqu'à son torse.

— Si, ma chérie, reconnut-il, c'était délicieusement terrible !

Elle rit en le regardant droit dans les yeux et l'embrassa encore, avec avidité. Elle se pelotonna contre sa poitrine, lui baisa et lui mordit le bout des seins.

— Je désirais terriblement voir ça, avoua-t-elle d'une voix de gorge qui n'était plus la sienne. et je priais pour que vous soyez, en quelque sorte, résigné...

— Je suis plus que résigné, mon amour, fit-il, et il lui déposa des baisers sur le sommet de la tête, tout en se laissant aller en arrière sous ses morsures affectueuses.

Elle lui fit remonter la cuisse gauche et pressa son sexe contre elle. Il sursauta quand elle lui mordit le téton, tout en pinçant l'autre, à la cadence de ses petites morsures. Puis il la culbuta sur les draps et lui rouvrit la bouche avec sa langue.

— Mais dites-moi, insista-t-elle, en interrompant un instant son baiser, l'organe de Tristan effleurant son mont de Vénus, pressant doucement les boucles drues de ses poils contre le grain de son sexe. Vous devez... (elle laissa tomber la voix, jusqu'à chuchoter) Comment avez-vous pu... ? Les harnais et le mors, et cette queue de cheval... Comment en êtes-vous arrivé à cette... acceptation ?

Elle n'avait pas besoin qu'il lui dise qu'il était résigné. Cela, elle le voyait bien et elle le sentait, et elle l'avait vu, aujourd'hui, lors de la procession. Mais elle se souvenait de lui dans le chariot, quand ils étaient descendus du château, car alors elle avait senti la peur en lui, une peur qu'il était trop fier pour laisser éclater.

— J'ai trouvé mon Maître, répondit-il, celui qui me met en harmonie avec tous les châtiments, fit Tristan. Mais s'il vous faut le savoir... (il se remit à l'embrasser, son organe ouvrant ses lèvres de son sexe et poussant contre son clitoris) ...c'était, et ce sera toujours, une complète mortification.

La Belle souleva les hanches pour l'accueillir en elle. Aussitôt, ils oscillèrent à l'unisson, Tristan, le regard baissé sur elle, ses bras tels des piliers, soutenant ses épaules puissantes au-dessus d'elle. Elle releva la tête pour lui sucer le bout des seins, ses mains lui pinçaient et lui écartaient les fesses, palpaient les délicieux petits nœuds de chair de ses contusions, en mesuraient la taille, les comprimaient, et chemin faisant elle se rapprocha des lèvres soyeuses et ridées de son anus. Quand elle creusa dans l'orifice, les mouvements de Tristan se firent plus vifs, plus brutaux, plus emportés.

Tout à coup, elle tendit la main vers la table à côté d'elle, retira l'une des grosses chandelles en cire de son candélabre en argent, en moucha la flamme et en écrasa le bout fondu entre ses doigts. Sur ce, elle la plongea en lui, la plantant fermement à l'intérieur de lui. Les yeux du Prince se fermèrent. Le sexe de la Belle se transforma en un étroit fourreau contre son organe, et son clitoris durcit, explosa. Elle fit tourner la chandelle d'un cran et cria quand elle sentit ses fluides brûlants se vider en elle.

Ils se tinrent allongés, immobiles, la chandelle jetée à terre. Ce qu'elle venait de faire la laissait perplexe, Tristan, lui, ne songeait qu'à l'embrasser.

Il se leva, remplit un calice de vin et le présenta aux lèvres de la Belle. Déroutée, elle le prit entre ses mains, but, comme l'aurait fait une Dame, et s'étonna de la sensation curieuse qu'elle éprouvait.

— Mais comment les choses se sont-elles passées, Belle ? lui demanda-t-il. Vous êtes-vous montrée sans cesse rebelle ? Dites-moi.

Elle lui saisit la tête.

— Je suis tombée aux mains d'un Maître et d'une Maîtresse durs et malfaisants.

Elle rit doucement.

Elle lui décrivit les châtiments de Maîtresse Lockley, la cuisine, la manière dont le Capitaine avait usé d'elle et ses soirées avec les soldats, en s'attardant sur la beauté de ses deux ravisseurs.

Tristan l'écouta gravement.

Elle lui parla du fugitif, le Prince Laurent.

— Je sais à présent que si je m'enfuis du village ce sera à seule fin d'être reprise, d'être punie comme il l'a été, et de passer toutes mes années de service au village, admit-elle. Tristan, me trouvez-vous épouvantable de désirer une chose pareille ? Je préférerais m'échapper plutôt que de retourner au château.

— Mais, si vous vous échappiez, on pourrait vous enlever au Capitaine et à Maîtresse Lockley, lui fit-il observer, et vous vendre à quelqu'un d'autre, qui usera de vous plus durement et vous soumettra à des tâches plus rudes encore.

— Cela ne fait rien, fit-elle. Ce ne sont réellement ni le Maître ni la Maîtresse qui me mettent en harmonie avec la chose, pour reprendre vos propres paroles. C'est très exactement cette dureté, cette froideur et cette manière implacable d'en user avec moi. J'avais envie d'être traitée plus bas que terre, de m'égarer dans le châtiment. J'adore le Capitaine et j'adore ma Maîtresse, mais au village il existe probablement d'autres Maîtres et d'autres Maîtresses plus brutaux.

— Ah, vous me surprenez, fit-il en lui proposant à nouveau du vin. Je suis si complètement amoureux de Nicolas que je suis sans défense aucune contre lui.

C'est alors que Tristan se mit en devoir d'expliquer les choses qui lui étaient arrivées, et comment lui et Nicolas avaient fait l'amour, s'étaient parlé et s'étaient rendus là-haut, sur le flanc de la colline.

— La deuxième fois que je me suis retrouvé sur la Roue en Place Publique, aujourd'hui même, à midi, j'en fus transporté, reconnut-il. La peur ne m'avait pas abandonné. Lorsqu'on me précipita en haut des marches, ce fut pire, cette fois-là, car je savais exactement ce qui allait advenir. Mais, sous l'éblouissement du soleil, j'ai vu le champ de foire avec plus de clarté que jamais auparavant à la lumière des flambeaux. Je ne veux pas dire par là que je voyais les choses de manière littérale. Non, exténué par le châtiment, l'âme rompue, je discernais le grand tableau dont je faisais partie. Dorénavant, toute mon existence, que ce soit sur la Roue, sous le harnais ou dans les bras de mon Maître, est une prière, et l'on doit s'y réchauffer comme on se réchauffe à la flamme du feu, et elle doit se dissoudre sous la volonté d'autrui. La volonté de mon Maître est la volonté qui me guide, et, par lui, je fais don de ma personne à tous ceux qui sont témoins de ma vie, à tous ceux qui me désirent.

La Belle se tenait immobile et le regardait.

— Alors vous avez renoncé à votre âme, fit-elle enfin. Vous l'avez remise à votre Maître. Cela, Tristan, moi, je ne l'ai pas fait. Mon âme est toujours mienne, et c'est la seule chose qu'un esclave puisse réellement posséder. Et, moi, je ne suis pas disposée à en faire don. Je donne tout mon corps au Capitaine, aux soldats, à Maîtresse Lockley. Mais, au fond de mon âme, je juge n'appartenir à personne. Je n'ai pas quitté le château pour me mettre en quête de l'amour que je n'avais pas trouvé là-bas. Je l'ai quitté pour me retrouver livrée, culbutée entre les mains de Maîtres encore plus rudes, encore plus indifférents.

— Et vous, leur êtes-vous indifférente ? demanda-t-il.

— Je m'intéresse à eux comme ils s'intéressent à moi, répliqua-t-elle, songeuse. Ni plus ni moins. Mais, avec le temps, mon âme peut se transformer. Peut-être est-ce parce que je n'ai pas encore rencontré de Nicolas.

Elle pensa au Prince Héritier. Elle ne l'avait pas aimé. Il la faisait sourire. Dame Juliana l'avait effrayée, l'avait perturbée. Le Capitaine l'excitait, l'épuisait, la surprenait. Maîtresse Lockley, elle l'aimait bien, secrètement, à cause de la frayeur qu'elle lui inspirait. Mais cela s'arrêtait là. Elle n'était amoureuse d'aucun d'eux. Cela, et le titre de gloire, l'excitation qu'il y avait à trouver place dans le cadre d'un grand tableau, pour employer le mot de Tristan, voilà tout ce que le village représentait à ses yeux.

— Nous sommes deux espèces différentes d'esclave, conclut-elle en se levant et en prenant le calice pour en boire une profonde gorgée. Et nous sommes tous deux heureux.

— J'aimerais pouvoir vous comprendre ! chuchota-t-il. Ne ressentez-vous pas le profond désir d'être aimée, le profond désir de sentir la douleur mêlée à la tendresse ?

— Vous n'avez pas à me comprendre, mon amour. C'est là qu'est la tendresse.

Elle marqua un temps de silence pour se représenter l'intimité qui existait entre Nicolas et Tristan.

— Mon Maître me guidera vers des révélations sans cesse plus grandes, fit Tristan.

— Et mon destin, fit-elle en réponse, aura lui aussi son mouvement propre. Quand j'ai vu ce pauvre Prince Laurent que l'on puinissait aujourd'hui, je l'ai envié. Et il n'avait aucun Maître aimant pour le guider.

Tristan retint son souffle, en la fixant du regard.

— Vous êtes une esclave magnifique, fit-il. Peut-être en savez-vous plus que moi.

— Non, à certains égards, je suis une esclave plus simple que vous. Votre destinée va de pair avec une plus grande renonciation à vous-même. (Elle se pencha sur un coude et l'embrassa.) Les lèvres de Tristan étaient rouge sombre d'avoir bu le vin, et ses yeux paraissaient inhabituellement grands et transparents. Il était superbe. De folles pensées assaillirent la Belle, elle se vit l'attacher elle-même au harnais et...

— Il ne faut pas que nous nous perdions. Quoi qu'il arrive, fit-il. Chaque fois que nous le pourrons, dérobons quelques instants pour nous confier l'un à l'autre. Il se peut que l'on ne nous le permette pas toujours...

— Avec un Maître aussi fou que le vôtre, il se pourrait bien que nous ayons beaucoup d'occasions comme celle-ci, fit-elle.

Il sourit. Mais son regard fut soudain suspendu, comme s'il était perturbé par une pensée, et il demeura allongé, à l'écoute.

— Qu'y a-t-il ?

— Dehors, dans la rue, il n'y a personne, fit-il. Il y a un silence absolu. Or, à cette heure-ci, il y a toujours des voitures, dans cette rue.

— Toutes les portes sont closes, fit-elle. Et les soldats sont tous partis.

— Mais pourquoi ?

— Je ne sais pas, on murmure beaucoup au sujet de ces recherches le long de la côte, pour trouver ces mercenaires.

Il lui semblait si beau, à cet instant, et elle eut envie de refaire l'amour. Elle se redressa sur le lit, s'assit sur ses talons et regarda son organe, qui déjà revenait à la vie une fois encore, puis elle jeta un coup d'œil à son propre reflet dans le miroir, là-bas, sur le mur. Elle aima la vision d'eux deux, rassemblés dans le miroir. Mais, alors même qu'elle regardait dans le miroir, elle y aperçut une autre silhouette fantomatique. Elle vit un homme aux cheveux blancs, bras croisés, en train de la regarder !

Elle laissa échapper un cri perçant. Tristan s'assit et regarda devant lui. Mais elle avait déjà compris de quoi il s'agissait. Le miroir était un miroir sans tain, l'un de ces vieux tours de passe-passe dont elle avait entendu parler enfant. Le Maître de Tristan, durant tout ce temps, les avait regardés. Son visage sombre était incroyablement clair, ses cheveux blancs luisaient presque, et ses sourcils étaient froncés, avec une expression de gravité.

Tristan ébaucha un demi-sourire et rougit. Une étrange sensation de mise à nu radoucit la Belle.

Mais le Maître avait disparu du miroir. La porte de la chambre s'ouvrit.

Il s'approcha du lit, cet homme élégant, vêtu de velours, avec ses manches bouffantes, et il tourna les épaules de la Belle vers lui.

— Répétez-moi ceci, tout ce que vous avez entendu dire à propos des soldats et de ces mercenaires.

La Belle s'empourpra.

— S'il vous plaît, n'en dites rien au Capitaine ! supplia-t-elle.

Il hocha la tête, et sur-le-champ elle lui dit ce qu'elle savait de cette histoire.

Pendant un moment, le Maître demeura debout, immobile, songeur.

— Allons, dit-il, et il tira la Belle du lit, il faut que je ramène la Belle à l'Auberge, immédiatement.

— Puis-je y aller, Maître, s'il vous plaît ? demanda Tristan.

Mais Maître Nicolas était absorbé. Il ne parut pas entendre la question.

Il se retourna et les enjoignit de le suivre. Ils parcoururent le couloir à grandes enjambées et sortirent de la maison par la porte de derrière. D'un geste, Maître Nicolas leur intima l'ordre d'attendre, le temps qu'il se rende aux fortifications.

Durant un bon moment, il surveilla une extrémité de la muraille, puis l'autre. Ce calme commença à énerver la Belle.

— C'est stupide, chuchota-t-il à son retour. À première vue, ils ont quitté le village en le laissant trop peu défendu.

— Le Capitaine pense qu'ils vont aller attaquer les fermes à l'extérieur des murs et les manoirs, fit la Belle. Il y a sûrement une sentinelle postée quelque part.

Maître Nicolas secoua la tête d'un air désapprobateur. Il ferma à clef la porte de sa maison.

— Mais, mon Maître, demanda Tristan, qui sont ces mercenaires ?

Son expression s'était assombrie, et dans ses manières il n'avait plus rien d'un esclave.

— Ne vous occupez pas de tout cela, fit sèchement Maître Nicolas en marchant devant eux. Nous allons ramener la Belle chez sa Maîtresse. Venez, vite.

Désastre

NICOLAS ouvrait la marche d'un pas rapide, dans cet écheveau de petites rues, autorisant Tristan et la Belle à marcher côte à côte derrière lui. Tristan tenait la Belle étroitement enlacée, l'embrassait, la caressait. Le village, à cette heure nocturne, paraissait fort paisible, et ses habitants tout à fait inconscients du danger.

Mais tout à coup, alors qu'ils approchaient de la place des auberges, un terrible brouhaha de cris perçants leur parvint dans le lointain, et le craquement de tonnerre du bois contre le bois, le bruit, reconnaissable entre tous, d'un bélier géant.

À toutes les tours du village, on sonnait le tocsin. Partout, des portes s'ouvraient.

— Courez, vite, s'écria Nicolas en se tournant vers la Belle et Tristan pour les prendre par la main.

Il y avait des gens qui surgissaient de partout, vociférant, hurlant. Des volets claquaient contre des fenêtres, des hommes couraient pour descendre leurs esclaves menottés. Des Princes et des Princesses nus sortaient précipitamment du seuil faiblement éclairé des tavernes de la Boutique des Châtiments.

La Belle et Tristan couraient vers la place et n'entendaient plus rien que le grand bélier fracassant le bois qui lui résistait encore. Et, juste derrière la place, lorsque les portes côté est cédèrent, la Belle vit s'ouvrir le ciel nocturne, et l'air se remplit de cris et d'ululement étrangers et puissants.

— Une razzia ! On en veut à nos esclaves ! Une razzia !

Ce cri montait de toutes parts.

Tristan prit la Belle dans ses bras et se rua vers l'Auberge en frappant le pavé de ses pieds nus, Nicolas à ses côtés. Alors, une grande nuée de cavaliers enturbannés fit irruption sur la place dans un fracas. Et la Belle lâcha un cri perçant quand elle vit que les fenêtres et les portes de toutes les auberges avaient déjà été fermées au verrou.

Très haut au-dessus d'elle, elle vit se dessiner la silhouette d'un cavalier au visage sombre, dans sa tunique qui flottait au vent, son cimeterre scintillant au côté, qui lui fonçait droit dessus. Tristan tenta de faire faire un écart au cheval. Un bras puissant fondit sur la Belle, se saisit d'elle, et, lorsque le cheval recula et exécuta une volte, ce fut le corps de la Belle, hissé en travers de la selle, qui fit chuter Tristan à terre.

La Belle cria, cria. Elle se débattait sous cette main puissante qui la maintenait, et elle leva la tête pour voir Tristan et Nicolas courir dans sa direction. C'est alors que la traînée noire d'un autre cavalier fit son apparition, et d'un autre encore. En un éclair, elle vit des membres pâles, elle vit Tristan suspendu entre les deux cavaliers, et Nicolas précipité au sol, dans un roulé-boulé, loin du péril des sabots, la tête dans les bras en guise de protection. Tristan fut jeté en travers d'une monture, un cavalier venant en aide à l'autre pour ce faire.

Des cris puissants, des cris de triomphe remplirent l'air, des cris vibrants à vous glacer les sangs, des cris comme la Belle n'en avait jamais entendus auparavant. Le ravisseur de la Belle fit reculer son cheval, la Belle sanglotait et pleurait, et on lui passa plusieurs tours de corde autour des épaules afin de l'assujettir et de l'assurer fermement sur la selle. Elle battait furieusement des jambes, en vain. Le cheval sortit de la place au grand galop pour regagner les portes du village. Des cavaliers surgis de partout passaient comme des boulets, l'étoffe de leurs vêtements flottant au vent, tandis que des derrières nus lançaient des ruades impuissantes.

En quelques secondes, ils furent sur la route, grande ouverte devant eux, et la sonnerie métallique des cloches du village s'évanouit dans le lointain.

Ils chevauchèrent sans relâche, toute la nuit, à travers champs, effaçant sous eux les ruisseaux et les taillis, et les grands cimeterres scintillants taillaient la route dans la ramure.

Combien d'hommes comptait cette troupe, la Belle n'aurait pu le dire ; derrière son cavalier, la colonne semblait se prolonger sans fin, les cris feutrés d'une langue étrangère lui remplissaient les oreilles, mêlés aux sanglots et aux gémissements des Princes et des Princesses captifs.

Toujours à ce même train d'enfer, la troupe s'enfonça dans les collines, escalada des sentiers périlleux, redescendit par des vallées boisées. Lors du franchissement d'une passe étroite et escarpée, ils galopèrent comme dans un souterrain sans fin.

À la fin, la Belle huma l'odeur de la mer et, en levant la tête, elle vit devant elle le terne miroitement de l'eau sous le clair de lune.

Un grand et sombre vaisseau était à l'ancre dans la crique, sans la moindre lumière pour signaler sa sinistre présence.

Lorsque les chevaux dévalèrent jusqu'au rivage et entrèrent dans les vagues peu profondes, suffocante, hors d'elle, la Belle perdit conscience.

Marchandise exotique

LORSQU'ELLE s'éveilla, la Belle était étendue ; elle avait tellement, tellement sommeil. Elle était couchée, immobile, à peine capable d'ouvrir les yeux, une sensation qu'elle n'avait connue que dans ses rêves, petite fille, au château de son père. Prise de terreur, elle essaya de se lever, et, soudain, un visage sombre à la peau olivâtre surgit au-dessus d'elle.

Elle vit une paire d'yeux d'un noir de jais, d'une forme exquise, en amande, sertis dans un visage jeune et sans défaut, qui la regardaient. De longs cheveux noirs et bouclés encadraient ce visage et le rendaient presque angélique. Puis elle vit un doigt qui la priait, d'un geste pressant, de conserver un absolu silence. Celui qui lui adressait ce geste était un jeune homme de haute taille ; il se tenait debout au-dessus d'elle, vêtu d'une tunique brillante de soie or, brodée d'or à la taille, sur de longs pantalons amples de la même étoffe.

Il la fit asseoir. Ses mains à la peau sombre, au contact des siennes, étaient d'une remarquable douceur ; souriant, il hocha vigoureusement la tête lorsqu'elle lui obéit, il lui caressa les cheveux et, par des gestes fort démonstratifs, il lui fit comprendre qu'il la trouvait belle.

La Belle ouvrit la bouche, mais aussitôt son joli garçon lui posa un doigt sur les lèvres. Sourcils froncés, son visage trahissait une grande frayeur, et il remua la tête. La Belle demeura silencieuse.

D'une poche de ses amples vêtements, il sortit un long peigne et entreprit de lui peigner les cheveux. À demi endormie, la Belle baissa les yeux et s'aperçut qu'on l'avait lavée et parfumée. Elle se sentait la tête légère. Son corps était odorant, d'une senteur sucrée, épicée. Elle connaissait cette épice. Et sa peau était luisante. On l'avait ointe d'un pigment d'or sombre, et c'était ce pigment qui contenait cette essence. Cette essence, c'était la cannelle. Quelle beauté, se dit la Belle. Elle sentit sur ses lèvres la présence d'une couleur, une couleur qui avait le goût de baies fraîches. Mais elle avait une telle envie de dormir ! Elle pouvait à peine garder les yeux ouverts.

Tout autour d'elle, dans cette chambre faiblement éclairée, il y avait des Princes et des Princesses endormis. Elle aperçut Tristan. Dans un mouvement d'excitation indolente, elle essaya de se rapprocher de lui. Son serviteur et gardien à la peau sombre l'en empêcha avec une grâce féline, lui faisant savoir, par ses gestes pressants et les mimiques de son visage, qu'elle devait se tenir très tranquille et se conduire bien sagement. Avec un froncement de sourcils exagéré, il la semonça en agitant l'index. Il jeta un œil au Prince Tristan, qui dormait, puis, avec cette même tendresse exquise, il caressa le sexe nu de la Belle et le flatta d'une petite tape tout en hochant la tête avec un sourire.

La Belle était trop fatiguée pour faire autre chose que regarder, avec émerveillement. Tous les esclaves avaient été huilés et parfumés. Sur leurs couches de satin, ils avaient l'air de sculptures d'or.

Le garçon brossa les cheveux de la Belle avec un tel soin que pas une fois elle ne sentit qu'on les lui tirait ou qu'on démêlait le moindre nœud. Il retenait son visage dans la paume de sa main, comme si elle était un objet très précieux, et il lui caressa le sexe de cette même manière affectueuse, en le flattant, mais cette fois, comme ces flatteries la réveillèrent, il tourna vers elle son visage rayonnant, le pouce de nouveau posé sur les lèvres de la Belle, comme pour lui dire : « Sois gentille, ma petite. »

Or, d'autres anges firent leur apparition. Une demi-douzaine de jeunes hommes, minces, la peau olivâtre, avec ce même sourire prévenant, entourèrent la Belle et, après lui avoir relevé les bras au-dessus de la tête, lui avoir joint les doigts, ils la soulevèrent, tout son corps paresseusement étiré, pour la porter. Elle sentit ces doigts de soie qui la soutenaient, à partir des coudes jusqu'à hauteur des pieds. Et, laissant errer rêveusement son regard sur les plafonds bas, en bois, elle fut portée, montée par un escalier, puis amenée dans une autre pièce remplie du babil de voix étrangères.

Elle vit au-dessus d'elle des étoffes brillantes, drapées avec art, un fond d'un rouge capiteux, couvert de petites pièces imbriquées d'or et de verre, et elle sentit l'arôme puissant de l'encens.

Puis, tout à coup, elle fut déposée sur un coussin de satin bien plus volumineux, bien plus rebondi, les bras déployés au-dessus de la tête, dépassant du rebord du coussin, les doigts glissés par en dessous.

Elle lâcha un bruit des plus ténus, pour voir aussitôt ses anges gardiens trahir leur terreur, et les doigts qui fusèrent à nouveau pour lui clore les lèvres. Les têtes remuèrent en un signe d'avertissement lourd de menace.

Puis ils se retirèrent, et elle leva le regard sur un cercle de visages masculins, les têtes enveloppées dans des turbans de soie aux couleurs rutilantes, les yeux noirs errant au-dessus d'elle, des mains lourdement baguées s'agitant. Des paroles s'échangèrent, on paraissait discuter et se livrer à des marchandages.

On lui releva la tête, on souleva sa longue chevelure, et des doigts précautionneux l'examinèrent. On lui pinça doucement les seins puis on les gifla. D'autres mains lui écartèrent les jambes, et, avec ces mêmes manières attentives, presque doucereuses, des doigts lui entrouvrirent les lèvres du pubis, firent rouler son clitoris comme s'il s'agissait d'un grain de raisin ou d'un colifichet, tandis que cette conversation animée se poursuivait au-dessus d'elle. Elle tâchait de rester immobile en regardant ces mentons barbus, ces yeux noirs et vifs. Et ces mains qui la touchaient comme si elle était un objet d'une immense valeur, très, très fragile.

Mais son vagin bien éduqué se contracta, émit ses sucs, et, du bout des doigts, on recueillit son humidité. De nouveau, on lui gifla les seins et elle gémit en veillant bien à ne point ouvrir la bouche, puis elle ferma les yeux alors même que l'on explorait ses oreilles et son nombril, que l'on examinait ses orteils et ses doigts.

Elle laissa échapper un soupir et un sursaut lorsqu'on lui entrouvrit les dents pour lui retrousser les lèvres. Elle cligna des yeux et, de nouveau, s'assoupit. On la retourna. Les voix lui parurent plus présentes ; une demi-douzaine de mains palpèrent ses bleus et l'enchevêtrement de zébrures roses dont, assurément, elle devait encore avoir les fesses couvertes. On dut également lui ouvrir l'anus, comme de juste, elle gigota, imperceptiblement, puis ses yeux se refermèrent, et elle reposa la joue contre ce satin délicieux. C'est à peine si quelques claques sèches la réveillèrent.

Et, lorsqu'on la retourna sur le dos, elle discerna les hochements de tête, et, sur sa droite, l'homme au visage sombre lui sourit brièvement et donna une nouvelle petite tape flatteuse à son sexe. Sur ce, les garçons angéliques la soulevèrent.

« Ce doit être une sorte d'examen », se dit-elle. Mais elle était plus abasourdie qu'effrayée, comme apaisée, et presque incapable de se rappeler ce qu'elle venait de penser à l'instant même. Le plaisir vrilla en elle comme l'écho de la corde pincée d'un luth.

On l'emmenait dans une autre pièce.

Quelle chose étrange et merveilleuse ! Cette pièce était occupée par six longues cages d'or. Un battoir, délicatement émaillé et doré, avec un long manche enroulé dans un ruban de soie, était suspendu à un crochet au fond de chaque cage. À l'intérieur de chacune d'entre elles, il y avait un matelas recouvert de satin bleu ciel. Lorsqu'on l'étendit dans l'une de ces cages, la Belle s'aperçut qu'elles étaient toutes jonchées de pétales de rose. Elle pouvait en respirer le parfum, et la cage était assez haute pour qu'elle pût s'y asseoir si seulement elle en avait eu l'énergie. Il valait mieux dormir, ainsi que ses gardiens et serviteurs le lui avaient conseillé. Naturellement, elle comprit la raison pour laquelle ils ajustaient sur son sexe une petite treille d'or, la plus ravissante qui soit, qui lui couvrait le vagin et lui sanglait le clitoris et les lèvres, qu'elle avait humides. Afin de la maintenir, ils accrochèrent les délicates chaînes d'or autour de ses cuisses et de sa taille. Elle ne pouvait toucher ses parties intimes. Non, il ne fallait pas. Jamais cela ne lui avait été permis, ni au château ni au village. La porte de la cage se referma avec un cliquetis et la clef tourna dans la serrure, puis elle referma les yeux et laissa une chaleur des plus délicieuses l'envahir.

Quelque temps plus tard, elle rouvrit les yeux, sans pouvoir bouger du tout, et elle vit Tristan que l'on faisait entrer dans la cage installée en angle, à l'extrémité de la sienne, et ces jeunes hommes charmants — c'étaient des hommes, pas des garçons, tout simplement des hommes, très petits et très délicats — qui flattaient les couilles et la queue de Tristan de leurs doigts languides à la peau sombre. On enfila aussi l'une de ces jolies treilles à Tristan, mais elle était bien plus grande ! La Belle regarda brièvement le visage de Tristan, complètement abandonné au sommeil, et d'une beauté incomparable.

Et la roue tourne

RÉCIT de Tristan

Je vis la Belle s'étirer dans son sommeil. Mais elle ne s'éveilla pas.

J'étais assis dans ma cage, les jambes croisées, les yeux fixés au plafond de la pièce, très concentré.

Une demi-heure avant cela, un autre vaisseau nous avait lancé des signaux, j'en avais la certitude. Nous avions jeté l'ancre, et quelqu'un était monté à notre bord, qui parlait notre langue.

Mais, au-delà du ton et des inflexions de la voix, tous deux familiers, j'étais incapable de discerner les mots eux-mêmes. Et plus j'écoutais cette conversation qui se tenait au-dessus de moi, plus j'avais la conviction qu'elle se déroulait sans interprète. Cet homme devait être un envoyé de la Reine, et il connaissait la langue de ces pirates.

Finalement, la Belle s'assit. Elle s'étira comme un chaton et, considérant le petit triangle de métal entre ses jambes, elle parut tout se remémorer. Elle avait les yeux embrumés, ses gestes, lorsqu'elle ramena en arrière ses cheveux longs et souples, étaient d'une lenteur inhabituelle, et elle cligna des yeux à la lumière de l'unique lanterne suspendue au-dessus d'elle. Puis elle me vit.

— Tristan, chuchota-t-elle.

Elle vint s'asseoir plus près, en se tenant aux barreaux de sa cage.

— Chut !

Je montrai le plafond du doigt. Et, dans un chuchotement pressant, j'évoquai le navire qui était venu nous accoster et l'homme qui était monté à notre bord.

— J'étais certaine que nous cinglions en haute mer, fit-elle.

Dans la cage au-dessous de la sienne, le Prince Laurent, le pauvre fugitif, dormait encore, et le Prince Dimitri, un esclave du château envoyé au village en même temps que nous, dormait au-dessus d'elle.

— Mais qui est monté à bord ? chuchota-t-elle.

— Gardez votre calme, Belle ! lui conseillai-je encore.

Mais c'était inutile. J'étais incapable de saisir le contenu de la conversation. Elle se poursuivait avec animation.

Le visage de la Belle était empreint de l'expression la plus innocente, et l'huile teintée d'or rehaussait d'alléchante manière chaque détail de ses formes. Elle avait l'air plus petite, plus ronde, plus proche encore de la perfection ; accroupie dans sa cage, elle semblait être une créature bizarre, importée d'une terre étrange, afin qu'on l'installe dans un jardin d'agrément. Nous devions tous avoir cette apparence.

— Il se pourrait bien que l'on vienne à notre secours ! fit-elle, trahissant son inquiétude.

— Je ne sais pas, répondis-je.

Pourquoi n'y avait-il pas de soldats à bord ? Pourquoi n'entendait-on que cette seule et unique voix ? Je ne pouvais l'effrayer en lui annonçant que nous étions désormais de véritables captifs, et plus seulement des Tributs de prix sous la protection de Sa Majesté.

Finalement, Laurent reprit ses esprits, et il se leva, lentement, à cause des contusions qui lui recouvraient le corps. Avec cette onction d'huile dorée, il était aussi splendide que la Belle. C'était un spectacle singulier, en vérité, que toutes ces marbrures et ces zébrures si profondément teintées d'or qu'elles en faisaient presque office de purs ornements. Peut-être toutes nos marbrures, toutes nos zébrures n'avaient-elles jamais été que de purs ornements. Sa chevelure, si négligée lorsqu'il était ligoté sur la Croix du Châtiment, était désormais coiffée et arrangée en boucles magnifiques, d'un brun sombre. Il cligna les paupières en levant le regard sur moi, et dans ses yeux s'effacèrent bientôt toute trace du sommeil narcotique.

Hâtivement, je lui expliquai ce qui se passait et lui désignai le plafond en pointant le doigt. Tous, nous écoutions cette voix, mais aucun ne la percevait avec plus de clarté que moi.

Laurent remua la tête et se laissa retomber en arrière.

— Quelle aventure ! fit-il, d'une voix lente, avec une indifférence presque ensommeillée.

La Belle sourit malgré elle à ce mot et me lança un coup d'œil timide. J'étais trop en colère pour parler. Je me sentais trop impuissant.

— Attendez, dis-je en me rapprochant d'elle à genoux, les mains agrippées aux barreaux. Quelqu'un vient.

Je pouvais sentir une vibration sourde parcourir les barreaux.

La porte s'ouvrit, et un tandem de ces garçons vêtus de soie qui avaient pris soin de nous firent un pas dans la pièce. Ils portaient de petites lampes à huile en cuivre, en forme de barque. Entre eux deux se tenait un Seigneur plus âgé, aux cheveux gris, de grande taille, vêtu d'un pourpoint et de cuissardes, tenue qui m'était familière, avec son épée au côté, la dague glissée dans une épaisse ceinture de cuir, et il parcourut la pièce du regard, presque avec colère.

D'une voix feutrée, le plus grand des deux garçons s'adressa au Seigneur dans un babil de cette langue étrangère, et l'homme opina du chef, puis il eut un geste, toujours avec cette expression de colère.

— Tristan et la Belle, fit-il, en pénétrant plus avant dans la pièce, et Laurent.

À ces mots, les garçons à la peau olivâtre parurent aussitôt déconcertés. Ils se détournèrent et laissèrent le Seigneur seul avec les esclaves, en refermant la porte derrière eux.

— C'est bien ce que je craignais, fit-il. Et puis Elena, Rosalynde, Dimitri. Les plus beaux esclaves du château. Ces voleurs ont vraiment l'œil. Ils ont libéré les autres sur la côte, dès qu'ils ont déniché les trophées de prix.

— Mais que va-t-il advenir de nous, mon Seigneur ? demandai-je.

Il n'était que trop clair, à son attitude, qu'il était en proie à la plus complète exaspération.

— Ça, mon cher Tristan, répondit le Seigneur, c'est une décision qui est entre les mains de votre Maître, le Sultan.

La Belle en eut le souffle coupé.

Je sentis mon visage se durcir, la rage monter en moi, me réduire au silence — pour le moment —, et je le dévisageai.

— Mon Seigneur, dis-je la voix tremblante de colère, vous ne tenterez même pas de nous sauver ?

Je vis, en l'imaginant, la silhouette de mon Maître, Nicolas, jeté sur le pavé de la place, tandis que le cheval m'emportait, et moi qui me débattais en vain. Mais ce n'était là qu'une part de ce qui m'inquiétait. Qu'est-ce que le sort nous réservait encore ?

— J'ai agi au mieux, fit le Seigneur en s'approchant de moi. J'ai exigé, en échange de chacun de vous, une énorme compensation. Pour les esclaves de la Reine, dodus, à la peau douce et bien éduqués, le Sultan paierait n'importe quoi, mais il aime son or, n'est-ce pas, autant que tout un chacun. Dans deux ans, il vous restituera, bien nourris, en bonne santé, sans souillure aucune, faute de quoi plus jamais il ne reverra son or. Croyez-moi, Prince, c'est ainsi que les choses se sont passées à des centaines de reprises par le passé. Si j'avais échoué à intercepter son vaisseau, ses émissaires et les nôtres se seraient tout de même rencontrés. Il ne cherche aucune querelle véritable à Sa Majesté. Vous n'avez jamais couru un réel péril.

— Pas de réel péril ! protestai-je. On nous emmène dans une terre étrangère où...

— Du calme, Tristan, fit-il sèchement. C'est le Sultan qui a inspiré à notre Reine sa passion pour les victimes dévolues au plaisir. C'est lui qui a envoyé à la Reine ses premiers esclaves et qui lui a expliqué avec quel soin ces esclaves devaient être traités. Il ne vous arrivera aucun mal. Même si naturellement... naturellement...

— Naturellement quoi ? demandai-je.

— Vous serez plus avilis encore, acheva le Seigneur avec un petit haussement d'épaules nerveux, comme s'il ne pouvait se résoudre à achever d'exposer la chose. Au palais du Sultan, vous occuperez une position encore plus méprisable. Naturellement, vous serez les jouets de vos Maîtres et Maîtresses, des jouets de grande valeur. Mais vous ne serez plus traités comme des êtres doués de raison. Tout au contraire, vous serez éduqués comme on éduque des animaux de prix, et jamais vous ne devrez, le ciel vous en préserve, essayer de parler ou de manifester autre chose qu'une intelligence réduite à son expression la plus sommaire...

— Mon Seigneur, l'interrompis-je.

— Comme vous voyez, continua le Seigneur, ici même, les serviteurs ne sont pas restés dans cette pièce dès que l'on s'est adressé à vous comme si vous étiez doté de raison. Ils jugent cela trop incongru et trop inconvenant. Au spectacle déplaisant d'un esclave que l'on traite comme un... ils se retirent...

— ... comme un humain, chuchota la Belle.

Sa lèvre inférieure fut prise de tremblements, et elle serra ses petits poings autour des barreaux, mais elle ne pleura pas.

— Oui, Princesse, exactement.

— Mon Seigneur. (À présent, j'étais furieux.) Vous devez verser notre rançon, nous sommes sous la protection de Sa Majesté ! Voilà qui viole tous nos accords !

— C'est hors de question, mon cher Prince. Dans le cadre de ce régime d'échanges complexes qui interviennent entre les grandes puissances, certaines choses doivent faire l'objet d'un sacrifice. Et cela ne viole aucun accord. Vous avez été envoyés pour servir, et vous allez servir — au Palais du Sultan. Et, n'en doutez pas, vos nouveaux Maîtres vont vous chérir comme un trésor. Le Sultan a beau posséder de nombreux esclaves originaires de son propre pays, vous, les Princes et les Princesses captifs, vous constituez en quelque sorte un mets de choix et une curiosité des plus grandes.

J'étais trop en colère et trop défait pour continuer de parler. C'était sans espoir. Pas un mot de ce que j'avais pu dire n'y avait rien changé. J'étais emprisonné, comme une créature sauvage, et mon esprit sombra dans un silence misérable.

— J'ai fait ce que j'ai pu, ajouta le Seigneur, embrassant les autres d'un coup d'œil tout en reculant vers la porte.

Dimitri s'était réveillé et il avait écouté, appuyé sur un coude.

— On m'a donné l'ordre d'obtenir des excuses pour cette razzia, poursuivit le Seigneur, et une forte compensation. J'ai obtenu plus d'or que je n'en espérais. (Il se rendit vers la porte. Il avait la main sur la poignée.) Deux ans, Prince, ce n'est pas si long, me fit-il. Et, à votre retour, au château, votre savoir et votre expérience seront appréciés à leur juste valeur, une valeur inestimable.

— Mon Maître ! m'écriai-je soudain. Nicolas, le Chroniqueur. Dites-moi au moins, lors de cette razzia, a-t-il été blessé ?

— Il est bien en vie et, très probablement d'ores et déjà au travail, afin de rendre compte de cette razzia à Sa Majesté, par écrit. Il éprouve un grand chagrin à votre endroit. Mais il n'est rien que l'on y puisse faire. À présent, il me faut vous quitter. Soyez braves et intelligents, ayez l'intelligence de laisser entendre que vous n'êtes pas intelligent, que vous n'êtes rien de plus que le plus vil des petits fagots de passions, n'est-ce pas, ces passions toujours promptes à se déclarer.

Et il nous abandonna.

Nous demeurâmes tous silencieux, à l'écoute des hurlements des marins, de loin en loin, au-dessus de nous. Puis nous sentîmes la mer se soulever mollement, tandis que l'autre vaisseau s'éloignait de nous.

L'immense navire avait repris sa route, à vive allure, comme s'il voguait toutes voiles dehors, et de nouveau je somnolai, contre ces barreaux en or, le regard perdu au loin.

— Ne soyez pas triste, mon chéri, me fit la Belle en me regardant, perplexe, ses longs cheveux lui voilant les seins, la lumière brillant sur ses membres lisses et huilés. Nous sommes pris dans la même tempête qu'auparavant, voilà tout.

Je me retournai et m'étirai, en dépit de cette inconfortable pièce de métal qui m'entravait l'entrejambe, et, laissant retomber ma tête entre mes bras, je pleurai, longuement, en silence.

Finalement, lorsque mes larmes se furent taries, j'entendis à nouveau la voix de la Belle.

— Je sais que vous pensez à votre Maître, fit-elle avec douceur. Mais, Tristan, souvenez-vous de vos propres paroles.

Je soupirai dans le creux de mon bras.

— Rappelez-les-moi, Belle, lui demandai-je tranquillement.

— Que toute votre existence n'est qu'une prière, celle de vous dissoudre dans la volonté des autres. Ainsi vont les choses, Tristan, et nous descendons sans cesse plus profond, tous autant que nous sommes, dans cette dissolution de nous-même.

— Oui, Belle, fis-je doucement.

— La roue ne fait que tourner, une fois encore, fit-elle, et nous comprenons à présent, plus profondément que jamais, ce que nous avons toujours su, depuis que l'on a fait de nous des captifs.

— Oui, dis-je, à savoir que nous appartenons aux autres.

Je tournai la tête pour la lever vers elle, pour la regarder. La position de nos cages ne nous permettait guère de nous toucher, si ce n'est du bout des doigts — si l'idée nous était seulement venue d'essayer. Il valait mieux me contenter de voir son joli visage et ses petits bras appétissants, qui se tenaient, immobiles, aux barreaux.

— C'est vrai, repris-je. Vous avez raison.

Et je sentis ma poitrine se serrer, avec cette conscience familière et déjà ancienne de mon impuissance, non en qualité de Prince, mais en celle d'esclave, entièrement sous la coupe de Maîtres nouveaux et inconnus et livré à leurs caprices.

Tandis que je regardais son visage, je perçus le premier trouble de l'étonnement s'allumer dans ses yeux. C'est que nous ignorions tout des tourments ou des ravissements qui nous attendaient.

Dimitri était retourné à sa somnolence. De même que Laurent, au-dessous de lui.

La Belle s'étira encore, comme une chatte, puis elle s'allongea sur le matelas de soie.

La porte s'ouvrit, et les jeunes serviteurs, tout de soie vêtus, firent leur entrée — ils étaient six, un par esclave, selon toute apparence — et s'approchèrent des cages pour nous proposer, après avoir ouvert nos portes, une boisson chaude et aromatique qui contenait sûrement une autre potion somnifère qui serait la bienvenue.

Une captivité voluptueuse

LORSQUE la Belle s'éveilla, il faisait nuit. En se tournant sur le ventre, elle vit, par une petite fenêtre grillagée, les étoiles. Le grand vaisseau craquait de toutes ses membrures, ses voiles chantaient, et il taillait les vagues.

Mais, quand on vint la cueillir dans sa cage, ses rêves ne s'étaient pas encore dissipés, et on l'allongea de nouveau sur un énorme coussin, posé cette fois sur une longue table.

Des chandelles brillaient de tous leurs feux. Elle pouvait humer le parfum lourd de l'encens. Elle perçut aussi, à distance, les notes d'une musique riche et vibrante.

Les jolis jeunes hommes l'entourèrent, oignirent sa peau de la même huile d'or, lui adressant des sourires tout en s'affairant, lui étirèrent les bras en l'air, en arrière, en apprenant à ses doigts comment ils devaient se tenir bien fermement au rebord du coussin. Et puis elle vit ce pinceau que l'on trempait pour lui peindre ensuite les tétons, très soigneusement, avec un pigment d'or scintillant. Elle était trop bouleversée pour proférer le moindre son. Elle resta immobile, allongée, pendant qu'on lui peignait également les lèvres. Puis, maniés d'une main habile, les doux poils du pinceau lui soulignèrent d'or le contour des yeux et lui en caressèrent les paupières à petits coups légers. On lui présenta de grandes boucles serties de pierreries, et elle eut un tressaillement lorsqu'elle sentit qu'on lui perçait le lobe des oreilles, mais les sourires silencieux de ses ravisseurs l'incitèrent d'autant plus vivement à se taire, et ils la consolèrent. Les boucles d'oreilles dansaient, suspendues à ces petites blessures cuisantes, mais la douleur se dissipa dès qu'elle sentit qu'on lui ouvrait les jambes. Puis elle vit qu'on tenait au-dessus d'elle un bol de fruits chatoyants aux couleurs vives. On retira de son sexe la petite armure de la treille d'or, et des doigts caressants le flattèrent, le caressèrent, jusqu'à ce qu'il se réveille. Puis elle vit ce même joli visage olivâtre, celui de l'homme qui avait été le premier à la saluer. Ce devait être son serviteur attitré. Elle le vit prendre quelques fruits dans le bol — des dattes, des quartiers de melon et de pêche, de petites poires, des baies d'un rouge sombre — pour en tremper ensuite chaque morceau, soigneusement, dans une coupe de miel.

On lui écarta les jambes, et elle comprit qu'on allait enfoncer en elle ces fruits enduits de miel. Son sexe bien élevé se resserra irrésistiblement sur ces doigts de soie qui faisaient profondément pénétrer des quartiers de melon à l'intérieur de son corps, un morceau après l'autre puis un autre encore, provoquant en elle des écoulements et des soupirs sans cesse plus soutenus.

Elle ne pouvait se retenir de gémir, mais, cela, ses ravisseurs avaient l'air de l'approuver. Ils opinaient du chef, et leurs sourires se firent plus radieux. Elle était pleine de fruits. Elle se sentait gonflée de fruits. Et voici qu'on lui présenta une grappe de raisin bien mûre qu'on lui posa entre les jambes. Et puis l'on fit osciller au-dessus de son visage un rameau de jolies fleurs blanches, on lui ouvrit la bouche, on lui plaça le rameau entre les dents, et les pétales de cire lui effleurèrent les joues et le menton avec la plus grande légèreté.

Elle s'efforça de ne pas mordre la tige, se contentant de la tenir fermement. On lui enduisit les aisselles d'une épaisse couche de miel. Et quelque chose, une datte bien enflée peut-être, lui fut enfoncé dans le nombril. Des bracelets incrustés de pierreries lui enserrèrent les poignets. On lui passa de lourds bracelets de cheville. Elle ondulait sur l'oreiller, sous la montée de cette tension presque irrésistible, vaguement envoûtée par ces visages souriants. Mais elle connut aussi la peur, celle de se sentir transformée de la sorte en un ornement d'un genre très singulier.

C'est alors qu'on la laissa seule en la priant instamment de se tenir immobile et silencieuse.

Puis elle entendit qu'on s'affairait vivement à d'autres préparatifs dans la pièce, elle entendit d'autres soupirs très doux et put presque distinguer le tempo d'un cœur battant avec inquiétude, juste à côté d'elle.

Finalement, leurs ravisseurs refirent leur apparition. On la souleva sur le grand coussin comme un trésor. Durant la montée de l'escalier, la musique joua plus fort. Les parois de son sexe étaient resserrées sur l'énorme boule de fruits qui le fourrait, sur le miel et les sucs qui s'écoulaient d'elle goutte à goutte. La peinture d'or séchait sur ses tétons, et, ce faisant, elle lui tendait la peau. Sur chaque centimètre de sa chair, elle ressentait une stimulation d'un genre inédit.

On l'amena dans une grande chambre, doucement éclairée d'une lumière chatoyante. L'odeur de l'encens y régnait, entêtante. L'air palpitait au rythme des tambourins, des cordes frottées des harpes, des notes, métalliques et aiguës, des autres instruments. Au-dessus de sa tête, les tentures du plafond s'animèrent de mille et un feux, fragments de miroirs, perles scintillantes, motifs tressés d'or.

On l'installa de nouveau sur le sol et, en tournant la tête sans pouvoir bouger, elle aperçut les musiciens, là-bas, sur la gauche, et, juste à côté d'elle, sur sa droite, ses nouveaux Maîtres, assis en tailleur, qui banquetaient en se servant dans de grands plats remplis de mets au fumet délicieux, vêtus de leurs tuniques et de leurs turbans de soie brodée, et qui, de temps à autre, lui lançaient un regard tout en bavardant entre eux de leurs voix vives et feutrées.

Elle gigota sur le coussin, en se tenant fermement aux rebords, tout en gardant les jambes écartées, ainsi qu'on le lui avait si bien enseigné au village et au château. Ses serviteurs silencieux et craintifs l'avertirent, l'implorèrent en lui adressant des regards noirs, en posant le doigt sur leurs lèvres, puis de nouveau ils se retirèrent dans la pénombre où ils se tenaient pour la surveiller, sans se faire remarquer de ceux qui ripaillaient.

« Ah, quel est ce monde étrange dans lequel je renais ? » songea-t-elle, les fruits gonflant les parois rétrécies de son vagin en chaleur. Elle sentit ses hanches se cabrer sur la soie, les élancements des boucles aux lobes de ses oreilles. La conversation suivait son cours naturel, et, de temps à autre, l'un de ces Seigneurs enturbannés de noir lui adressait un sourire avant de retourner à sa palabre.

Mais une autre figure fit son apparition. Une présence qu'elle entrevit du coin de l'œil, sur sa gauche. Elle s'aperçut qu'il s'agissait de Tristan.

On lui fit faire son entrée à quatre pattes, au bout d'une longue chaîne en or attachée à un collier incrusté de pierreries. Lui aussi avait le corps enduit de l'huile d'or, et ses tétons étaient dorés. L'épais buisson de son pubis était parsemé de petites pierreries étincelantes, et sa queue en érection luisait sous la fine pellicule de la dorure. Il avait les oreilles percées mais ne portait pas de boucles d'oreilles, c'étaient de simples rubis. Ses cheveux étaient séparés par une raie au milieu, et on les avait magnifiquement parsemés de poussière d'or. De la peinture dorée lui soulignait les yeux, lui chargeait les cils, dessinait sa bouche parfaite, étonnante. Et ses yeux bleu-violet brûlaient d'un éclat iridescent.

Ses lèvres formèrent un demi-sourire, tandis qu'on le menait près d'elle. Il n'avait l'air ni triste ni effrayé, mais bien plutôt égaré, dans son désir d'exaucer les vœux du bel ange aux cheveux noirs qui le conduisait. Et cet être à la peau sombre le guida pour qu'il enjambe la Belle, lui fit poser la tête contre son aisselle gauche, jusqu'à ce que son visage vienne au contact du miel, et, là, il se mit en devoir de laper.

La Belle soupira sous cette langue pressante, humide et dure qui léchait les courbes de ses chairs. Et puis ses yeux s'ouvrirent très grands lorsqu'il la nettoya de tous ses liquides, ses cheveux lui chatouillant le visage, et lorsqu'il se courba pour venir se nourrir à son autre aisselle, la droite, avec la même avidité.

Il avait l'air d'un dieu inconnu penché sur elle ; son visage peint paraissait remonter des profondeurs de ses rêves inavouables ; ses bras puissants, ses épaules luisaient, magnifiquement lustrés.

En tirant d'un coup sec sur la chaîne d'or fragile, le guide agile aux longs doigts le fit descendre plus bas, lui fit abaisser sa tête chatoyante jusqu'à ce que, insatiable, il attrape la datte enduite de miel fourrée dans son nombril.

Sous les attouchements de ses lèvres et de ses dents, les hanches et le ventre de la Belle se relevèrent d'un coup sec, un gémissement lui échappa, et les fleurs qu'elle tenait dans sa bouche frémirent contre ses joues. Puis, comme dans un brouillard, elle vit les serviteurs, lointains, qui souriaient, opinaient, l'encourageaient de leurs cajoleries.

Tristan s'agenouilla entre ses jambes. Et, cette fois, le serviteur n'eut pas à prendre la peine de lui guider la tête. Avec un geste presque sauvage, Tristan mordit dans les parures de fruits, et le contact délicat de ses mâchoires contre son pubis la rendit presque folle.

Il dévora les grains de raisin et, la bouche tout contre ses lèvres pubiennes, il saisit entre ses dents de gros morceaux de melon.

La Belle se tortilla, s'accrocha au coussin. Ses hanches décollèrent. C'était irrépressible. La bouche de

Tristan s'enfouit plus profondément en elle, ses dents lui mordillaient le clitoris, le léchaient à mesure qu'il extrayait d'autres fruits de son vagin. Et, prise d'oscillations, d'ondulations furieuses, la Belle se tendit de toutes ses forces pour s'offrir à lui.

Dans la pièce, la conversation s'était tue. La musique jouait en sourdine, en cadence, à en être presque obsédante. Et ses propres gémissements se transformèrent en halètements, bouche grande ouverte, sous les regards radieux des jeunes messieurs qui se tenaient à l'écart.

Tristan la mâchait, la besognait, la vidait. Et voici à présent qu'il lapait les jus qui s'écoulaient entre ses jambes, pour revenir lécher son clitoris à grands coups de langue, mouillés et lents.

Elle savait qu'elle avait la figure écarlate. Ses tétons étaient comme deux petits noyaux douloureux.

Elle ondulait si violemment que ses fesses se décollèrent du coussin.

Mais c'est avec un gémissement déchirant de déception qu'elle vit la tête de Tristan se relever. On avait donné une secousse à la petite chaîne. Elle sanglota doucement.

Et pourtant ce n'était pas fini ! On le ramenait à côté d'elle, habilement, on le fit se tourner, tête-bêche, puis on lui fit prendre position au-dessus d'elle, sa queue descendit sur les lèvres de la Belle, tandis que sa bouche s'ouvrait toute grande pour venir recouvrir son pubis. Elle leva la tête, lui lécha la queue, tenta de l'enserrer dans l'anneau de ses lèvres, et soudain elle la captura, rehaussa les épaules, la prit plus à fond.

Prise de frénésie, elle la suça jusqu'à la racine, et la douce saveur de miel et de cannelle se mêla au goût chaud et salé des chairs de Tristan. Ses hanches chevauchèrent le coussin, tandis qu'il suçait le petit bouton de son entrejambe. Puis Tristan appliqua sa bouche de façon à recouvrir entièrement les lèvres palpitantes du sexe de la Belle pour laper le miel qui en jaillissait.

Quand elle le sentit, avec une force violente et soudaine, lécher son clitoris et son mont de Vénus, la Belle gémit, cria presque, et elle téta cette queue, la tête s'y balançant, et contracta la bouche à la cadence des spasmes de son entrejambe. Puis, comme l'orgasme, farouche et lumineux, l'inondait, lui arrachant les soupirs les plus profonds, elle sentit son foutre déborder en elle.

Verrouillés l'un à l'autre, ils luttèrent, et tout autour d'eux, sous le dais peuplé de spectateurs, il y eut un long silence. Elle ne voyait rien. Elle ne pensait à rien. Elle sentit Tristan glisser, s'éloigner. Elle entendit à nouveau le grommellement sourd des voix. Elle sut que l'on avait soulevé le coussin et qu'on l'emportait.

Ils descendirent les marches, et tout autour d'elle, dans la chambre des cages, on se mit à jacasser, à voix basse, en proie à l'excitation la plus vive, et les serviteurs angéliques rirent, se parlèrent, chuchotèrent, tout en déposant le coussin sur une table basse.

Puis on aida la Belle à se mettre à genoux, et elle vit Tristan s'agenouiller juste en face d'elle. Il lui enlaça la nuque, on le guida pour qu'il lui enlace la taille et elle sentit ses jambes contre ses jambes, puis sa main presser son visage contre sa poitrine. Elle regardait les anges qui se rapprochaient et vinrent les caresser et les embrasser partout.

Dans la pénombre, la Belle vit les visages doux et sereins des autres Princes et des autres Princesses, qui observaient.

Mais ses charmants ravisseurs avaient décroché les battoirs de bois peints de sa cage et de celle de Tristan. Ils produisirent ces instruments exquis à la lumière, de sorte que la Belle vit l'entrelacs orné de fleurs et de fioritures, et les rubans bleu pâle qui flottaient à l'extrémité du manche.

On amena doucement la tête de la Belle en arrière et on lui plaça le battoir devant le visage, on l'amena à ses lèvres pour qu'elle le baise. Au-dessus d'elle, Tristan fit de même, et, lorsqu'on éloigna de lui le battoir, et qu'il baissa les yeux sur elle, ses lèvres avaient ce même demi-sourire.

Il la serra, très fort, et, dès que les premières claques cinglantes s'abattirent, son corps puissant tenta d'amortir ces chocs brefs. La Belle gémissait, se tordait sous les fessées, ainsi que Maîtresse Lockley le lui avait appris. Tout autour d'eux, il n'y eut plus que les rires clairs et impalpables des serviteurs. Tristan baisait les cheveux de la Belle, ses mains lui pétrissaient les chairs, et elle se serrait contre lui, très fort, écrasant ses seins contre son torse, les mains plaquées, ouvertes, dans son dos. Ses fesses gigotaient, la démangeaient, la chauffaient, ses anciennes blessures formant comme de petits nœuds sous le battoir. Tristan fut incapable de rester immobile plus longtemps. Les gémissements de la Belle lui pénétraient le torse, sa queue se dressa entre les jambes de la Belle, et il glissa en elle le gros bout humide de son organe. Les genoux de la Belle quittèrent le coussin. Sa bouche levée trouva la bouche de Tristan. Leurs ravisseurs, jubilant, redoublèrent la force des fessées, et des mains avides, plus fort, plus étroitement, resserrèrent l'étreinte de Tristan et de la Belle.

À suivre

Achevé d'imprimer en février 1998
sur presse Cameron
par **Bussière Camedan Imprimeries**
à Saint-Amand-Montrond (Cher)
pour le compte des éditions Laffont/Fixot
24, avenue Marceau, 75008 Paris

Dépôt légal : mars 1998.
N° d'édition : 38692/01. N° d'impression : 981152/4.

Imprimé en France